S. FISCHER

C Pam Zhang

Wo Milch und Honig fließen

Roman

Aus dem amerikanischen Englisch
von Eva Regul

S. FISCHER

Der S. Fischer Verlag hat sich zu einer nachhaltigen
Buchproduktion verpflichtet. Gemeinsam mit unseren
Partnern und Lieferanten setzen wir uns für eine klimaneutrale
Buchproduktion ein, die den Erwerb von Klimazertifikaten zur
Kompensation des CO_2-Ausstoßes einschließt.
Weitere Informationen finden Sie unter *www.klimaneutralerverlag.de*

MIX
Papier | Fördert
gute Waldnutzung
FSC® C014496
FSC
www.fsc.org

Erschienen bei S. FISCHER

Die Originalausgabe erschien 2023 unter dem Titel
»Land of Milk and Honey« bei Riverhead Books, New York,
an imprint of Penguin Random House LLC., New York.

Arrangiert von The Clegg Agency, Inc. USA.
Die Bilder auf Seite 57, 109, 173 und 251 wurden von
der Autorin mit Hilfe des DALL-E 2 KI Systems generiert.

Satz: Fotosatz Amann, Memmingen
Druck und Bindung: GGP Media GmbH, Pößneck
978-3-10-397543-7

Für Spike und Bagu

Eines Tages, als mein Leben schon vorbei ist, kommt hinten im Hörsaal eine junge Frau auf mich zu und fragt: *Sind Sie die berühmte Köchin aus Latte e Miele?* Mich überrascht weniger die Frage als die Fragestellerin. Sie ist höchstens achtzehn oder neunzehn, ihr Gesicht hat noch nicht alle seine Kanten, hat sich noch nicht entschieden, was es sein will, wild oder sanft, hübsch oder mehr als das. Sie wirkt zu jung, um sich mit einer Zeit zu befassen, die ihre Generation sonst lieber vergisst – und die meine Generation auch vergessen würde, wären da nicht die Risse, die sich in unserem Schlaf auftun und uns quälen.

Ich kenne Sie, sagt sie, und ich sehe sie noch einmal an. Sie ist ganz und gar nicht wie die andere, außer dass ich mich in ihrer Jugend getäuscht habe. Nicht in ihren Jahren – in ihrer Jugend. Unter der weichen Haut verbirgt sich eine ältere Haltung, unnachgiebig wie Stein, mit der sie den inzwischen leeren Raum beherrscht. Aus dem Flur dringen Gesprächsfetzen: der Kurs von letzter Woche, wo man seinen Mittagssalat holt, öde, gewöhnlich, Welten entfernt. *Wussten Sie, was passieren würde, als Sie das Land verlassen haben?* Ihre Fragen nehmen zusammen mit meinem Puls Fahrt auf. *Sie müssen doch von den Teilen gewusst haben, oder? – entkommen, weil – wissen, dass sie sterben würden.*

Endlich finde ich Worte. Sie sind da, lebendig. Wie soll ich das alles erklären. Wie soll ich anfangen. Am Anfang – ich sage: *Ich war nichts als eine mittelmäßige Köchin.*

Und dann bleibt mir die Luft weg, ich keuche, die Worte stecken wie ein Haken in meiner Brust, und ich gleite aus meiner alten, faltigen Haut, als wäre sie nur ein Kostüm; ich streife diesen Raum, diesen Erdboden, dieses Jahr ab und bin wieder an jenem hohen, fernen Ort, an dem die Bergluft so dünn und frisch ist, dass ich nicht sprechen kann.

Wieder in jenem Land, das es nicht mehr gibt. In jenem Land, das ein sonniges Jahr lang meines war.

EINS

Ich floh in das Land, weil ich überallhin gegangen wäre, alles getan hätte für einen letzten Bissen Grün, der bitter genug war, um die dünne Haut meines Lebens zu durchstechen. Ich war neunundzwanzig, ein hungriges, zielloses Gespenst. Seit zehn Jahren hatte ich Kalifornien nicht mehr gesehen, seit drei Jahren keine Erdbeere und kein Blatt Salat mehr geschmeckt. Der Hunger war einfach, der Rest nicht.

Das war der Rest: Ich war Amerikanerin, gestrandet in England, als die USA die Grenzen dichtmachten; ich war Köchin, als dieser Beruf ausstarb. Beide Probleme hatten dieselbe Ursache, nämlich den Smog, der sich von einem Mais-Acker in Iowa ausgebreitet hatte, die Sonne verfinsterte und den Weizen in der kanadischen Prärie ebenso erstickte wie den harten gelben Reis auf den Feldern Perus. Keine duftenden Zitronenbäume mehr an griechischen Hängen, keine Zuckerrohrreihen in Vietnam, keine kleinen, süßen Mangos in Indien. Die Biodiversität ging zurück. Wildtiere und Nutzvieh verhungerten. Während Wissenschaftler über die Zusammensetzung des Smogs stritten und Politiker über die Ursache – Luftverschmutzung oder zu niedrige CO_2-Steuern oder China oder Atomtests oder die USA oder Russland –, fraß sich die leicht saure Dunkelheit durchs fruchtbare Land. Amerika stürzte in eine Hungersnot, und ein Ozean versperrte meinen weiteren Berufsweg – der falsche Ozean, der glatte, unfreundliche Atlantik. Jeden Morgen ging ich zum US-Konsulat und hörte: *Bald.* Jeden

Nachmittag taute ich im Restaurant, das mir zu meinem Flüchtlingsvisum verholfen hatte, tiefgekühlten Fisch auf. Mein Leben bestand aus Rauskramen, Braten, Anrichten. Mein Leben bestand aus Warten, Warten, Warten.

Der Tag, an dem ich den Brief aus Kalifornien bekam, war auch der Tag, an dem der Küchenchef Pesto endgültig von der Speisekarte strich. Keine Nüsse und Kerne mehr in der Speisekammer und auch kein Basilikum, nicht mal in Pulverform. Ich hörte ihn kaum. Nahm mir den Umschlag und ging in den Tiefkühlraum, als könnte das Eis mein Verlangen kühlen.

Den Rücken an kalten Stahl gelehnt, zog ich keine Wiedereinreisegenehmigung heraus, sondern eine Rechnung. Im beiliegenden Brief wurde mir mitgeteilt, dass die Wohnung meiner verstorbenen Mutter in Los Angeles abgebrannt war. *Bedauerlicher Unglücksfall*, schrieb der Rechtsanwalt über die Krawalle, die dazu geführt hatten, und dann: *für die Schäden haftbar.* Bis ins Detail waren Müllentsorgungsgebühren und Löschkosten und städtische Emissionsstrafen aufgeführt, aber nirgendwo auf der Rechnung stand etwas über die Farbe der Tapete, an die ich mich nicht mehr erinnern konnte. Keine Avocados, keine Erdbeeren, keine Mandeln. Kalifornien war zu einer Lebensmittelwüste geworden, und ich stellte mir vor, wie raspelnder Wind durch zerbrochene Fenster pfiff, trocken und dreckig.

Ich rechnete noch, als die Tür aufging. Es war einer der Postenchefs. *Der Boss sagt, die Pause ist vorbei*, verkündete er. *Du sollst einen Ersatz fürs Pesto machen.*

Womit denn?

Der Koch trat auf dem Weg nach draußen gegen einen Mehlsack. *Womit du willst, Prinzessin, solange du den Scheiß hier benutzt.*

Eine feine, graue Mehlwolke stob auf. Keine Petersilie, kein

Salbei, nichts, was irgendwo gewachsen war. Es war Frühling. März. Aber ein falscher Frühling, in dem die Ernte das dritte Jahr in Folge ausbleiben würde. Ob man nun, wie manche es taten, den sauren Smog dafür verantwortlich machte oder Anhydrite oder den Mangel an Sonne und Moral – es lief so oder so auf Grau am Himmel und Grau in der Küche hinaus. Man konnte es schmecken, das Grau. Keine Oliven, keine Wachteln, keine säuerlichen grünen Trauben für Champagner. Ich machte eine Bestandsaufnahme der schwindenden Vorräte im Restaurant: verstaubte Konserven, jahrealter Tiefkühlfisch. Ansonsten nur säckeweise das von der Regierung ausgegebene Mungoprotein-Soja-Algenmehl.

Wir könnten von Glück sagen, dass wir es hatten!, hieß es. Das Mehl war ein Wunderwerk der Ernährungswissenschaft, hergestellt aus Pflanzen, die im Dunkeln wuchsen. Es war Glück, dass der Smog Europa erst nach anderthalb Jahren erreicht hatte, Glück, dass wir der Hungersnot entkommen waren, die Amerika und Südostasien heimgesucht hatte, Glück, dass das Mungoproteinmehl Kalorie für Kalorie billiger war als die zusammengeschusterte Kost vergangener Zeiten. Aber das Mehl war grau und körnig, und das Brot, das man daraus buk, weigerte sich aufzugehen. Ich spreche hier von einer Verfinsterung in meinem neunundzwanzigsten Lebensjahr, von einer Dämmerung, in der ich kaum noch sehen konnte, was vor mir lag, und damit meine ich nicht nur die Luft.

Das Wort *Chefköchin* hatte seine Bedeutung verloren, genau wie *Glück*, *frisch*, *bald*. Kein Safran, kein Büffelfleisch, kein polierter Rundkornreis. Gerichte verschwanden von Speisekarten wie erloschene Sterne, während in den wenigen Restaurants, die dank staatlicher Unterstützung noch offen waren, eine konservative, nativistische Stimmung um sich griff. Wie die Länder ihre Grenzen für Flüchtlinge schlossen, so verschlossen sie auch ihren Gaumen vor aller Kulinarik außerhalb der eigenen Küche. In England reservierte man die schrumpfenden Vorräte an Tiefkühlfisch für Kipper oder eine graue Version von Fish and Chips – und natürlich für einige wenige entsetzlich teure französische Gerichte, mit denen Restaurantgäste sich zusammen mit saurem Wein die Illusion kaufen konnten, trotz allem noch im Luxus zu leben. Zurück zu trister Sicherheit. Zurück zu seit Jahrhunderten unveränderten Nationalgerichten. Das Verschwinden von Pesto war natürlich keine Überraschung in einer Welt ohne Favas, ohne Milchfisch, ohne Curry Lane in London und Thai Town in L.A., ohne Fusion Food, ohne Tagesgerichte, ohne Trüffel, die sich wie heimliche Geliebte unter ihrer erdigen Decke versteckten. Wir hatten Glück gehabt, sagten die Leute um mich herum. Wir hatten überlebt.

Aber im Halbdunkel des Kühlraums konnte ich mir eine Zukunft für Heilbutt ohne Pesto genauso wenig vorstellen wie die Summe meiner Schulden oder die Farbe eines wolkenlosen Himmels. Ich sah nicht mehr, wofür ich überlebt hatte. Die Briten bewahrten eisern Haltung, aber das war mir fremd; wenn ich in dieser nasskalten Hafenstadt einen Freund hatte, dann war es der Trinker, der im halbleeren Supermarkt hockte und verkündete, dass alles zu Ende ging.

An diesem Tag wusste ich es. Eine Welt war verschwunden. Ich konnte mich verabschieden von dem Menschen, der ich gewesen war, von ihr, die unter der brennenden Sonne Kaliforniens einen Teller Carnitas halb aufgegessen stehen gelassen hatte. Ich vermisste weniger das Fett als vielmehr das überraschende Aroma der Limetten. Als ich noch auf die Trauer wartete, kam der Hunger. Auf Rettich, auf Radicchio, auf bitteres Endiviengrün.

Also kündigte ich in leichtsinniger, unmoralischer, verzweifelter Hoffnung auf den einzigen Job, der möglicherweise Salat versprach. Eine »Spitzenforschungsgemeinschaft« auf irgendeinem Berg an der italienisch-französischen Grenze hatte eine Stelle für eine Privatköchin ausgeschrieben. Die Sache war nicht unumstritten, wie ich nach kurzer Recherche herausfand. Ziel der Forschungsgemeinschaft war die Entwicklung von Nahrungspflanzen, die mit dem Smog zurechtkamen. Alle Entdeckungen sollten der italienischen Regierung zur Verfügung gestellt werden – und da die Kolonie sich über private Investoren finanzierte, hatte die Regierung als ihren Teil des Deals eines der wenigen hochgelegenen Gebiete zur Verfügung gestellt, die noch ab und zu mit Sonnenlicht gesegnet waren. So waren Wissenschaftler, Angestellte, medizinisches Personal, Landarbeiter und so weiter mitsamt den Investoren auf den Berg gezogen, wo man ihnen für ihre ambitionierte Forschung komplett freie Hand ließ. Abgesehen von vierteljährlichen Stippvisiten von Mitarbeitern des italienischen Landwirtschaftsministeriums gab es keine Kontrollen, keine Polizei, keine Kommunikation nach außen oder nach innen: Der Berg verwaltete sich selbst mit diplomatischer Immunität. Das Geschrei im Internet war mörderisch. *Eine fette Bestie kann sich ein eigenes Land kaufen!!*, lautete einer der automatisch übersetzten Kommentare, den ich erst verstand, als ich eine andere Übersetzung fand: *ein reiches Monster.*

Für mich zählte nur, dass der Job frisches Obst und Gemüse versprach – der Haken war allerdings, dass es keine Garantie für ein Langzeitvisum gab. Es war eine zehnwöchige Probeanstellung mit Aussicht auf Übernahme. Fristlose Kündigung jederzeit möglich.

Meine Kollegen im Fischrestaurant sorgten sich um meinen Verstand, als ich den Job dort aufgab. Sie erinnerten mich daran, dass sich nach meinem Arbeitsvisum Tausende die Finger leckten.

Ich war mir des Risikos durchaus bewusst. Deshalb schmückte ich meine Bewerbung mit ein paar Lügen aus. Es wurde eine in französischer Küche erfahrene Köchin gesucht, die in der Lage war, *mit außergewöhnlichen Zutaten zu arbeiten* und *exquisite Menüs auf Sterneniveau zu kreieren*, also bauschte ich meinen Lebenslauf etwas auf. Ausbildung am Le Cordon Bleu in Paris, Souschef in einem Restaurant mit Michelin-Stern, das schließen musste, nachdem die Besitzerin sich an einer Schnur ihrer eigenen Saucissons erhängt hatte – so konnte niemand meine Behauptung widerlegen. Wenn ich zögerte angesichts meiner Lügen oder angesichts der extremen Isolation, die in der Kolonie gefordert wurde (Geheimhaltungsvereinbarung, kein Handy, kein Internet, keine Kontakte, keine Angehörigen, kein unerlaubtes Verlassen des Restaurantgrundstücks), wenn ich zögerte angesichts der idealistischen Vorstellung meines jüngeren Ichs, dass ich für alle Menschen kochen würde, dass die Kochkunst weder elitär noch egoistisch war – nun ja. Ich war nicht mehr sie, die voller Ehrgeiz und Zweifel aus Kalifornien abgereist war; und da ich eigentlich gar nicht so genau wusste, wer ich war, formte ich mich passend zur Jobbeschreibung.

Nur ganz am Ende des Formulars war ich ehrlich. *Ich bin die perfekte Bewerberin für Sie*, schrieb ich in das Freitextfeld, *weil es keinen Ort gibt, an den ich zurückkehren kann. Ich bin bereit, in zumutbarem Rahmen jede Aufgabe würdig zu erfüllen.*

Das mag verrückt gewesen sein. Ich gebe zu, dass der Supermarktsäufer der Einzige war, den ich vor meiner Abreise aus England ins Vertrauen zog. *Verstehst du*, flüsterte ich ihm zu, *ich muss das tun.* Mit kühlem Atem, antiseptisch wie das Mungoproteinmehl, hauchte er mir einen Kuss in die Handfläche. Die Ladenbesucher machten einen großen Bogen um uns. Sie belogen sich selbst, genau wie die Wissenschaftler logen und die Politiker, wie auch mein neuer Arbeitgeber mit seiner Geheimniskrämerei und seinem fragwürdigen Reichtum gelogen haben muss. Alles, was ich von ihm wollte, war ein verschrumpelter Salatkopf, selbst Eisberg hätte ich genommen. Das wünschte ich mir. Davon träumte ich.

Als ich die Zusage erhielt, begann ich zum ersten Mal zu ahnen, dass es hinter dem staubigen Tellerrand meines Lebens noch etwas anderes geben könnte. Ich erhielt keine nähere Beschreibung meiner Aufgaben. Nur ein einziges Blatt dickes, teures Papier mit einem schwachen Duft nach Zitrone und etwas anderem, das ich nicht benennen konnte, grasartig und süß. Auf der Vorderseite stand, wo man mich mit einem Privatflugzeug abholen würde. Auf der Rückseite eine handgeschriebene Notiz meines Arbeitgebers: *Du wirst sehen, dass auch ich ein Mann von Würde bin.*

Und so reiste ich ins Land, wo Milch und Honig fließen. Ich wusste nichts, kannte nicht einmal diesen Namen. Erst der Beamte an der italienischen Grenze fragte: *Terra di latte e miele?*

Es war drei Uhr morgens. Ich war nachts geflogen und konnte weder meine Umgebung noch das Gesicht des Fragestellers erkennen. Der Hass in seiner Stimme war so offensichtlich, dass ich mich fragte, ob wir uns kannten.

Nein, danke, ich möchte keinen Kaffee, erwiderte ich als Antwort auf das einzige Wort, das ich zu verstehen glaubte. Mein Gott, ich hatte überhaupt nichts verstanden.

Die sonderbare, altertümliche Bezeichnung war mir vor meiner Ankunft mit Absicht nicht mitgeteilt worden. Sie hielten den wahren Namen des Landes genauso geheim wie seine wahre Natur. Nach der italienischen Grenzkontrolle hielten die privaten Sicherheitsleute vom Berg mich noch stundenlang fest, machten Netzhautscans, maßen mein Gesicht, meine Taille und meine Ohrläppchen aus, nahmen mir Blut, meinen Pass und mein Handy ab und fotografierten mich. Die Wachfrau starrte das Foto so lange an, dass ich nervös wurde. Das Bild auf meiner Bewerbung war leicht unscharf gewesen, aufgenommen aus einiger Entfernung. Als wollte ich mich, sollte ich auffliegen, notfalls selbst verleugnen können.

Die Wachfrau legte die Hand an ihre Kehle. —— —— —————, sagte sie, dann ließ sie mich passieren.

In den frühen Morgenstunden fuhr ich in einem unauffälligen schwarzen Auto auf den Berg. Es blies ein scharfer Wind, und obwohl es in dieser Höhe keinen Smog gab, war die Atmosphäre trostlos. Felsen zeichneten düstere Warnungen in die Nacht. Hin und wieder tauchte bedrohlich ein Anwesen auf und verschwand wieder, ein kurzes Aufblitzen hoher, kalter Mauern, die unverkennbar abweisend wirkten – ein Eindruck, der sich später bestätigte, denn in die Häuser und das Privatleben der Investoren sollte ich nie Einblick erhalten. Mein Teil des Berges beschränkte sich auf Hitze und Arbeit, weiche Haut und harten Salzgeschmack.

Die Felder neben der Straße waren welk und tot. Nirgendwo ein Anzeichen von Frühling, trotz all der grandiosen Vorhaben meines Arbeitgebers. Als ich die Bergspitze erreichte, hatte ich meine Erwartungen schon auf getrocknete Kräuter heruntergeschraubt.

Das Restaurant am Gipfel stand als massiger, dunkler Klotz vor dem ebenso dunklen Himmel. Kein Fenster durchbrach die Monotonie der Wände. Auf der Rückseite stürzte eine Felswand jäh in die Tiefe, und vor dem Haus erstreckte sich eine große, aber matschige Wiese. Drinnen war kein Licht, die Tür verschlossen, niemand öffnete. Zitternd und verwirrt stand ich da, während der Himmel langsam hell wurde.

Endlich ging mit einem Klicken die Tür auf. Ich trat ein, und die Sonne erschien über dem Berg.

Erst viel später wurde mir klar, dass er diesen Moment exakt geplant hatte, mein Arbeitgeber besaß einen Hang zur Dramatik – ein Mann, der sein Land mit der Arroganz eines Propheten benannt hatte. Das Licht war überwältigend, überirdisch, ein weiß glühender Schuss zwischen die Augen. Durch die Finger sah ich die dunklen Wände lavendelfarben, orange, rosa aufleuchten. Das Restaurant bestand aus Spiegelglas, von außen blickdicht, von innen durchsichtig, so dass es an diesem ersten Morgen wirkte, als wären da keine Wände, keine Fenster, keine Türen, nur ich selbst, schwebend in Himmel, Himmel, Himmel, Himmel, Himmel. Als wäre ich durch die tiefen Jahre des Smogs gereist, um jetzt herauszutreten in diesen Würfel aus Licht.

Mit der Zeit lernte ich das Restaurant in all seinen Stimmungen kennen. Blau am Tag, aprikosenfarben bei Sonnenuntergang, blutunterlaufen bei Einbruch der Nacht oder wenn ein Unwetter aufzog. Die Aussicht blieb stets Ehrfurcht gebietend. Bis zum Schluss begleiteten mich Kopfschmerzen, leichter Schwindel, eine Art Trunkenheit vom Licht, das die Speisezimmer vergoldete, sich in der Suite mit dem Schild ZUTRITT NUR FÜR MITARBEITER auf dem Bett sammelte und nicht nur die Kochkleidung im Schrank leuchten ließ, sondern auch ein bodenlanges weißes Seidenkleid, von irgendeiner Hausangestellten aus Versehen danebengehängt.

Am meisten liebte das Licht die Küche. Sonne strömte herab und verwandelte die weißen Geräte in fließende Milch. Ich hätte sie am liebsten abgeleckt; ich begnügte mich mit Berührungen. Ich strich über Marmorplatten, drehte an Zwölfer-Herdknöpfen, und als ich die Hand über das elfenbeinfarbene Wandpaneel hinter dem Herd gleiten ließ, spürte ich Wildleder, ein aberwitziges Material, unmöglich sauber zu halten, aber so weich, dass meine Finger einen Abdruck hinterließen. Als ich vor dem Fenster stand und die Tiffany-Fischmesser zählte, ergriff mich ein Glücksgefühl, wie es die ersten Siedler aus Europa empfunden haben mussten, als das neue Land in Sicht kam. *Meins,* dachte ich, und es dauerte eine ganze Weile, bis ich merkte, dass es in der gesamten Küche keine Lebensmittel gab.

Nach genauerem Hinsehen entdeckte ich die Kiste hinter der Tür. Diesmal stand auf dem Zettel: *Beeindrucke mich.* Es waren Mehl, Vanilleschoten, Eier darin.

Ich hatte natürlich mit einem Test gerechnet – ein Omelett aus dem Lehrbuch oder eine perfekte Consommé als Nachweis der geforderten Ausbildung in französischer Küche. Aber doch kein Gebäck. Der Schwindel ließ nach, als ich Backnatron auspackte, Zucker, Milch. Dennoch vertrieb nicht einmal die Opulenz der Butter die Gedanken an meine lückenhafte Erfahrung in der Patisserie, mein unsicheres Visum und die Folgen, die ein Rauswurf für mich hätte – und dann dachte ich gar nichts mehr, denn ich berührte etwas auf dem Boden der Kiste, warm wie Haut, nachgiebig wie die Innenseite eines Frauenschenkels: Erdbeeren.

Amen hörte ich mich wenig später sagen, den Mund noch feucht. Ich war überrascht, dass mein Atem nicht die Luft verschmierte. Rot: diese Farbe des Verlangens. Ich fing von vorne an und sprach das ganze Gebet, *Vater unser* bis *tägliches Brot gib uns heute.* Nicht meine Worte. Sie gehörten einem Patissier, den ich geliebt hatte, ein vom Glauben abgefallener Katholik, der seine Religion jeden Morgen neu entdeckte, wenn er die Tageslieferung Obst befingerte, und sie jeden Nachmittag wieder vergaß, wenn wir zwischen Butter und Marmelade vögelten. Er war der Erste, der meinen Appetit, meinen Ehrgeiz ernst nahm. Erdbeeren lagerte er niemals kühl. Nah am Stiel, sagte er, ganz nah an der Erde ist ihr Aroma komplex: nicht zuckrig, eher wie das Fleisch eines geliebten Menschen, nicht keimfrei, nicht schal, sondern voller Säfte. Als ich die Frucht mit der Zunge zerdrückte, wurden Erdbeeren und Frühling, Erdbeeren und Moschus, Erdbeeren und Sex wieder in mir wach. In der schwachen Hoffnung auf bitteres Grün war ich in dieses Land gekommen, und jetzt, plötzlich, diese berstende Süße. Ich wusste nicht mehr, wie spät es war, wie viele Zeitzonen ich durchquert hatte, wann ich zuletzt gegessen hatte. Jahrelang hatte ich mich ernährt, überlebt, meine Portionen an Grau geschluckt – aber was war mit dem Hunger auf Genuss?

Immer leicht, leicht, leicht, hatte der Patissier gesagt. *Nicht zu hart anfassen.* Also köchelte ich die Früchte mit Zucker. Mischte behutsam einen Teig, fast ohne zu rühren. Die Shortcakes zischelten, als sie aus dem Ofen kamen, blasse Buckel, makellos. Ich ließ die Hände in ihre Hitze gleiten. Draußen stand dürres, totes Gras, und durch die Glasscheibe sah ich unterm Berghimmel den Smog in den Tälern hängen wie Schaum auf einer Brühe, eine einzige, endlose graue Jahreszeit. Aber auf meiner Zunge war es Sommer und Frühling, und die Jahreszeiten erblühten, und Reben rankten hoch. Butter und Früchte: mein Mund ein Obstgarten in der Sonne.

Ich reduzierte die Hitze und ließ das simmernde Kompott langsam abkühlen. Selbst das Warten war süß, ein zartes und längst vergessenes Verlangen, zurückgehalten in meinem Innern, während ich dem Urteil über mein Werk entgegensah.

Als ich aufwachte, war es dunkel, und mein Nacken schmerzte vom Liegen vor dem Ofen. Die Nacht, die tiefe Nacht war hereingebrochen. Es stank versengt, teuflisch. Seelenruhig wurde mir klar, dass ich in der Hölle sein musste, dass der klare Himmel, die Küche, das Obst der Traum einer Toten gewesen waren. Ich war, wo ich zu sein verdiente: in Los Angeles, verbrannt.

Ich stand auf. Das Kompott war zu schwarzem Teer eingekocht. Jemand hatte den Herd ausgeschaltet. Meine Shortcakes waren verschwunden. Ich stolperte aus der Tür und sah in der Auffahrt ein Auto wenden und losfahren.

Halt, schrie ich. Der Wind riss mir die Worte weg. *Was mache ich jetzt?* Beim Anblick des wegfahrenden Wagens hatten sich meine Lungen plötzlich mit einer so schwarzen, harten Trostlosigkeit gefüllt, dass ich alle Würde vergessend die Auffahrt hinuntergerannt war und gebrüllt hatte, lauter als beim Brief des Rechtsanwalts, so laut, dass es vor meinen Augen flackerte, als meine Stimme über dieses merkwürdige Land hallte: *jetzt, jetzt, jetzt jetzt jetzt.*

Ein Arm streckte sich aus dem Auto. Breite Schultern, ein heller Anzug. Mein Arbeitgeber – ich wusste, dass er es sein musste – warf etwas in die Dunkelheit. Es war ein Shortcake. Die restlichen prasselten hinterher. Er schien sie nicht probiert zu haben. Und in der unfassbar reinen Bergluft, die jedes Detail in erbarmungsloser Klarheit festhält, sah ich ein einzelnes, schwarzes Auge. Es war nicht das Auge eines Mannes, unmöglich. Es war das Auge eines Störs oder Hais, einer Kreatur der kalten Tiefsee, deren Gestalt seit Millionen von Jahren unverändert war, starr und beharrlich, während um sie herum Äonen zerbrachen. Es war ein Auge, das das Ende der Welt überdauern würde, und ich staune noch immer, wenn ich daran zurückdenke; trotz aller Gegenbeweise bin ich heute noch überzeugt, dass der Tod ein solches Auge nicht besiegen kann. Das Auto verschwand. Ich rang nach Luft. Über mir erschienen die ersten Sterne als weiße Aschepunkte am schwarz verkohlten Himmel. Dazwischen pochte ein dottergelber Mondsplitter. Noch nie war mir alles so nah und so fern erschienen.

Ich lief ihm bis zum Zaun hinterher. Dann blieb ich stehen, stumm, zitternd, machtlos. Der Vertrag war eindeutig: Ohne Erlaubnis durfte ich das Grundstück nicht verlassen.

Nicht, dass ich glaubte, der Vertrag würde noch lange Bestand haben. Als ich in die Küche zurückkehrte, kam mir der Rauch meines Fiaskos entgegen. Meine Eingeweide verkrampften sich bei der Vorstellung, zurückgeschickt zu werden: der Abstieg vom Berg, dann der Flug, dann der betäubende Geschmack des Mungoproteinmehls, das alle notwendigen Nährstoffe enthielt und den Körper jahrzehntelang am Leben halten konnte, Tag für Tag für Tag für Tag. Ich presste die Stirn an das kalte Glas. Da draußen war die Schlucht, der Abgrund, der kühle, schmerzstillende Wind eines viel schnelleren Absturzes. Mein Magen zog sich zusammen.

Zum zweiten Mal schmeckte ich Erdbeeren.

Wenn ich sage, dass ich in Los Angeles aufgewachsen bin, dann meine ich damit eine Ansammlung relativ unbekannter Satellitenstädtchen, in deren Mitte Los Angeles – Glamour, Hollywood, Strandschönheiten – sich dreht. Meine Mutter und ich lebten in Pasaje zwischen den Salat-, Erdbeer- und Mandelfeldern, die diese Traumwelt ernährten. In der Erntezeit wurde jede helfende Hand gebraucht, und wenn das Geld knapp war, übernahm meine Mutter im Pflegeheim Nachtschichten, so dass sie tagsüber mit den Saisonarbeitern auf die Felder konnte. Wochenlang aßen wir wie die Reichen, körbeweise bestes Obst. Es war billig. Erdbeeren mit Sirup, Erdbeeren mit Reis, Erdbeeren in Essig, Chili und Öl, als Saft, als

Püree, als Suppe, Erdbeeren im Überfluss, immer im Wettlauf gegen die brennenden, quälenden Frühlingstage, an denen die Sonne kein Traum, sondern eine Strafe war und die Arbeiter Hitzschläge bekamen – und trotzdem wurden die Felder mit Pestiziden besprüht und geschröpft, bis das Land austrocknete und verdorrte und nur noch darauf wartete, in Flammen aufzugehen. Die letzten Erdbeeren der Saison blieben auf den Feldern liegen, überreif und fast flüssig, warm wie Herzblut. Die Sorte trug den Namen Ambrosia, die Nahrung der Götter. Aber die Hybris der Maßlosigkeit führt in den Tod. Man kann erblinden, verrückt werden, in Rot ertrinken. Die zweite Natur von Erdbeeren ist ein Zucker, der zu Fäulnis wird.

Ich erbrach sie eine nach der anderen, unförmig und nicht mehr süß, kleine, gebrauchte rote Herzen.

In der Mitarbeitersuite wartete eine neue Mitteilung auf mich – ein Eindringen in einen Bereich, der sowieso nicht mir gehörte. *Bereite für Sonntagabend acht Gänge für zwei Personen vor. Dann werden deine Fähigkeiten abschließend beurteilt.*

Und darunter gekritzelt, mit so viel Druck, dass der Stift abgebrochen war: *Pass auf, dass du mein Restaurant nicht abfackelst.*

Es folgten ein Menü und eine Erklärung, wie man in den Vorratskeller gelangte. Ich roch am Papier, aber der erhoffte Duft war schon verschwunden. Mit vor Kälte blauen Fingern hielt ich die Warnung meines Arbeitgebers gegen eine Lampe, über eine Flamme, vor den bodentiefen Spiegel im Bad. Aber es tauchte keine geheime Nachricht auf. Nur mein eigenes blasses Gesicht.

Und dahinter –

Tastend streckte ich die Hand hinter das Glas. Fühlte Leere. Als ich mit beiden Händen kräftig gegen die Ränder des Spiegels drückte, glitt er zur Seite und gab einen versteckten Raum frei.

Noch heute empfinde ich diesen Raum als ein Auge. Ganz aus Glas wölbt er sich aus der Rückseite des Restaurants und beobachtet mich durch die Jahre. Ich sehe mich selbst in die konvexe, eiförmige Blase krabbeln. Ich sehe die runde Tasche, die wie eine Iris in der Wölbung liegt. Und ich sehe, wie ich durch das Glas unter meinen Knien tief hinunter in den Abgrund blicke.

Hastig kroch ich wieder hinaus.

ZWEI

In dieser ersten Woche rauchte ich jeden Morgen nach dem Aufstehen eine eingeschmuggelte Zigarette – oder auch vier – gegen die Nervosität, lüftete kräftig durch und machte mich, aufgeputscht von Nikotin und Angst, an die Arbeit, um mein Bleiben zu rechtfertigen.

Ich bin eins fünfundfünfzig. Meine Stimme ist nicht laut, und auf andere Menschen wirke ich angeblich nachgiebig. Ich wusste, was es bedeutete, mich in einer Küche beweisen zu müssen, ich hatte oft genug schneller gehackt und länger gearbeitet als die Männer, die mir *Herzchen*, *Süße*, *Schlampe* hinterherriefen. Ich hatte mir die Arme tätowiert und mir einmal sogar eine Glatze rasiert, um die Warnung zu vermitteln, die meine Statur nicht hergab. Mein Beruf war eine undankbare Schinderei, aber einen so gnadenlosen und gespenstischen Test wie in diesem Land hatte ich noch nie zuvor erlebt.

Der Zugang zum Vorratskeller befand sich unter einer Arbeitsfläche, die so rosig war wie rohes Hühnchen. Die teure Marmorplatte schimmerte, als wäre sie feucht. Bei bestimmter Beleuchtung schien sie zu pulsieren wie eine Lunge oder eine Milz. Oder – wenn sie sich öffnete – eine Zunge, die den Weg in den Bauch des Restaurants freigab.

Einhundertsechsundfünfzig rosa Stufen führten in die Tiefe. Kein Aufzug. Das Risiko, sich das Genick zu brechen, gehörte vermutlich zur Inszenierung. Im Vorbeigehen flammten Wandleuchten auf und erloschen wieder. Jedes Mal packte mich die Angst, die Treppe könnte niemals enden und ich müsste in eine Unterwelt hinabsteigen, aus der ich nicht wiederkehren würde. Nie wieder Frühling für mich.

Am Fuß der Stufen, hinter dicken Stahltüren, erblickte ich den wahren Reichtum des Landes.

Andere haben sich darüber geäußert, welche Werte in diesen Räumen voller Getreide, Nüsse und Bohnen lagerten, haben geschätzt, welche Millionenbeträge sich hier in Gläsern mit Foie gras und weißem Spargel versteckten, im Treibhaus unter orangem Licht und in der riesigen Gewürzhöhle. Ich kann keine Zahlen nennen. Ich kann nur erzählen, was ich empfand, als ich die Stirn an einen zehn Jahre gereiften Parmesanlaib drückte, als der Duft von grünem Gras und saftiger Ananas mich auf eine Wiese katapultierte, die nur im Echo, im verklingenden Glockengeläut dieses Aromas existierte. Ich kann erzählen, wie es sich anfühlte, Flaschen mit Wein und Essig in den Händen zu halten, die älter waren als ich selbst, auf den Etiketten die Namen verlorener Traditionen. Und ich kann beschreiben, wie es mir das Herz zerriss, als ich in der Gefrierkammer Hühner, Schweine, Kaninchen, Rinder, Fasane, Thunfische, Störe, Wildschweine paarweise von der Decke hängen sah. In der Oberwelt gab es keine Wildschweine mehr, keine Ölandgänse, keine Haie; am Tag, als ich auf den Berg stieg, starb die letzte wilde Lerche. Da wusste ich, warum der Vorratskeller bewacht wurde, als lagerten hier Gold oder Nuklearwaffen. Er barg etwas noch viel Kostbareres: einen Weg in die Vergangenheit.

Man hatte den Tieren die Haut nicht abgezogen. In der zirkulierenden Luft drehten die Ausgestorbenen sich an ihren Haken und grüßten mich.

Ansonsten begegnete ich in meiner ersten Woche auf dem Berg keinem einzigen Lebewesen. Mein Handy befand sich in einem Tresorraum an der Grenze, und im Restaurant gab es bei allem modernen Glanz keinen Computer und keinen internetfähigen Fernseher. Nur ein Festnetztelefon mit der Aufschrift FÜR NOTFÄLLE. Auch keine Gäste und keine Angestellten. Trotzdem war die Küche jeden Morgen frisch geschrubbt. Eines Tages band ich mir die Schuhe fest zu und nahm die Treppe im Sprint, und da erhaschte ich einen Blick auf eine Gestalt, die aus dem Vorratsraum floh. Als die Frau durch die Tür mit der Aufschrift ZUTRITT FÜR UNBEFUGTE VERBOTEN verschwand, sah sie sich kurz um. Ihr braunes Gesicht war angstverzerrt.

Ich hatte genug Märchen gelesen, um zu wissen, dass man verbotene Räume besser nicht betritt, außerdem hätte der Netzhautscanner mir sowieso keinen Zutritt gewährt. Aber ich wurde die Vorstellung nicht los, dass die Angestellte hinter meinem Rücken irgendetwas Fürchterliches erblickt hatte, für das ich blind war.

In mir wuchs ein Unbehagen, das nicht zu den eleganten Räumen, den üppigen Vorräten, den trägen Sonnenstrahlen der länger werdenden Tage passte. Irgendwann entwickelten diese Dinge selbst sich zur Ursache meiner Unruhe. Nachts hallten unheimliche Geräusche von den hohen Decken. Im übermäßigen Sonnenschein fühlte ich mich beobachtet, ein Präparat unter Glas. Und das Essen – nun ja.

Für das erste Menü verlangte mein Arbeitgeber Gerichte wie Beef Tatar, Vichyssoise, gebratene Gänseleber mit Portwein-Reduktion, Hummer Thermidor, Lammkarree, Mousse au Chocolat. Als hätte er wahllos in einem Kochbuch des letzten Jahrhunderts geblättert, französische Küche für die amerikanische Hausfrau: *Beeindrucken Sie Ihre Freundinnen und lassen Sie Ihre Feindinnen vor*

Neid erblassen! Trotz des gewaltigen Vorrats an Zutaten klammerte das Restaurant meines Arbeitgebers sich wie so viele zu jener Zeit an die üblichen, vertrauten Prestigesymbole. Französische Klassiker mit viel Sahne und Butter, teure Zutaten, nichts als auf den Teller geschaufeltes Geld. Viel Geld: Beim Perfektionieren der Rezepte für das Probeessen warf ich die erlesensten Lebensmittel in den Müll, kübelweise Demi-Glace, Kilos von Filet, Knochenmark, Steinpilze, Terrinen im Gegenwert eines kleinen Vermögens. Die Verschwendung war Frevel. Aber ich konnte nichts davon essen.

Was mit den Erdbeeren passiert war, wiederholte sich mit einem kross gebratenen Rib-Eye-Steak oder glitzernd süßen Butterzwiebeln. Schon der Anblick eines Eigelbs ließ mich würgen. Also trank ich schwarzen Kaffee und knabberte Ingwer. Trockenes Brot, Reis. Als besonderen Genuss glasierte ich Rüben mit Corbezzolo-Honig, der statt nach Zucker nach Tannin, Leder, Asche schmeckt. Und obwohl ich pfundweise Radicchio und Endivien aß, obwohl ich in Chicorée versank, konnte all das meinen Appetit doch nicht stillen. Mein Gaumen sehnte sich nach Bitterem, ein Verlangen, das ich ebenso wenig ergründen konnte wie den Anblick der Frau, die mir aus den vielen spiegelnden Oberflächen des Restaurants entgegensah. Das erbarmungslose Licht offenbarte dunkle Ringe. Matte Erschöpfung. Einen anderen, dünneren, strengeren Mund.

Ich redete mir ein, dass es eine normale Reaktion meines Körpers auf die Entbehrungen der letzten Jahre war. Dass ich den Mangel an Vitaminen und Mineralien ausgleichen musste. So wie Schwangere Essig trinken oder Magnesium lutschen oder Schiffbrüchige nach ihrer Rettung nur kleine Mahlzeiten zu sich nehmen können. Mein Appetit musste erst zurückkehren.

Trotzdem – wenn ich vom Menü für meinen Arbeitgeber gekostet hatte und mir die Sahne und die Fragen nach meiner Zukunft im Magen rumorten, lechzte ich nach einer Prise, einem Hauch, einer Messerspitze Mungoproteinmehl. Dieser metallische Medizingeschmack. Während ich in verwirrendem Überfluss allein durch die Tage trieb, war er unbemerkt zu einer vertrauten Verbindung zur Welt der grauen Teller und leeren Regale, der hungernden Kinder in Louisville und Addis Abeba geworden. Ich stellte mir kleine Gesichter vor, die sich von draußen gegen das Glas drückten und zusahen, wie ich pfundweise Pommes dauphine wegwarf. Der immergleiche Smog, ging mir plötzlich auf, hatte mit seiner Beständigkeit auch Sicherheit gegeben.

Als wollte er mich ärgern, war der Kater beim Essen sogar noch wählerischer als ich.

Ich hatte damals einen Kater. Er war nicht meiner – er hatte meiner Mutter gehört. Ein trauriges, kleines schwarzes Fellknäuel, mit dem mich eine gegenseitige Abneigung verband. Eigentlich hatte ich damit gerechnet, dass mein Arbeitgeber ihn ablehnen würde, dann aber die kryptische Zusage erhalten: *Biodiversität ist immer willkommen.* Und so begleitete mich die Bürde, die ich mir mit neunzehn aufgehalst hatte, auf den Berg.

Ich hatte mir den Kater geschnappt, als ich aus der Wohnung meiner Mutter gestürmt war, einer, wie ich glaubte, phänomenalen Karriere als Köchin entgegen. Ich nahm das Tier und ließ meine Medizinlehrbücher zurück, dabei hätte ich die besser verkauft, und den Kater wollte ich eigentlich zurückbringen. Aber dann bekam ich das Angebot in Upstate New York, dann kamen Lyon und Paris, die Quarantäne in Europa wegen der Vogelgrippe, der Smog, verletzte Eitelkeiten, Stolz, geschlossene Grenzen, und damit hatte es sich. Uns allen – mir, ihr, dem Kater – war klar, dass er zu meiner Mutter gehörte. Egal, wohin ich ihn in meinem Nomadenleben schleifte, er war nie irgendwo zu Hause; er hasste die Mitbewohner, zerfetzte das Sofa oder protestierte nachts mit lautem Gejaule gegen das Klackern der Heizung. Im Laufe der Zeit entwickelte er sich zu einem Ausbruchskünstler. Führte ständig Hunde an der Nase herum, trank aus Pfützen und kam jedes Mal mit Durchfall nach Hause. Er hatte einen empfindlichen Magen und reagierte allergisch auf das meiste Fertigfutter; schließlich gab ich auf, kochte für ihn und sperrte ihn zu seiner eigenen Sicherheit ein, was er mir dankte, indem er auf meine Schuhe pinkelte. Wie gesagt, nicht gerade ein liebenswertes Geschöpf. Als meine Mutter starb – plötzliches Herzversagen, Klappenfehler –, schien der Kater das zu spüren. Beim Anruf des Krankenhauses sprang er wie der Blitz davon, nur um ein paar Meter hinter der Tür vollkommen desorientiert zusammenzusacken. Er kehrte zu mir zurück, aber äußerst widerwillig.

Kurz gesagt, er zeigte mir in aller Deutlichkeit, dass ich eine beständige Enttäuschung war. Wenn meine Essgewohnheiten auf dem Berg merkwürdig waren, musste man seine schon als sadistisch bezeichnen. Er trieb mich in den Wahnsinn, denn er lehnte alles ab: Hähnchenfleisch, frische Milch, Lachsbauch, marinierte und gestampfte Wachteleier, Rebhuhn, Seeohren, Hirschfleisch. In den dunkelsten Momenten glaubte ich in seinem Hungerstreik dieselbe spöttische Herablassung zu erkennen, mit der seine vorherige Besitzerin meinen Beruf als Blödsinn abgetan und mir zu verstehen gegeben hatte, dass ich ihren Ansprüchen nie genügen würde. Der Kater magerte ab. Der Anblick seiner Rippen unter dem Fell kränkte mich so sehr, dass ich Schreianfälle bekam.

Die Lage entspannte sich erst, als er im Vorratskeller einen verlassenen Sicherheitsposten für sich entdeckte. In dem Raum gab es einen uralten Fernseher, eine verstaubte DVD- und Büchersammlung sowie die Übertragung der Überwachungskamera an der Eingangstür des Restaurants. Dort überließ ich den Kater sich selbst. Manchmal wachte ich morgens auf und dachte gar nicht mehr an ihn, an seine schlechte Laune, seine vorwurfsvollen Blicke. Manchmal wachte ich morgens auf in einem Sonnenschein, in dem alles verglühte, als hätte eine Atomexplosion in der Nacht die Welt weggefegt und das Nichts würde sich Stück für Stück ausbreiten, bis auch ich nicht mehr existierte, und das war herrlich.

Sobald ich aber merkte, dass die Sonne auf ihrem Weg über den Himmel erbarmungslos weiterzog, holte ich Rindfleisch oder Crème fraîche oder Estragon aus dem Vorratskeller und fing an zu kochen. Ich bereitete mich auf das Probemenü vor wie ein Gladiator auf den Löwen: wild entschlossen, mit Magenkrämpfen und Todesangst. Ich würgte an dickem Jus, der mir die Speiseröhre verklebte, ich stieß einem Hummer das Messer zwischen die glänzenden Glupschaugen und bekämpfte die Übelkeit, indem ich laut sagte: *Ich bin zur Chefköchin geboren.*

Am Sonntag zog ich mich zweimal um, aber die Eitelkeit war sinnlos. Meine Arbeitskleidung sah immer gleich aus, sie diente dazu, unsichtbar zu machen. Anders als das Auto, das in diesem Moment vorfuhr.

Ein knallrotes Cabrio brauste auf das Haus zu. Splitt spritzte, als die Reifen zweimal von der Straße rutschten. Mit quietschenden Bremsen kam das Auto zum Stehen, dann kippte ein Zaunpfosten um.

Die junge Frau, die ausstieg, war nicht weniger beängstigend. Oben zotteliger Pelz, unten dünne Beinchen, auf denen sie ein wenig schwankte wie ein Vogel, den der Sturm Tausende Meilen vom Kurs abgetrieben hatte. Nein – als sie gegen den Wind gebeugt über die braune Wiese ging, schienen es nicht Meilen zu sein, sondern Lichtjahre, als wäre sie eine Erscheinung aus der Zukunft, von einem fernen, unwirtlichen Planeten. Sie kam näher, und jetzt sah ich die zehn Zentimeter hohen Absätze, die sie so wanken ließen, den Lippenstift im selben Rot wie ihr Mantel und die kleine Nase, über und über bedeckt mit Sommersprossen, die zu dicken Klecksen ineinanderliefen wie flüssiges Karamell in Sahne. In ihren schwarzen Augen lag ein lebhaftes Strahlen.

Sie kam herein, ohne zu klopfen. In perfektem britischem Englisch sagte sie: *Mein Vater hat mir die allerbeste französische Küche versprochen.*

Völlig perplex rutschte mir die Wahrheit heraus. *Das war gelogen.*

Die junge Frau warf den Kopf in den Nacken. Mit einem lauten Jaulen splitterte und barst die glatte Oberfläche: Sie lachte.

Sie hieß Aida, wie die Oper, und ich sagte, ich hätte mal gehört, das sei das italienische Wort für glücklich. Wieder lachte sie. *Oh, und so lebe ich auch.* Angriffslustig tat sie, worauf sie Lust hatte. Sie setzte sich auf einen Barhocker am Küchentresen und bestand darauf, dass ich ihr das Essen dort servierte. Ihr Vater war geschäftlich aufgehalten worden. Als ich ihr vorschlug, das Menü eine oder zwei Stunden warm zu halten und sie an einen Platz in einem der eleganten Speisezimmer zu führen, zuckte sie nur die Schultern. *Wozu soll das gut sein? Der Mann hat keinen Geschmack. Deshalb hat er ja mich zur Beurteilung hergeschickt.*

Sie war auf eine wilde Art gierig, die mich nervös machte. In einer Sekunde apathisch, in der nächsten unter Strom, sprühend vor Bewegung. Ihre volle Oberlippe war minimal zu kurz, und der leicht geöffnete Mund schien ständig reden oder essen zu wollen, was sie auch beides ausführlich tat. Sie schob Töpfe zur Seite, um meine Arbeit zu sehen, und griff nach Tellern, ohne um Erlaubnis zu bitten. Sie aß vornübergebeugt, Ellbogen nach außen, ließ mit der gleichgültigen Unappetitlichkeit der Reichen ihre Ringe durch die Sauce schleifen. Aber sie aß. Die Zinken ihrer Gabel kratzten über den Teller. Mit den Fingern wischte sie die letzten Tropfen auf. Dann wandte sie mit genüsslichem Stöhnen den Blick gen Himmel. In meinem gesamten Leben habe ich nie wieder für jemanden gekocht, der so genießen konnte wie sie. Aber als sie nach nur fünfundvierzig Minuten mit den acht Gängen fertig war, lehnte sie sich zurück, knibbelte am Schmutz unter ihren Fingernägeln und sagte: *Das war nicht besonders gut, was?*

Ich erstarrte. Wäre ich eine Katze gewesen, hätte ich gefaucht.

Das Menü. Fürchterlich. Du hast getan, was du konntest, aber wie gesagt, mein Vater hat keinen Geschmack. Er würde Schweinearschlöcher essen, wenn man sie Calamari nennt. Ich glaube, ein paar seiner Gesichtsnerven sind abgestorben. Anscheinend ist das in Amerika auch mal Leuten passiert. In dieser Küstenstadt, wie hieß die noch, mit der ganzen Industrie – Baltimore? Providence? Da sind chemische Abwässer ins Grundwasser gelangt, und plötzlich – sie schnipste mit den Fingern – *konnten die Leute die vierunddreißig Aromen von dunkler Schokolade nicht mehr schmecken.*

Es gibt vierunddreißig?, fragte ich, benommen von ihrem Redeschwall.

Eigentlich sogar achtundsiebzig, wenn man Roland Barthes glauben will. Ihre schmalen Augen wurden noch schmaler. *Gehörte sein Patisserie-Kochbuch nicht zur Pflichtlektüre am Le Cordon Bleu?*

Klar. Barthes ist super. Fast hätte ich meine angebliche Ausbildung vergessen. *Erzähl mir was von dir*, wechselte ich das Thema.

Sie blieb noch Stunden, goss sich Wein nach und berichtete mir mehr, als ich erbeten hatte. Sie war zwanzig Jahre alt und studierte an der Universität Mailand, beziehungsweise sie hatte dort studiert, bis die Luftqualität in der Stadt problematisch geworden war. Das schien sie jedoch nicht zu stören. Ich hatte den Eindruck, dass es überhaupt kaum etwas gab, was sie störte. Ein ums andere Mal rutschte ihr der Pelz von der Schulter, und sie zog ihn mit einer kleinen Bewegung wieder hoch, was genauso gut Lässigkeit sein konnte wie ein Frösteln. Sie liebte schnelle Autos, die Arbeit einer Choreographin namens Charlotte Edmonds und ihre beiden neuen Welpen. *Katzen verstehe ich nicht.* Sie misstraute den kulinarischen Instinkten ihres Vaters. *Er hat vorgeschlagen, dass ich in der Küche vorbeigucke, und da habe ich den Scheißlügner beim Wort genommen.* Kurze Pause, prüfender Blick. *Du bist genau nach seinem Geschmack.*

Der elegante Akzent verbarg die Schärfe, die so unmerklich schnitt, dass es einen Moment dauerte, bis ich die plötzliche, tiefe Verletzung spürte. Ich schrubbte weiter in einem Topf, als hätte ich nichts gehört.

Es stimmt, Liebes, sagte sie herablassend, als wäre sie nicht neun Jahre jünger als ich. *Er ist ein Lügner. Was glaubst du denn, wie er zu seinem Reichtum gekommen ist?* Sie lieferte mir einen Kurzabriss. Ihr Vater hatte unverhofft viel Geld mit IV-Infusionen gemacht, die er im Verlauf mehrerer Pandemien mit hohem Aufschlag weiterverkauft hatte. Dasselbe wiederholte er mit Getreidereserven in einer Hungersnot, mit Kohle und Strom in einem Winter voller heftiger Schneestürme. Er hatte einen Riecher für Mangel und bevorstehendes Unglück. Das Land auf dem Berg hatte er lange vor dem Smog gekauft.

Wie lange?

Aida nahm einen langsamen Schluck und kostete die dramatische Pause aus. *Vor fast zehn Jahren.*

Unmöglich.

Sie grinste mit Pistazienstückchen zwischen den Zähnen. Zu einer Zeit, als der Berg für die italienische Regierung nicht viel wert gewesen war, hatte ihr Vater ihn gekauft, um sich aus der Öffentlichkeit, die ihm seinen Erfolg übelnahm, zurückzuziehen. Die genauen Zeitabläufe waren aus Furcht vor einem Aufschrei verschleiert worden. *Schon damals nannten sie ihn* – sie grinste – *einen Untergangspropheten. Stell dir vor, wie es in ihren kleinen, abergläubischen Hirnen rappeln würde, wenn sie wüssten, wie lange wir schon als Teil unseres Krisenplans landwirtschaftliche Versuche durchführen. Die Menschen sind neidisch. Ihnen fehlt der Weitblick.* Da Sonnenlicht inzwischen so rar geworden war, hatte ihr Vater die schon bestehenden Forschungen intensiviert und sich vertraglich verpflichtet, die Ergebnisse an die Regierung weiterzugeben. Inzwischen verpachtete er sogar Land an private Investoren, die damit zusätzliche Vorteile wie Autarkie, Abgeschiedenheit und Zugang zu neuesten Innovationen erhielten. Aber statt ihrem Vater dankbar zu sein, hassten die Pächter ihn ebenfalls. Es waren Öltycoons und Tech-Millionäre und Erbinnen aus Italien und anderen europäischen Ländern, zum Teil auch aus Nord- und Südamerika, und keiner von ihnen hatte je das Gefühl gekannt, jemandem verpflichtet zu sein. Sie hassten Aidas Vater dafür, dass er den Schlüssel zu ihrem Schicksal in den Händen hielt. Dass er sich so selten unter sie mischte, zur Pedanterie neigte und aus einem anderen Milieu stammte, machte es nicht besser. *Ihnen ist klar, dass er nicht dazugehört.* Und das war auch der Grund für das Restaurant. Die Sonntagsdinner sollten dem Ganzen einen zivilisierten Anstrich geben. Mit fürstlichem Essen wollte man die wertvollsten Investoren beeindrucken. Aida sprach über sie wie über Schweine oder Rinder. *Mit ein bisschen Xanax im Trog kann man sie gut bei Laune halten. Ist natürlich nur Spaß.* Wirklich? Über ihren Vater fällte sie ein vernichtendes Urteil. *Ich habe ihm gesagt, er soll diese Snobs vergessen. Aber er giert nach ihrer Bewunderung.* Ihr Vater und die Bergbewohner – immer wieder kehrte Aida zu diesem Thema zurück, wie jemand, der nicht aufhören kann, an einem entzündeten Insektenstich zu kratzen, bis ich sie schließlich, um endlich mal etwas anderes zu hören, nach ihrer Mutter fragte.

Nicht mehr da. Aida zermalmte noch eine Pistazie.

Dastutmirsehrleid, murmelte ich. Die Unterhaltung rutschte plötzlich ins Eisige, und ich suchte nach Halt. *Was war deine Mutter denn?* Ich hatte schon so lange keinen Menschen mehr zu Gesicht bekommen. Ich sehnte mich nach einer Verbindung, und in Aidas Wangenknochen, in ihrer glatten Nase glaubte ich sie zu erkennen. *Japanerin oder Taiwanesin oder …*

Nicht war. Ist. Da sah ich plötzlich ihren Vater in ihr. Seine breiten Schultern auf ihrem schmalen Körper, seine kalten, schwarzen Augen. *Ich habe nicht gesagt, dass sie tot ist. Sie hat uns verlassen. Frag nicht, es ist eine langweilige Geschichte.*

Aber wie …

Jetzt ging sie hoch, loderte in ihrem roten Pelz. *Habe ich gestottert, oder was? Woher nimmst du das Scheißrecht, so neugierig zu sein? Ich weiß, dass du nicht am Le Cordon Bleu warst und auch nicht Küchenchefin im Coloniál. Du kannst dich glücklich schätzen, dass mein Vater dich nach dem Backgroundcheck nicht direkt wieder gefeuert hat. Hast du wahrscheinlich nur deinem Foto zu verdanken.* Das tat weh, aber nicht so sehr wie das, was sie noch hinterherschob. *Du bist nichts als eine mittelmäßige Köchin, und das hier ist* unser *Land, und ich sage dir, frag nicht nach meiner Mutter.*

Ich hatte mich vom entspannten Essen täuschen lassen, von Aidas baumelnden Beinen. Von ihrem weichen Mund und ihrem Gelächter, derb und unschuldig wie ein Kinderlachen. Ich hatte vergessen, dass es mein Job war – mein wahrer Job –, sie zufriedenzustellen. Ich entschuldigte mich.

Großzügig kündigte Aida an, mir in Zukunft bei den Menüs zu helfen. Wir fingen an, die nächste, die erste echte Dinnerparty zu planen, sechs Gäste am übernächsten Sonntag, und ihre gute Laune kehrte zurück. Als sie sich schließlich auf den Weg machte, hatten wir alles unter Dach und Fach. Aida würde zum Probieren vorbeikommen. Beim Abschied grunzte sie. *Erobern wir die Herzen der Schweine. Ach, und am Le Cordon Bleu wird übrigens kein Barthes gelesen. Aber ich empfehle ihn dir trotzdem. Nicht wegen seiner Schriften über Schokolade, sondern wegen der über Wein und Sprache.*

Er kam wieder raus, als ich den Rest von Aidas Wein wegschüttete. *Angsthase*, schimpfte ich, als der Kater auf die Arbeitsplatte glitt. Er verschluckte sich an einem Pastetenkrümel. Ich nahm den Telefonhörer ab. Es stand ja dran, dass der Anschluss für Notfälle war.

Beim zweiten Klingeln hob mein Arbeitgeber ab. *Ja?*

Zum ersten Mal hörte ich seine Stimme, zumindest glaubte ich das. Er sprach ebenfalls britisches Englisch, so übertrieben artikuliert, dass er wie ein Navi klang. Mir sträubten sich die Nackenhaare. Aber ich konnte nicht untätig herumsitzen und mich mit der Ungewissheit quälen, ob ich mein Visum verlieren und vom Berg fliegen würde. Ich fragte: *Wollen Sie mich feuern?*

Nein.

Ich wartete, aber er schwieg. Hinter meinem linken Auge pochte Höhenkopfschmerz. *Aber Sie wissen, dass ich in meiner Bewerbung gelogen habe.*

Er musste die Hand auf den Hörer gehalten haben. Gedämpfte Geräusche, eine zugeknallte Tür, und dann sagte er in die vollkommene Stille hinein: *Ich zahle dir ein Gehalt, das deiner Erfahrung angemessen ist, vierzig Prozent weniger, als wenn dein Lebenslauf echt gewesen wäre. Du bist billig. Deine – Geschichten – lassen eine gewisse Flexibilität erkennen, die mir entgegenkommt. Außerdem besitzt du weitere Fähigkeiten, die ich eventuell nutzen möchte.*

Ich verzichtete darauf, mein Bewerbungsfoto anzusprechen. *Ich bin zu allem bereit, was diese Rolle erfordert. Wenn ich einen Italienischkurs besuchen soll oder Sie mir ein Lehrbuch …*

Nicht nötig. Der große Vorteil deines Jobs ist, dass du abgeschirmt vom Weltgeschehen kochen kannst. Das war doch dein Wunsch?

Ja. Ich wiederholte es: *Ja.*

Gut. Meine Tochter berichtet, dass du eine einigermaßen versierte Köchin bist.

Aida war seit etwa zwanzig Minuten weg. Es war der erste Hinweis auf die enge Verbindung zwischen Vater und Tochter, auf diese schnelle, starke Unterströmung. An jenem Abend dachte ich mir nichts dabei. Ein glänzender Köder hatte meine Aufmerksamkeit gefesselt. Eitelkeit ließ mich fragen: *Welche weiteren Fähigkeiten meinen Sie?*

»Ich bin bereit, in zumutbarem Rahmen jede Aufgabe würdig zu erfüllen.«

Aus seinem Mund klangen meine eigenen Worte wie Spott. Fast hätte ich aufgelegt, um wenigstens einen Rest meiner Würde zu wahren. Aber dann dachte ich, Scheiß drauf, warum nicht. *Wie heißt Ihre Frau?*

Er schwieg so lange, dass ich dachte, die Verbindung wäre abgebrochen. *Eun-Young*, sagte er dann und legte auf.

DREI

Und so entdeckte ich umgeben von einer geschmacklosen Welt in den Tiefen dieses surrealen Landes zwischen Obst, Gemüse und angeblich ausgestorbenen Tieren die letzten Reste meines Berufsstolzes. Vertrocknet, zerdrückt – aber noch lebendig.

Es half, dass ich von meinem Arbeitgeber träumte. Kurze Träume, lange Träume, diffuse Träume und klare Träume, so klar, dass ich beim Wort *billig* jeden einzelnen Spuckefaden in seinem Mund erkennen konnte. Ab und zu rief Aida mit sarkastischer, herrischer Stimme dazwischen: *Mittelmäßig*. Das hatte nichts Sinnliches, obwohl mein Arbeitgeber in manchen Nächten groß und gutaussehend erschien, in anderen gedrungen wie ein Troll, blond, mit Buckel, gespenstisch, nackt bis auf ein einziges schwarzes Auge. Jeder Traum endete unausweichlich damit, dass er mein Essen vom Berg warf. Mit zusammengebissenen Zähnen wachte ich auf. Und kochte, um mich zu beweisen.

Aida kam mit Kochbüchern, Ernährungsvorgaben, Menüfolgen vorbei. Wir ergänzten Nouvelle Cuisine und die klassische französische Küche um milchfreie Paleo-Rezepte, mittelalterliche Gerichte aus Italien mit viel Kürbis und Mandeln und Zubereitungen aus dem frühen Agrarzeitalter, die so viel spelziges, faseriges Getreide enthielten, dass man davon, wie Aida es formulierte, *kacken musste, bis man die Engel im Himmel singen hört*. Zu den modernen Ergänzungen gehörten die heißgeliebte vegane Diät des besten Cricketspielers der Welt, Astronautennahrung für eine bessere

Knochendichte sowie mit Aktivkohle versetzte und nitratfreie Lebensmittel. Aber nichts von der Seite ihrer Mutter, nichts Koreanisches. *Was für ein Klischee*, sagte Aida und verdrehte die Augen, als ich sie fragte, ob sie Kimchi vermisse. *Meine Mutter hatte für Essen nichts übrig.*

Meine auch nicht, sagte ich.

Dann frag nicht so blöd. Sie strich den Kohl vom Menüplan. *So leicht ist es nicht, nach Hause zurückzukehren.*

Mein Arbeitgeber verlangte von uns vollen Einsatz bei der Entwicklung neuer Rezepte, die, wie er es nannte, optimal werden sollten. In seiner Vorstellung bedeutete das einen Rückgriff auf alte Zeiten und alte Traditionen, und dabei wurden keine Kosten gescheut. Mein Gott, was für eine Verschwendung von Wagyu und Kaviar und Safran. *Altbewährte Zutaten haben unleugbar ernährungsphysiologische Vorteile*, beharrte Aida, nur um dann einzuwenden: *Ja, okay, typisch neureich.*

Ich war unsicher, ob die Selbstironie beabsichtigt war – aber dann grinste sie. Die Distanz zwischen uns schmolz.

Unser Hauptgericht war eine traditionell zubereitete Poularde de Bresse en vessie: ein ganzes Huhn, gestopft mit Trüffeln und Gänseleber und mit einem Sud von Weinbrand und noch mehr Trüffeln in einer Schweinsblase gegart. Die Zutaten waren nichts als protzige Show, der Anblick des Vogels in der glatten, grauen Blase dagegen ernüchternd, fast beklemmend, ein Gericht, das zu Primaballerinen passen würde, wenn Primaballerinen denn essen dürften. Als ich vorschlug, das Huhn bei den Probeläufen in Wasser zu dünsten, gerieten wir aneinander – ich war nicht bereit, literweise Madeira und kostbaren Armagnac in den Ausguss zu kippen. Ich weiß nicht mehr, warum ich damals diese Grenze zog. Jetzt, aus dieser Entfernung, kann ich die Grenzen kaum noch erkennen, so verschwommen, so veränderlich waren sie damals.

Nach meiner halbherzigen Rechtfertigung von wegen Handwerksehre, Respekt und so weiter hielt Aida dagegen. *Warum versteifst du dich so auf den Alkohol? Das ist ein echtes Bressehuhn.*

Bresse, die traditionelle französische Rasse mit weißem Gefieder, blauen Beinen und der teuersten Aufzucht aller Hühnerrassen – bis auf den letzten Vogel geschlachtet, als man das Hühnerfutter benötigte, um eine Hungersnot unter den Menschen abzuwenden. Ich konnte mir gerade noch verkneifen zu sagen, dass auch das unmöglich war. *Ich dachte, wir nennen es auf der Menükarte Bressehuhn, um an die Tradition zu erinnern.*

Du kennst meinen Vater schlecht. Als man ihm erklärt hat, dass es das Geflügel der Könige genannt wird, wollte er die echten haben. Aida ratterte Zahlen herunter. Das Schmiergeld für den französischen Gesundheitsminister. Den Schmugglerlohn. Die Zahlungen an gut hundert Bauernfamilien in der Gegend von Lyon für die exklusiven, zeitlich unbegrenzten Rechte an der Rasse und dem Namen. *Bresse ist jetzt die falsche Bezeichnung. Die Hühner müssten eigentlich unseren Namen tragen. Stell dir vor, wie sie* daran *zu kauen hätten. Aber du hast recht, wir können den Madeira und den Armagnac für die Probeläufe weglassen.* Verschwörerisch beugte sie sich zu mir. *Ein bisschen Risiko macht Spaß.*

Aida war nicht grausam. Sie konnte sehr wohl neugierig, anspruchsvoll und ehrgeizig sein. Sie beobachtete mich beim Stopfen und Pürieren und Pökeln und Spritzen und Stifteln, fragte mich, welche Temperaturen ich wählte, warum ich vorm Braten blanchierte, warum ich Petersilie nahm und nicht Koriander. *Zu herb*, erklärte ich. *Der Name Koriander kommt vom griechischen Wort für Wanze.*

Das brachte sie zum Lächeln. Was noch, fand ich nach und nach heraus. Aida dachte zwar global und kleidete sich avantgardistisch, aber in kulinarischer Hinsicht war sie wie ihr Vater eine kleine Traditionalistin. Hielt man ihr eine klassische Terrine unter die Nase, verführte man sie mit einem Bilderbuchsoufflé mit goldgelbem Butterschimmer – dann grinste sie oder ließ einen Schwall Flüche los, und in den allerbesten Momenten verstummte sie komplett, wenn sie den Löffel in die bebende Masse tauchte. *(Immer leicht, leicht, leicht.)* Dann schloss sie die Augen, öffnete die Lippen und stöhnte.

Ich dachte an meinen Patissier, nicht nur, weil im Gewächshaus die Erdbeeren schamlos glänzten, nicht nur, weil abends im Bett in meinem schmerzenden, erschöpften Körper die Erschöpfung von Sex widerhallte. Ich dachte an das, was er mir beigebracht hatte, wenn die Lust gesättigt war und wir den Stolz abkühlen ließen. Mit mehlduftendem Atem hatte er mir erklärt – was war es noch gleich? Irgendetwas darüber, was es bedeutete, für einen anderen Menschen zu kochen. Irgendetwas über Inspiration. *Ein bisschen mehr …*, setzte Aida oft an, und bevor sie zu Ende gesprochen hatte, griff ich schon nach Zitrone oder Salz. Jetzt, wo ich selbst keinen Appetit mehr verspürte, ließ ich mich beim Kochen von ihrem leiten.

Bis spät in die Nacht kochte ich ein, hackte, presste und klärte, kompensierte den Gaumen, dem ich nicht mehr trauen konnte, mit technischer Präzision. Ich schnitt mir in den Finger, zerrte mir einen Muskel, und eines Tages verbrannte ich mich am linken Handgelenk, die Wunde war das Spiegelbild einer älteren auf der rechten Seite. In meiner Benommenheit hatte ich das Gefühl, mein jetziges Leben wäre eine Wiederkehr meines Lebens vor sieben Jahren, und ich klammerte mich an die Empfindung, noch einmal mein zweiundzwanzigjähriges, ehrgeiziges Ich zu sein. Obwohl ich für alles, was danach kam, dankbar war und es immer bleiben werde. Mein Arbeitgeber hat mir einen Job gegeben und einen Grund zum Leben.

Aber ich war nicht mehr derselbe Mensch wie mit zweiundzwanzig. Als ich das Dinner vorbereitete, kochte ich für Aida, für meinen Arbeitgeber, für imaginäre Gäste, für meinen Stolz, für die Zahlen, die sich auf meinem Konto nach oben und in meiner Schuldenübersicht nach unten bewegten, für das Recht, saubere Luft zu atmen, die Strahlen der Sonne zu spüren, in diesem Land zu leben. Aber mit neunundzwanzig konnte ich mein eigenes Essen nicht mehr ertragen: Ich kochte nicht für mich selbst. Früher hatte ich das getan. Vor langer, langer Zeit war ich aus Los Angeles weggegangen und hatte mich von einem Leben verschlingen lassen, in dem meine Loyalität einzig und allein meiner Zunge galt. Meinem Bauch. Mir selbst. Meine Mutter hatte mich egoistisch genannt, also wurde ich es auch. Von neunzehn bis fünfundzwanzig war ich nichts als ein Mund, der sich sättigen wollte. Nur für mich kaufte ich das Fleisch mit der besten Marmorierung und braisierte es drei Tage lang, ich tobte mich mit Butter und Sahne aus. Meine Arterien waren jung, mein Leben lag vor mir, und ich griff mit beiden Händen zu. Ich trank, rauchte, flog billig durch Europa, wohnte in aufregenden Bruchbuden, entdeckte Pillen, mit denen eine Nacht in einem Wimpernschlag verstrich oder sich zu einer schwebenden, leuchtenden, warmen Seifenblase ausdehnte. Damals schien die Zeit unendlich zu sein. Ich bettelte berühmte Köche an, bei ihnen lernen zu dürfen. Ich nahm an Wettbewerben teil und schnitt bei einigen gut ab. Ich meldete mich freiwillig für Brunch-Schichten, ich putzte Artischocken, ich machte den Fettabscheider sauber. Ich ließ meinen Körper alles erleben: den beißenden Rauch am Grill, eine Entenbrust, aufgebrochen wie eine Geode, zweihundert Austern im Kühlraum, Sex im Kühlraum, betrunkene Fahrten durch Paris auf einem klapprigen Motorrad und ohne Helm, eine geklaute weiße Trüffel, die ich mir über eine Schüssel Käsemakkaroni aus dem Supermarkt hobelte, und mein Körper sang das hohe, pralle, selbstverliebte Lied der Jugend. An meinem fünfundzwanzigsten Geburtstag servierte ich meinen Gästen Fugu vom Schwarzmarkt, ich spürte das süße Kribbeln des Gifts auf den Lippen und erwartete gespannt, ob ich sterben würde. In jenem Alter glaubte ich zu wissen, was der Tod war: ein Nervenkitzel, als streifte man im Vorübergehen einen Freund, der vielleicht ein Liebhaber werden könnte.

Und dann kam der Tag – ich war schon ein wenig müde, mein Magen ein wenig schwer –, als ich in den gebratenen jungen Sardinen, die ich als Vorspeise zubereitete, die Fleischgräten drinließ. Ich mochte das Knirschen, deshalb ließ ich sie drin. Auf der Karte stand filetiert, und ich ließ sie drin. Der Küchenchef hatte an dem Tag frei. Um 11:34 Uhr erschien der erste Gast, eine alte Frau mit einer so dicken Perlenkette, einem so schnürenden Schmuck um den Hals, dass ich zuerst dachte, die Perlen würden ihr die Luft abdrücken. Wahrscheinlich bin ich inzwischen älter, als sie damals war. An jenem Tag – eine Woche, nachdem meine Mutter gestorben war – klaffte die Sterblichkeit dieser Frau auf wie eine Tür. Die Frau überlebte, aber das war egal. Ich wurde gefeuert. Ich verlor den Mut. Als ich mich Monate später wieder nach Arbeit umsah, breitete sich bereits der Smog aus. Nach Amerika konnte ich nicht zurück, die Grenze war dicht. Das Ganze ist nur ein kleiner Teil einer globalen Katastrophengeschichte, und ich bin nicht so narzisstisch, sie zu meiner eigenen zu machen. Aber einen Moment lang erblickte ich im Gesicht der alten Frau das alternde Gesicht der Mutter, die ich so viele Jahre nicht gesehen hatte: eine Fremde, die an meinem Essen erstickte. Ich verlor die Lust am Kochen. Hatte ich meinen Ehrgeiz früher verflucht, weil er mich unzufrieden, mittellos, neidisch machte, meinen Blick immer auf die volleren Teller der anderen lenkte, so war es ohne ihn noch viel schlimmer. Quälende, graue, appetitlose Tage, erst gelegentlich, dann immer häufiger Tabletten, ein Flirt mit einer hohen Brücke, gerettet nur von zwei zufällig auftauchenden Touristen, die mich baten, ein Foto von ihnen zu machen, verlorene Freunde, verlorener Lohn, das Versprechen an mich selbst, am Leben zu bleiben, um wenigstens Los Angeles wiederzusehen, dunkle Nacht und der Tod der Sterne.

Wie alle Köche gab ich dem Smog die Schuld. In Wahrheit war es mehr als das. Ein Universum in meinem Inneren war verblasst und erloschen. Als ich auf den Berg kam, fühlte ich mich schon längst leer, war nichts als ein Nullraum, eine bezahlte Arbeitskraft.

Aber ich konnte immer noch eine verdammt gute Dinnerparty schmeißen.

Bei Tagesanbruch fuhr Aida in einer stahlblauen G-Klasse mit Sportauspuff vor. *Mach's auf*, befahl sie und drückte mir eine fettige Papiertüte in die Hand. An ihren Ohrläppchen baumelte ein Federschmuck, der jedem Papagei Ehre gemacht hätte. Aus der Tüte glitten zwei Burritos, und mit einem schüchternen Blick durch ihre lindgrüne Brille sagte sie: *Ich habe gedacht, du hast vielleicht Sehnsucht nach Kalifornien.*

Nein – sie war nicht grausam.

Die Burritos waren vollgestopft mit Cannellini-Bohnen und troffen von dickem, grünem Öl. Ich behauptete, schon gefrühstückt zu haben, aber Aida langte zu. *Ich bin extra dafür nach Mailand gefahren, es ging ein vielversprechendes Gerücht um – aber das ist nur billiger Industrieweizen.* Sie streckte die Zunge heraus, so sauber und samtig, dass mich das unerklärliche Verlangen überkam, sie zu streicheln. *Egal, es ist Futter.* Überraschend zeigte sie auf meinen Burrito. Sie schob die Brille hoch wie eine alte Frau und sagte etwas steif: *Ich bin schließlich so weit dafür gefahren. Wir können ihn doch nicht verkommen lassen.*

Mir stockte der Atem. Gehorsam nahm ich einen kleinen Bissen. Bevor mir das Öl die Kehle zuschnürte, spürte ich einen kurzen Anflug von Appetit, einen Widerschein von ihrem.

Aida stürzte sich mit Volldampf in die Vorbereitungen. Handgeschriebene Tischkärtchen, persönliche kleine Nachrichten an alle Gäste, in denen auf ihre Hobbys Bezug genommen und ihrer Eitelkeit geschmeichelt wurde. Zweihundert Kerzen im exklusivsten Speisezimmer. *Die Stimmung muss sanft sein. Gewinnend.* Schüsseln mit kandierten Fenchelsamen für einen iranischen Meteorologen, der diesen Snack besonders liebte. Auf der Toilette flauschige Handtücher mit Lavendelduft, an denen die bulimische italienische Schauspielerin sich die dürren Hände abwischen konnte, bevor sie an den Tisch zurückkehrte. Riesige Gewächshausrosen, benannt nach einem berühmten Rubin aus dem Besitz des südafrikanischen Ehepaars, dessen Familienvermögen zwei Jahrhunderte zuvor aus der ersten Mine des Kontinents geschürft worden war. Aida rutschte heraus, dass ihr Vater das Paar wegen seiner Diamanten umwarb – nicht, um sie zu tragen, sondern um Maschinenteile zu ersetzen. *Es gibt immer Optimierungsmöglichkeiten.*

Aida selbst war in schillerndem Schlangenleder und mit goldbetupften Lidern das i-Tüpfelchen des Abends. Ihre Haare waren zu einer verrückten geometrischen Figur frisiert. *Du siehst aus* – ich betrachtete sie – *wie aus einer anderen Welt. Muss ich mich an einen Dresscode halten?*

Oh, sagte sie, und dann: *Scheiße*, und: *Ich dachte, er hätte es dir gesagt.* Zwischen ihren Zähnen hing ein Stückchen Petersilie. Ich ließ es nicht aus den Augen, während sie mir erklärte, ihr Vater habe in meinem Vertrag festgeschrieben, dass ich bei den Dinnerabenden außer Sichtweite bleiben musste. *Im Untergeschoss*, sagte sie nachdrücklich. *Ach, das hätte ich fast vergessen, mein Vater will, dass du die hier fürs Dessert verwendest. Und auf jeden Fall die Kerne mitverarbeiten.*

Trotz aller Witze über Pillen und Schweine schienen die runzligen, daumengroßen Datteln, die Aida mir reichte, keinerlei medizinische Wirkung zu haben. Ich biss in eine hinein. Da mir kein Schaum in die Mundwinkel trat und ich nicht zusammenbrach, pürierte ich die Früchte mitsamt den Kernen und knetete sie in einen Teig, dem sie rostroten Glanz verliehen.

Der Salat wurde hinaufgetragen, ich stieg hinunter. Aida hatte Anweisungen für das Erhitzen und Servieren des Menüs bekommen.

Der beste Platz im ganzen Haus, sagte ich zum Kater, der mich beim Eindringen in seine Sicherheitskammer wütend anblinzelte. Auf dem Bildschirm der Überwachungskamera sah ich die Gäste an der Tür eintreffen. Die körnigen Gestalten ähnelten ganz und gar nicht den unbedeutenden Aasgeiern, als die Aida sie mir beschrieben hatte. Sie sahen gepflegt, entspannt und unauffällig aus, bis auf die Südafrikanerin mit ihrer vulgären Diamantkette.

Ich überflog das Angebot an DVDs: koreanische Serien und italienische Filmklassiker. Komischerweise stammten Letztere allesamt aus der Stummfilmzeit. Außerdem fand ich ein paar englische Romane (zu lang) und eine Gedichtsammlung (zu emotional). Das kleine italienisch-englische Wörterbuch, das ich bei meiner Anreise mitgebracht hatte, ließ ich hinter der Vase, wo ich es versteckt hatte; nach der Reaktion meines Arbeitgebers auf die Frage nach Italienischunterricht befürchtete ich, er könnte es als Schmuggelware ansehen. Schließlich las ich – und bereute es hinterher – eine Kurzgeschichte über bengalische Einwanderer im Amerika des zwanzigsten Jahrhunderts. Ich kannte die Städte, die darin vorkamen, aber der Optimismus, der die Geschichte durchzog, war fremd, beunruhigend, als käme man nach Hause und müsste plötzlich feststellen, dass das eigene Haus auf Sand gebaut ist. *So wenig ungewöhnlich das alles sein mag*, lautete der letzte Satz, *gibt es doch Momente, da es meine Vorstellungskraft übersteigt.* Schließlich vertrieb ich mir die Zeit mit Erinnerungen an den Ruhm vergangener Tage. *Übrigens*, erzählte ich dem Kater, *einmal hat ein Gast mir applaudiert.* Der Kater war wachsam und zuckte jedes Mal mit dem Schwanz, wenn Düfte aus den Lüftungsschlitzen wehten.

Ich konnte es riechen, als das Kalbfleisch aus dem Ofen genommen wurde. Ich fuhr zusammen, als Aida die glasierten Karotten zu stark abflämmte. Und ich nahm genau wahr, in welchem Moment sie die Poularde de Bresse en vessie aufschnitt. Schwere Duftschwaden von Armagnac und Madeira quollen mir entgegen, ein berauschender, goldener Teppich, der mich zurück nach Paris trug. Ich schloss die Augen. Und ich war weg.

Vorhang auf:

Es ist fünf Jahre früher, das Jahr meines Triumphes. Ich darf als Köchin im Coloniál probearbeiten, dem Restaurant mit Michelin-Stern, von dem ich eines Tages behaupten sollte, ich wäre dort Küchenchefin gewesen. Probearbeiten bedeutet in der Gastronomie einfach unbezahltes Arbeiten, aber das ist mir egal. Ich rechne fest damit, eines Tages hier Souschef oder Chef de Cuisine zu sein, und wenn nicht hier, dann in einem besseren Restaurant. Ich bin vierundzwanzig. Es gibt keinen Smog. Weil ich es kaum erwarten kann, dass mein Leben endlich losgeht, bin ich einen Monat zu früh nach Paris geflogen und habe für die Übergangszeit einen Cateringjob angenommen. Ein Politiker veranstaltet ein Bankett zur Verlobungsfeier seiner Tochter, zweiunddreißig Gänge für zwanzig Gäste. Niemand von uns ahnt, dass es eines der letzten Festessen dieser Art sein wird. Wir wissen nur, dass es nicht öffentlich bekannt werden darf (Gemunkel auf dem Land, auf den Straßen, in bestimmten Internetforen – wenn man die Ohren offenhält – über Lieferketten, geheim gehaltene Getreidekrankheiten in Amerika, Milch- und Fleischpreise). In einem ratternden Lieferwagen verlassen wir Paris. Vorbei an Wollschafherden, grün gestreiftem Licht in Buchweizenfeldern. (Der Buchweizen wird in drei Jahren ausgestorben sein, die Schafe in zweien zu blutigen Haufen aufgetürmt.) Aber jetzt: Wildblumen, eine Bauernküche, große, duftende Kräuterzweige und zwanzig in Armagnac ertränkte Ortolane. Im Speisezimmer breitet sich Stille aus, als die seltenen Singvögel im Ganzen serviert werden. In der Küche stellen wir das Radio aus und lauschen auf das Knacken der Knochen.

Ich war Küchenchefin in Paris, sagte ich zum Kater, der mich ansah und seufzte und nicht fragte, ob ich die Tränen, die in sein Fell tropften, wegen der toten Vögel vergoss oder weil ich nie selbst einen kosten würde oder weil mich der alte Ehrgeiz stach. Bis zu diesem Moment war mir nicht klar gewesen, dass ich im Rampenlicht stehen wollte, wenn Gäste jubelten, wenn Aida genüsslich aß.

Ein ohrenbetäubendes Krachen machte meinem Selbstmitleid ein Ende.

Noch mehr Krach. Ein Mann brüllte etwas Unverständliches. Ich rutschte näher an das Lüftungsgitter. Weitere Stimmen fielen ein. Schritte stampften durch den Flur zur Haustür, dann erschien der iranische Meteorologe auf dem Security-Bildschirm. Zorn sprach aus jeder seiner Bewegungen.

Mein Arbeitgeber folgte ihm. Er brachte sein verpixeltes Gesicht nah an das Ohr des Meteorologen, und ich sah, wie die Wut nach und nach den Mann verließ, bis er nachgiebig und formbar war wie Teig. Die Männer gingen wieder hinein. Ich roch Kaffeeduft. Eine Stunde später kam Aida zu mir herunter. Der Kater beäugte interessiert die Federn an ihren Ohren.

Genial. Ich habe meinen Vater Gott weiß wie lange nicht mehr so glücklich erlebt. Sie nahm die Ohrringe ab, öffnete die Schnallen an ihren Schuhen. Der Geruch von Hitze und Schweiß dampfte von ihren Beinen, kräftig, aber nicht unangenehm, eine Erinnerung an Umkleideräume, Pyjamapartys, andere Andenken. Obwohl es heiß war, behielt sie die Strümpfe an. *Sie leisten kein bisschen Widerstand mehr. Ein absoluter Triumph. Die Südafrikaner und der Iraner haben zugesagt, Infrastrukturmaßnahmen zu finanzieren.*

Wie waren die Datteln?

Unvergleichlich. Sie wandte ihre Aufmerksamkeit der koreanischen Romcom zu, die auf dem vorsintflutlichen Fernseher lief. Es gab keine englischen Untertitel, und ich hatte nur mitbekommen, dass die reiche Hauptfigur unter falscher Identität bei armen Dorfbewohnern gelandet war. Das genaue Gegenteil von mir. *Oh, ich liebe* Crash Landing on You. *Wenn die heiße Rivalin auftaucht, wird es richtig gut.*

Du kannst Koreanisch?

Eigentlich nur Schimpfworte. Jugeullae? Sie bleckte die Zähne. *Das bedeutet: Willst du sterben?*

Nicht unbedingt. Ich will … Ich zeigte auf meinen Schneidezahn, und Aida versuchte, sich die Petersilie aus den Zähnen zu pulen. Irgendwann verlor ich die Geduld, schnappte mir ein Geschirrhandtuch und wischte ihr damit über die Zähne.

Als ich merkte, was ich getan hatte, wurde ich rot. *Sorry. Alte Angewohnheit.*

Sie hielt sich die Hand vor den Mund. Wandte sich wieder dem Fernseher zu, und wir sahen die Folge zu Ende.

Aus biologischer und ökologischer Sicht waren es ganz normale Datteln gewesen. Als widerstandsfähige Wüstenpflanze hielt sich Phoenix dactylifera noch in den Höhenlagen Zentralasiens und Nordafrikas. Außerdem existierten recht umfangreiche Vorräte an getrockneten Früchten. Datteln bei einem Dinner waren an sich nichts Außergewöhnliches, aber diese stammten von einer ganz bestimmten Dattelpalme auf einem iranischen Familienanwesen, das sechs Generationen überdauert hatte, bevor es bei einem amerikanischen Drohnenangriff versehentlich in Schutt und Asche gelegt worden war.

Mein Arbeitgeber hatte dem Meteorologen die Datteln aus der letzten Ernte seines Familienbaums serviert und ihm diese Tatsache erst verraten, als die Gäste das Dessert gekaut und heruntergeschluckt hatten, als sie ihre Digestifs genossen hatten, als die Früchte angedaut und nicht mehr aus ihrem Magensäurebad zu retten waren. Als der iranische Wissenschaftler das hörte, rammte er sich mit einer Entschiedenheit, die bei der Schauspielerin für größte Bewunderung gesorgt haben musste, zwei Finger in den Hals. Das Einzige, was noch zurückkam, waren ein paar papierne Fetzen Dattelschale. Der Krach, den ich gehört hatte, war das Geschirr gewesen, das er mit seiner besudelten Hand vom Tisch gefegt hatte.

Erst vor der Tür des Restaurants, außer Sichtweite der anderen Gäste, hatte mein Arbeitgeber dem Meteorologen gesagt, dass nicht alle Datteln gegessen worden waren. Mehrere Dutzend, die sich in perfektem Zustand für die Pflanzung befanden, lagerten versteckt in den Forschungslaboren des Berges. Ebenso unter dem Schutz und in der Gewalt meines Arbeitgebers befand sich der junge Cousin des Meteorologen, der während des Drohnenangriffs nicht zu Hause gewesen war. Die Samen waren entwicklungsfähig, versprach mein Arbeitgeber. Es existierten noch viele Wege in die Zukunft. Und diese Aussichten hatten sich wie in weichem Teig im Gesicht des Meteorologen abgezeichnet, als ich ihn auf den Stufen vor dem Restaurant gesehen hatte.

In jungen Jahren hatte der Meteorologe als wissenschaftliches Wunderkind ein Team geleitet, das zu olympischen Zeremonien für klaren Himmel sorgte. Er war der weltweit führende Experte auf dem Gebiet der Wolkenimpfung. Mein Arbeitgeber wollte die Besten der Besten und hatte gezahlt, was nötig war, um ihn von seiner Professur an einer staatlichen Universität wegzulocken. Diese Geschichte erzählte mein Arbeitgeber mir erst viel später, als wir uns schon so nahegekommen waren, wie ich es nie für möglich gehalten hätte. Unklar bleibt, wie viel Aida damals wusste.

Ich glaube, Aida ging es im tiefsten Innern nicht um diese Pläne, auch wenn sie ihre Rolle bis zum bitteren Ende getreulich spielte. Sie saß am Tisch, sie plauderte, sie aß. Aber ich wurde an genau diesem Abend wachgerüttelt, als das K-Drama sein blau-oranges Licht an die Wand warf. *Komm schnell, sonst verpassen wir es*, sagte Aida. Sie hatte sich abgeschminkt, an ihrem Kinn bildete sich ein Pickel. Wir stiegen unter der Marmorzunge heraus. Es war gerade mal elf Uhr. Das leere Restaurant wirkte größer, dunkler, schien mehr Türen zu haben. Ohne zu fragen, trat sie durch die ZUTRITT-NUR-FÜR-MITARBEITER-Tür in mein Zimmer. *Ich habe dir eine Überraschung versprochen*, sagte sie, schob den Badezimmerspiegel zur Seite und trat in die Wölbung dahinter.

Das Glasauge des geheimen Raums starrte in die Finsternis. Von unten rief der Abgrund. Aida ignorierte den beengten Platz, ließ sich auf die Knie nieder, öffnete den Reißverschluss der bereitstehenden Tasche und begann, die Teile eines Teleskops zusammenzusetzen. Minuten später seufzte sie so wohlig, dass ich mich überrascht nach etwas Torrone oder einer Terrine umsah, denn zu jenem Zeitpunkt kannte ich sonst nichts, was bei ihr einen solchen Laut der Befriedigung hervorrufen konnte. Aber sie blickte in den Himmel.

Sie führte mich an die richtige Position. Durch das Fernrohr sah ich einen schwarzen Saum – meine eigenen Wimpern – und dann zwei helle Punkte, direkt nebeneinander. Nein – an einer Stelle überlappten sie sich. Hier loderten die Ränder in fremdartigen Farben. *Die Konjunktion von Jupiter und Saturn. Ich habe den ganzen Abend an nichts anderes gedacht, während diese Bitch eine widerwärtige Geschichte nach der nächsten von ihren Diamanten erzählt hat.* Ich wäre nie auf die Idee gekommen, dass Aida am Tisch irgendetwas anderes als zufrieden war. Während ich mich eine Etage nach oben gewünscht hatte, war sie mit den Gedanken in noch viel höheren Sphären gewesen.

Ich bin lieber hier, sagte sie, nachdem wir uns sattgesehen hatten. *Obwohl das Teleskop im Haus meines Vaters besser ist. Diese Auswölbung kommt von einer Panne beim Bau, ein Fabrikationsfehler bei der Herstellung der Glasfassade, den sie versucht haben zu verstecken. Ich habe darauf bestanden, dass sie es so lassen, denn wenn man sich hinlegt, fühlt es sich an wie – warte, ich zeig's dir.*

Wir legten uns auf den Rücken, es war eng. Aida sah nach draußen. Ich ebenso. Ein paar Sterne, klar, ein Berggrat, aber nicht viel beeindruckender als der Blick aus den anderen Räumen. Ich bekam einen Krampf im Bein und versuchte, mich unauffällig zu bewegen.

Welches Gefühl meinst du?, fragte ich, als ich die Körperstellen, mit denen ich das eiskalte Glas berührte, schon fast nicht mehr spüren konnte.

So geht's nicht, explodierte Aida. Sie setzte sich auf. Rieb sich mit den Fäusten durch die Haare. *Irgendwas stimmt nicht, warte mal, warte mal – ja klar! Ich Idiotin.* Sie machte einen Schritt über mich hinweg und war einen Moment lang erschreckend groß, eine andere Spezies. Dann schaltete sie das Badezimmerlicht aus. *Gleich*, sagte sie, als sie zurückkam. *Die Augen müssen sich daran gewöhnen.*

Es wurde noch viel kälter und dunkler. Unsere Spiegelbilder waren verschwunden. Das Glas war verschwunden. Nach einer Weile verschwand auch mein Körper. Es war merkwürdig, ohne

Fixpunkt in die Dunkelheit zu sinken. Während die Minuten vergingen, verlor ich vollkommen das Gefühl für den Raum. Mein Körper löste sich auf, oder besser gesagt, er veränderte sich. Er wurde zu einem Körnchen Kälte, zu einem Nadelstich inmitten meiner ausströmenden Riesenhaftigkeit; vielleicht war auch die Kälte zu einem gigantischen, gravitätischen Schiff geworden, und ich glitt auf ihrer trostlosen Oberfläche dahin. Wie ein Embryo. Ich schwebte, und Aida begann zu sprechen. Als kleines Mädchen war sie von zu Hause weggelaufen. Sie wohnten damals in einem Haus in der Nähe eines Hügels voller schimmernder Olivenbäume. Zu Fuß waren es keine dreißig Minuten von der Hintertür bis zu den Bäumen. Sie nahm etwas zu essen und Wasser mit und ging direkt nach dem Frühstück in ihrem neuen Bikini los. Sie wollte sich so lange in die Sonne legen, bis ihre Mutter sich Sorgen machte, und dann zum Mittagessen zurückkehren. Aber im Schatten des ersten Baums übermannte sie plötzlich das Heimweh, und sie kehrte um. Im klaren, steten Sonnenschein auf direktem Weg hin und zurück. Als sie durch die Tür trat, gab ihre Mutter ihr eine Ohrfeige. Sie war sechs Stunden lang weg gewesen. Auf direktem Weg hin und zurück: sechs Stunden. Essen und Trinken hatte sie nicht angerührt, die Hasenohrschleifchen ihres Bikinis waren noch fest geschnürt. Später ging sie den Weg noch einmal und stoppte die Zeit. Zweiundzwanzig Minuten. Vierzig, wenn sie so langsam ging, wie sie nur konnte. Es blieb ein Rätsel, wo die verschwundene Zeit hin war. Aidas Stimme umspülte mich wie Flüssigkeit, als sie sagte, an jenem Tag habe sie die dünne, durchsichtige Membran gespürt, die sie von dieser Welt trennte. Ich weiß nicht mehr, wie lange sie erzählte. Im Lauf der Jahre sind manche Details in meiner Erinnerung verschwommen – hatte sie gesagt, dass die Olivenbäume schimmerten oder dass sie winkten? War das Wasser kalt? Hatte ihre Mutter den Bikini verbrannt oder zerschnitten? –, aber selbst das ist eine Ausflucht; in Wahrheit verschwammen diese Details schon Sekunden, nachdem ich sie gehört hatte, wie Anfang und Ende eines Traums. In jener Nacht, schwebend im Glas, im Pfeil von Aidas Geschichte, spürte ich, wie wir uns gemeinsam rasend schnell auf eine Schwelle zubewegten, vielleicht dorthin, wohin die Zeit verschwunden war, als Aida klein war. *An dem Tag erkannte ich es*, sagte sie. *Weder mein Vater noch ich sind wie die anderen Menschen. Hier gibt es keinen Platz für uns.* Irgendwann musste mich der Schlaf übermannt haben, ein so tiefer Schlaf, wie ich ihn seither nie mehr erlebt habe, eine schnelle, aber schwerelose, berührungslose Reise, ein Schlaf, der mich in weite Ferne führte und erholt und schmerzfrei zurückbrachte, als ein Klang durch die noch dunkle Nacht hallte. Es war ein Ruf, der von den Planeten selbst zu kommen schien. Er war uralt und sehr neu. Ein Klang, den ich nur als rot beschreiben kann.

Lächelnd setzte Aida sich auf. *Meine Hunde. Sie sind jetzt alt genug zum Singen.*

Am nächsten Morgen schleppte ich die Reste des Dinners zur Schlucht. Als die schwarzen Säcke in den Abgrund stürzten, gelang es mir einigermaßen, die Gedanken an die hungernden Kinder in Saigon und Syrien und Mittelamerika wegzuschieben. Es gab nur einen schlimmen Moment, als einer der Säcke an einem Vorsprung hängen blieb und zusammenklappte wie eine Menschengestalt – aber dann explodierte er und ergoss sich als Schwall aus Béarnaise und Trüffelöl in die Tiefe.

Entweder Jupiter oder Saturn stand noch blass am heller werdenden Himmel. Im stürmischen Wind schwangen Stimmen. Als die Sonne sich am Horizont erhob, setzte ich mich ins Gras. Die Halme wandelten sich im Licht von braun über gelblich zu grün. Wahrhaftiges Grün.

Es war Ende März. Ich war jetzt seit drei Wochen im Land. Ringsherum sah ich die Hänge in Farbe erglühen, und es war, als fielen mir Schuppen von den Augen, denn ich hatte die Hoffnung auf diese Farbe längst aufgegeben: Grün, die Botin von Geschmack und Genuss, die sagt: *Sieh her*, die sagt: *Warte*, die sagt: *Schmecke* – und die Tore der Unterwelt öffnen sich für Minze und Sauerampfer und kieferndunkle Nadeln im Schatten und das sonnenhell erwachende Geißblatt, das nach langem Winter von der triumphalen Rückkehr einer Tochter kündet. Für dieses Grün hatte ein Mann gesorgt, der über Gemüsegärtner und Biologen und Geflügelgenetiker und wetterkontrollierende Meteorologen herrschte, und da vergaß ich die fahlen, fernen Gestirne am Himmel und brüllte.

Und dann endlich war es Frühling.

VIER

Im Mai fing ich an, mehr als fünfmal am Tag zu weinen. Die Tränen schienen losgelöst von jeglichem Gefühl, unwillkürlich, wie klarer Rotz flossen sie mir aus den Augen. Zuerst schob ich es auf Allergien (das Gras hatte winzige Blüten bekommen), dann auf die Chilis in den neuen Rezepten meines Arbeitgebers (die den Stoffwechsel anregen sollten), dann auf die K-Dramas (vier weitere, bei denen ich kein Wort verstand, was sie nur noch kitschiger, nur noch rührseliger machte). Am Schluss hatte ich die Reinheit meines neuen Lebens in Verdacht. Meine Probezeit näherte sich dem Ende, und ich würde den unbefristeten Job garantiert nicht bekommen, wenn ich zugab, dass ich morgens nur mit Mentholzigaretten wach wurde, abends Gras brauchte, um in eine Art Zombieschlaf zu finden, und ab und an ein paar Gramm Koks oder Ecstasy, um mich lebendig zu fühlen. Nicht bei all den Vorschriften meines Arbeitgebers und Aidas Hautpflegeprogramm in zwölf Schritten. Als meine hereingeschmuggelten Vorräte aufgebraucht waren, hatte ich keine andere Wahl, als die Tage langsam und mit furchterregend klarem Kopf vorüberziehen zu lassen. Das Weinen war eine Nebenwirkung des brutalen Entzugs.

Mein Gott, sind deine Augen winzig, sagte Aida, als sie hereinstürmte.

Dir auch einen guten Morgen.

Ich sage das nur, weil ich mir Sorgen mache. In ihrem Taschenspiegel erschienen meine Augen als matte Nägel in einem eingefallenen, brettartigen Gesicht. *Das ist nicht rassistisch, ich bin schließlich selbst halb asiatisch. Du musst mehr Kollagen zu dir nehmen. Ich sehe dich überhaupt nie essen. Vitamin D hilft auch. Und Sonne. Warum verkriechst du dich immer hier drin? Komm mit, wenn ich die Hunde ausführe.*

Meine Arbeit ist hier im Haus. Ich brachte es nicht fertig zu fragen, ob sie wusste, dass ich nur mit Erlaubnis hinausdurfte.

Am nächsten Tag rief auf dem Festnetztelefon ein Arzt an. Auf seine Weisung hin maß ich mit steril verpacktem Material, das jemand für mich im Vorratskeller deponiert hatte, Blutdruck, Temperatur und Puls und stellte mich auf die Waage. Er fragte mich nach meinen Schlafgewohnheiten und wie oft ich träumte, wann ich zuletzt etwas getrunken hatte und wie oft ich Wasser lassen musste. Er empfahl ebenfalls Spaziergänge und Vitamin D. *Und ein paar Kilo mehr würden Ihnen auch guttun. Ansonsten sind Sie recht gesund für jemanden aus Ihrer Generation.* Erst als das Gespräch beendet war, fiel mir auf: Er hatte nach allen Einzelheiten meines körperlichen Befindens gefragt, aber nicht nach meinem Namen.

Meine Generation war die erste, der ein kürzeres Leben prophezeit wurde als den drei vorhergehenden. Wir bekamen den Spitznamen Generation Eintagsfliege. Als der Bericht der Weltgesundheitsorganisation zu unserer Lebenserwartung veröffentlicht wurde, hatte ich gerade einen Job in einem familiengeführten Gasthof im Baskenland. Das Leben dieser Familie spielte sich in ihrem zugigen Bauernhaus ab wie ein Melodrama, drei Generationen von Barkeepern, Postenchefs und Kellnern gaben sich Ellbogenchecks, tauschten Klatsch und Tratsch und Wangenküsschen aus und beleidigten sich gegenseitig in unterschiedlichen Allianzen. Den Service am Tag, als der Bericht herauskam, schlecht zu nennen, wäre untertrieben gewesen. Der Barkeeper bombardierte seinen Vater, den Empfangschef, mit Gläsern und wütete im Scherbenregen über BPA in Babyfläschchen, Zigarrenrauch im Kinderzimmer und so weiter. Sofort gingen auch alle anderen Familienmitglieder aufeinander los, Neffen gegen Onkel, Enkel gegen die geliebte Mamie. Es war abscheulich und unfassbar. Die Nachmittagsgäste glotzten begeistert. Zwei Stühle gingen zu Bruch, ein Sohn wurde enterbt, dann wieder eingesetzt. Und ich? Hielt mich raus. Ich spielte die Schiedsrichterin. Löste den Griff des Barkeepers vom Hals seines Vaters. Strich dem jüngsten Kellner über den Lockenkopf und erklärte ihm, dass seine Mutter, die Restaurantmanagerin, in bester Absicht gehandelt habe, als sie ihn jeden Sommer in einem See mit leicht krebserregendem Wasser schwimmen ließ. *La moitié de ta vie est finie*, schluchzte er. Mein Leben sei schon halb vorbei. Ich verzichtete darauf, das Thema zu vertiefen, und reichte ihm stumm eine Serviette.

Ich hätte ihm sagen können, dass ich mich an diese Tatsache schon längst gewöhnt hatte, so wie an Extremwetterwarnungen oder den Schmerz in meinem Handgelenk, das nach einem Bruch schief zusammengewachsen war. Dass aus meinem Leben nichts werden würde, hörte ich schon, seit ich mit neunzehn in der Küche angefangen hatte.

Von da an war ich für meine Mutter eine Enttäuschung gewesen, ein verrückt gewordener Fortsatz ihres eigenen Körpers, ähnlich wie die Herzklappe, die sie später so böse im Stich lassen sollte. Meine Mutter stammte aus einer armen chinesischen Bauersfamilie und hatte es als Einzige aus ihrem Dorf geschafft, ein Stipendium für ein Medizinstudium in Peking zu bekommen. Und dann eines der begehrten Visa für Amerika, wo sie einen gutaussehenden koreanisch-amerikanischen Unternehmer kennenlernte. Von da an sollte es eigentlich nur noch vorwärts und aufwärts gehen, aber der

Motor kam ins Stottern, das Lied verstummte. Mein Vater entpuppte sich als gewalttätiger Scheißkerl und ließ sie schließlich sitzen, ihr chinesisches Medizinstudium war weniger wert als das billige Klopapier, mit dem sie in ihrem neuen Job als Hilfspflegerin den alten Leuten im Heim den Hintern abwischte, wir lebten in gammeligen Wohnungen, die wir uns mit ganzen Dynastien von Silberfischchen teilten. Falls das meiner Mutter den Glorienschein der tragischen Heldin eines College-Essays über Immigranten verlieh – so hat sie sich selbst absolut nicht gesehen. Meine ganze Kindheit über wahrte sie einen eisenharten, ernst gemeinten und unzerstörbaren Optimismus, mit dem sie vollkommen ungeniert Verwandte um Geld und den mexikanischen Lebensmittelhändler um einen Preisnachlass auf angestoßenes Obst anbettelte. So starr war ihr Blick nach vorne gerichtet, dass sie weder Spott noch Mitleid registrierte und sich durch hohle Beharrlichkeit sogar mit den Trinkern auf der Straße anfreundete, die nur wissen wollten, wie viel sie kostete, wie viel, wie viel. Sie bezeichnete sich stolz als Abzockerin, ohne zu kapieren, was das bedeutete. Sie war in Amerika, verkündete sie majestätisch. Hier stünden ihrer Tochter alle Möglichkeiten offen. Ihr ganzer großer Stolz waren ich und die Wohnung, für die sie im Sommer nach meinem Highschoolabschluss ihre gesamten Ersparnisse auf den Tisch legte.

Ich sehe noch die frischgestrichene Tür vor mir, höre das Kratzen ihres Schlüssels im Schlüsselloch. Ich erinnere mich genau an die Gegend, die sie ausgewählt hatte, heruntergekommen, aber nicht mehr in Pasaje: endlich Los Angeles. Von der Wohnung war es nur ein kurzer Weg zur UCLA, an der ich gerade als Nachrückerin einen Studienplatz bekommen hatte. Mein Neid auf die Abschlussgeschenke meiner Freunde – Restaurantbesuche, Ferienreisen, Autos – löste sich im Terpentingestank auf, als ich verstand, dass die Wohnung für mich war. Für uns. Meine Mutter zeigte mir stolz Wohnzimmer, Schlafzimmer, Waschmaschine und Trockner. *Du kannst hier waschen, dann hast du mehr Zeit zum Lernen.* Ich ging noch vor dem Mittagessen, schützte Kopfschmerzen vom Farbgeruch vor. Als ich zur nächsten Taqueria kam, die fettige Luft auf der Haut spürte, das Kratzen der Pfannenwender auf dem Grill hörte, als ich bestellt hatte und sich unermessliche Erleichterung in mir breitmachte – ich glaube, da wusste ich es schon.

Nach einem Jahr brach ich das Studium ab und verspielte damit endgültig alle Möglichkeiten, die meine Mutter erarbeitet hatte. Es war das Ende meiner – unserer – Chance, eine echte amerikanische Ärztin zu werden. *Köchin?*, sagte meine Mutter, als ich es ihr verkündete. *Da bist du doch eine Art Dienstmädchen.*

Und ich erwiderte – wir waren schließlich dieselbe Person – *Meinst du, so wie du?*

Ich drängte mich mit meinen Einkaufstüten in ihre Küche. Welche Farbe hatte die Tapete? Ich sah nur auf meine Hände. Sie zupften Kräuter von den Stängeln. Sie häuteten, säuberten, schnitten Fisch zu Filets von herrlich geometrischer Form. Meine Hände – Schultern – Handgelenke – Rippen – Rückgrat – überließen sich dem beharrlich hämmernden Takt der Küche, der alles übertönt, Vergangenheit, Zukunft und heuchlerisch wispernde Gedanken. Ein jubelndes Verlangen nach jetzt jetzt *jetzt*, unterbrochen erst von der Frage meiner Mutter: *Ist das alles?*

Sie blickte vom Teller auf, den ich vor ihr auf den Tisch gestellt hatte. Kein Klirren von Messer und Gabel. In die Totenstille sagte sie: *Wo sind die Gräten. Der Kopf.* Sie stand auf, schob die Ärmel hoch, ging an die dreckige Spüle. In ihrer Faust erschienen Haut, Schuppen, Schwanz, Reste, Müll.

Als ich meine Sachen gepackt hatte, stand sie immer noch an der Spüle. Der Teller mit dem Essen war unberührt, kalt geworden. *Egoistisch*, hörte ich sie sagen. *Wer bist du?* Nur der Kater sah mir in die Augen, als ich ging, und deshalb nahm ich ihn mit, als Provokation.

Meine Mutter drehte sich nicht um.

Seither habe ich sie nicht mehr gesehen. Wir hatten vollkommen unterschiedliche Auffassungen, was Essen anging. Mit einem obskuren Stolz, der aus der Armut ihrer Kindheit stammte, kochte meine Mutter grässliche Mahlzeiten. Nährwert war wichtiger als Geschmack. Sie hob die Flüssigkeit von Dosenbohnen auf. Im November kochte sie die übrig gebliebenen Halloweenkürbisse aus dem Sonderangebot. Der Trost für ihre Nachtschichten war die Begeisterung darüber, in jeder neuen Morgendämmerung gerade abgelaufene Fertiggerichte und Götterspeise mit schmierigem Film unter dem Deckel nach Hause tragen zu können. *Von kalten Getränken kriegst du Magenkrebs*, sagte sie, wenn ich sie am Imbissstand um eine Limonade anbettelte. Das T-Bone-Steak, das sie zu meinem Geburtstag kaufte, briet sie zu einer Schuhsohle und kochte dann den Knochen nicht nur einmal, sondern zweimal aus, bis die Brühe durchsichtig blieb. *So wird nichts verschwendet. Rohes Fleisch bringt dich um. Französisches Essen ist nichts für uns, zu schwer, das bringt dich um.* Bei meiner leichten Laktoseintoleranz Milchprodukte zu essen brachte mich um; meine Zukunft wegzuwerfen brachte mich um; Sparsamkeit, Ernsthaftigkeit, echte Arbeit nicht wertzuschätzen brachte mich um. Ihre Prophezeiungen erstreckten sich immer weiter. Wir waren schließlich ein und derselbe Körper. *Du bringst mich um*, sagte meine Mutter grimmig. Und manchmal auch: *Ich bringe dich um.*

Jugeullae?

Ich kochte mir ein Essen, wie der Arzt es angeordnet hatte. Chicorée unter knusprigen Speckstreifen. Vollkornbrot aus alten Getreidesorten. Ein Makrelenfilet, das vor Omega-3 nur so glänzte. Aber nach ein paar Bissen schmeckten die Speckstreifen nur noch nach Fett, der Fisch nach fauligem Meerwasser. Ich schleuderte den Teller auf den Boden.

Der Kater schnüffelte in den Scherben herum. Sein Fell war verfilzt, als hätte er mit dem Appetit auch das Bedürfnis verloren, sich zu putzen. Was für eine ungepflegte Kreatur, völlig deplatziert in dieser eleganten Umgebung. Mir war bewusst, welchen Eindruck wir beide hinterließen, und ich hasste es: zwei Hungerleider.

Mein Appetit würde sich schon noch akklimatisieren, genau wie meine Augen sich an das Sonnenlicht gewöhnt hatten. Er musste es tun.

Bevor Aida kam, scheuchte ich den Kater in den Vorratskeller. Ich stand allein in der blütenreinen Küche und teilte ihr mit, dass ich Interesse an einem Spaziergang habe. Ich müsse nur meine Aufgaben planen und den Zeitplan absprechen …

Ich habe schon mit meinem Vater geredet, unterbrach sie mich. *Er hält es für eine sehr gute Idee.*

Ich tat, als wäre so ein Gespräch ganz normal.

In einem cremeweißen Rennwagen und einer farblich passenden Lederjacke bretterte Aida mit mir die Auffahrt hinunter. Auf dem Rücksitz saßen zwei schlanke Flammen mit langen, dünnen Schnauzen. *Aus einer sehr alten ägyptischen Linie*, sagte Aida. Die Hunde ließen mein Streicheln höflich über sich ergehen, hielten die roten Gesichter aber zu ihr gewandt. *Sini und Des sind wie ein Teil von mir. Ich habe sie von Geburt an abgerichtet.*

Sie beobachtete uns. *Erstaunlich. Normalerweise mögen sie keine Fremden.*

Die Hunde leckten an meiner Jacke. Ich verschwieg, dass es die Stelle war, an der der Kater geschlafen hatte, und dass hier vielleicht ein ganz anderes Verlangen zum Ausdruck kam. *Wie lange züchtest du schon Hunde?*

Seit acht Jahren.

Als Aida mir erklärte, wie sie in vierzig Jahren den perfekten Jagdhund züchten wollte, als sie mir von den dreihundert weiteren Zuchtprogrammen in den Berglaboren berichtete, klang plötzlich durch, was für eine versierte Genetikerin sie war, und ich merkte, dass sich hinter ihren lässigen Schilderungen ein scharfer Verstand verbarg, genau wie hinter ihrem hochgestochenen Akzent die Rüpelhaftigkeit. Zum ersten Mal bekam ich eine Ahnung von den Dimensionen dessen, was sie im Land, wo Milch und Honig flossen, planten. Es war ein flüchtiger Blick ins Herz einer jungen Frau, die ich für kühl und herablassend gehalten hatte. In ihrer Begeisterung sprach sie so hastig, dass sie kaum zu verstehen war. Sie drückte aufs Gaspedal, ratterte Fachbegriffe herunter und hatte mich mit meinem Highschoolwissen von Punnett-Quadraten und der Häufigkeit von braunen und blauen Augen im Handumdrehen abgehängt.

Tu nicht so überrascht. Ich bin nicht blöd, nur weil ich jung und hübsch bin, kommentierte sie mein Schweigen schroff.

Um ehrlich zu sein, ich hätte kaum sprechen können. Aida hatte sämtliche Fenster heruntergelassen, und der Fahrtwind peitschte mir in die Augen. Mir lief die Nase, ich atmete flach, hatte die Fingerspitzen wie kalte Kieselsteine in die Handflächen gepresst. Noch nie hatte ich mich so unwohl gefühlt; noch nie hatte ich mich so lebendig gefühlt. In der Nacht war Regen gefallen. Wir donnerten durch riesige braune Pfützen. Warum in aller Welt dieses blütenweiße Auto, diese Geschwindigkeit – doch, ich weiß es, ich wusste es. Plötzlich wusste ich es, damals schon. An den ausgetrockneten Wänden meiner Seele glitzerte Wasser, und ich lachte.

Ihre Miene erstarrte. *Was ist so lustig.*

Nichts!, japste ich. *Ich glaube, ich bin – glücklich. Ehrlich, ich bin zu dumm, um das zu kapieren. Ich habe nicht mal einen Bachelor, geschweige denn ein Studium in – was genau studierst du noch mal?*

Evolutionsbiologie. Schwerpunkt experimentelle Evolution und Gendrift. Noch mehr Fachbegriffe: Intelligent Design, Genom-Editierung, Rückzüchtung, De-Extinktion, ein Verfahren namens CRISPR, das nichts mit knusprigem Essen zu tun hatte. Aida hielt inne, warf mir einen Blick zu, grinste. *Aber ich will dich nicht langweilen. Ich mache übrigens nicht meinen Bachelor. An der Uni in Mailand hatte ich eine Postdoc-Stelle.*

Sie musste ungefähr mit zehn angefangen haben zu studieren. Ich stellte mir eine mürrische kleine Göre mit Rucksack und Louboutins vor. Die Aida neben mir versicherte mit fast kindlicher Schüchternheit, ich würde es verstehen, sobald ich die Labore sähe. Wir würden kurz vorbeifahren, um Trainingsgerät für die Hunde zu holen.

Mitten im Nirgendwo hielten wir an und stiegen aus. Himmel, Gras, leere Wiesen. Kein Gebäude weit und breit, doch dann begann die Erde zu beben. Ich fiel auf die Knie, aber Aida und die Hunde standen unbeweglich wie Statuen. *Sitz*, sagte sie. Stück für Stück schoben sich Grasplatten zur Seite und gaben einen Aufzug von der Größe eines kleinen Hauses frei.

Während wir hinunterfuhren, zog Aida ihre Ringe, ihre Jacke, ihren Rock aus. Mehr als ihre dünnen Schienbeine und ihre kräftigen Schultern, mehr als die Sommersprossen, mit denen ihr ganzer Körper gesprenkelt war, überraschten mich ihre Füße: rau und schwielig, verhornt wie bei einem Tier. Errötend stieg sie in ein Paar Gummistiefel.

Ich habe früher getanzt, sagte sie und nahm zwei Overalls von einem Regal an der Wand.

Oh, sagte ich und zog mir ebenfalls die Kleider aus.

Als Letztes reichte Aida mir einen Helm mit Lüftungsschlitzen an beiden Seiten und einem grau getönten Visier. *Es ist verboten, ihn abzunehmen*, warnte sie, als sie den Kinnriemen schloss. Ohne Absätze war sie nicht viel größer als ich. Wir standen uns in den Uniformen gegenüber, identisch bis auf den Ausweis, der unübersehbar an einem Band um ihren Hals baumelte. Sie hängte mir eine schlichte weiße Karte mit der Aufschrift *Personal* um. Ihre Hände lagen noch in meinem Nacken, als die Türen des Fahrstuhls sich mit einem Ping öffneten.

Ich betrat eine Welt, die ganz allein Aidas Schöpfung war, und ich spürte ihre Perfektion, ihre seltsame Verführungskraft. Es war, als stünden wir in einem Ei. Der Raum wölbte sich zu einer riesigen weißen Kuppel. Hier waren die Geister des Vorratskellers zum Leben erwacht: In Glaskäfigen, die sich von der Mitte aus wie lange, spiegelnde Speichen in alle Richtungen bis ins Unendliche zu erstrecken schienen, streiften träumend Tiere herum. Kühle Luft wehte den Geruch von Chlor und Moschus herein. Die weißen Kittel der Forscher, die durch den marmorgefliesten Raum eilten, erglühten in Gelb, Rot, Grün; ich wandte den Blick nach oben zu einem Fenster aus Buntglas.

Eine künstliche Sonne, sagte Aida, aber die Erklärung bekam ich schon nicht mehr mit. Ich lauschte der Musik.

In die Schreie der Tiere mischte sich der Klang von Geigen, Hörnern, Celli. Perfekt begleitet von einer Piccoloflöte: absurd, unglaublich. Der Dornröschenwalzer von Tschaikowsky. Manchmal höre ich ihn noch heute in der Stille meines Vorstadtlebens, im Jaulen des Nachbarshundes, im Miauen streunender Katzen beim Liebesspiel. Dann sehe ich Aida, die im Takt der Musik vor mir herläuft.

Inzwischen erkenne ich die Verbindung, die sie zwischen Tanz und Genetik sah, zwei Künsten, deren einzige Gemeinsamkeit das Medium Zeit ist. In den unterirdischen Laboren wurde sie angehalten und zurückgedreht, beschleunigt oder zerschnitten, dazu gebracht, in die eine oder andere Richtung zu laufen. Aida selbst veränderte sich durch diese Beschäftigung mit der Zeit, übersprang Jahre und legte hier unten ihren sarkastischen Humor und ihre kindliche Art ab. Zielstrebig schritt sie in eine Zukunft, an die zurückzudenken mir heute noch weh tut.

Die Wissenschaftler sahen dasselbe wie ich. In diesem Reich ohne Himmel begegneten sie ihr weder mit dem widerwilligen Respekt der Bewohner ihrer Verpächterin gegenüber noch mit der oberflächlichen Verehrung von Schönheit und Jugend. Sie sahen zu Aida auf, als wäre sie ihre Sonne.

Im Pulk, der sich um sie drängte, war auch ein Forscher, der einen Schimpansen mit auffälligem, goldenem Fell auf dem Arm trug. Aida nahm dem Mann das Tier ab, das unter ihrem prüfenden Blick ruhig wurde. Sie horchte auf sein Herz und befühlte seine Arme und Beine, und bevor sie den Affen zurückgab, legte sie kurz die Hand an seine pelzige Wange, so flüchtig, dass niemand außer mir es bemerkte.

Ich ließ mich etwas zurückfallen, anonym unter meinem Helm. In einem ruhigen Moment flüsterte ich ihr zu: *Ich darf eigentlich nicht hier sein, oder? Weiß dein Vater –*

Sie schob mir ihre Schlüsselkarte in die Hand. *Worauf wartest du? Na los, sieh dich um.*

In jenen aufregenden frühen Tagen öffneten sich überall, überall Türen, enthüllte sich die Welt und offenbarte immer noch einen weiteren Genuss. In einem Trakt des Labors hinter einer Tür mit der Aufschrift UCCELLI schwirrten Kolibris und Aras mit glänzenden Federn. BESTIAME stank nach Landluft: Heu und Dung,

Bressehühner und Berkshire-Schweine. Als ich im Raum GATTI prachtvolle Leoparden, Ozelots und schwarze Panther sah, wünschte ich mir, ich hätte meinen griesgrämigen Kater mitgebracht, um ihn ein bisschen zu provozieren und auf Ideen zu bringen. Nach Monaten der Isolation im Restaurant, nach Jahren der Restriktionen war dieser Ausflug ein heimlicher Luxus wie der eintrittsfreie Tag im Zoo von L. A., als ich von den Nashörnern zu den Emus zu den Giraffen gerannt war auf der Suche nach Sphinxen und Dinosauriern. In jenen Kindertagen wurde mir erklärt, dass die Welt Grenzen besaß. In Aidas Welt schien es möglich, diese Grenzen aufzuheben.

Am längsten blieb ich bei Aidas Löwen. Ich hatte mal unter einem furchteinflößenden ukrainischen Chefkoch gearbeitet, der die Küchenhierarchie mit dem Militär und dem Zirkus gleichsetzte. *Du bist hier nicht der Löwe*, brüllte er die jungen Lehrlinge an. *Du bringst den Löwen nur das Futter.* Er kochte mit großer Sorgfalt perfekte klassische Gerichte, ähnlich wie die, die ich im Restaurant auf dem Berg servierte, aber sie waren niemals ungezwungen, niemals wirklich frei. Ich beobachtete, wie einer der letzten Löwen der Erde durch sein Gehege streifte wie Butter, die durch eine warme Pfanne glitt, und ich versuchte, seine Leichtigkeit aufzusaugen.

Aus zwei Trakten wurde ich nicht schlau. In MEGAFAUNA CARISMATICA waren Pandas, Pinguine, Spitzmaulnashörner und noch mehr goldene Schimpansen untergebracht. Und PRELIBATEZZE beherbergte ein Geschöpf, das wie ein Gürteltier aussah, weitere Vögel und einen toten Baumstamm, der von daumengroßen Ameisen wimmelte.

Ach, hier bist du, sagte Aida, als sie aus dem dunklen Korridor trat. Ich erkannte sie zuerst gar nicht. Ihr Overall war voller Dreck, vielleicht auch Kot. Über der Schulter trug sie einen fleckigen Leinensack, in dem es kurz raschelte.

Als wir vom Labor wegfuhren, hechelte Aida genauso ungeduldig wie ihre Welpen. Hundertvierzig Kilometer pro Stunde, hundertsechzig, ihr Rücken gerade, niemals angelehnt. *Dem De-Extinktionsteam ist die Paarung von Tasmanischen Tigern gelungen – Tasmanische Tiger!* Sie schlug aufs Lenkrad, und das Auto machte einen Schlenker. *Das werden die ersten natürlich geborenen Jungen seit hundert Jahren. Die tasmanische Regierung hat die Erhaltungsmaßnahmen gestoppt, diese Feiglinge.*

Regierungen müssen schwierige Entscheidungen treffen, sagte ich und blickte starr auf die Straße. *Irgendwann werden sie sich schon noch darum kümmern.*

Entscheidungen, schnaubte Aida verächtlich. Wir fuhren bergab, vor uns breitete sich zartes Grün aus. *So wie du* entschieden *hast, in England zu bleiben, als Amerika die Grenzen dichtgemacht hat?*

Ich komme schon wieder rein. Es gibt ein System. Eine Warteliste.

Und wo stehst du auf dieser Liste?

Ich wurde knallrot. Darauf hatte ich keine Antwort. Wir fraßen die Straße mit hundertsechzig Kilometern pro Stunde, wir verschlangen sie. Eine solche Fortbewegung war für die meisten Menschen nur ein Traum. Vierundzwanzig Stunden bevor die Grenzen schlossen, hatten US-Amerikaner im Ausland eine Warnung bekommen; nach zwanzig Minuten waren alle Flüge ausgebucht gewesen. Eine Demonstrantin hatte noch Zeit gehabt, über die Zeile GEBT MIR EURE MÜDEN, EURE ARMEN im Sockel der Freiheitsstatue einen vielsagenden Schwanz mit Eiern zu malen, bevor sie trotz ihrer Greencard wegen einer Formalie aus dem Land geworfen wurde. Ich dachte an meinen niedrigen Platz auf der Einreiseliste und die quasi unerfüllbaren Kriterien fürs Höherrutschen. Es wäre leichter für mich gewesen, in eine andere Haut zu schlüpfen, den Namen zu wechseln, jemand anders zu werden. Ich stellte die Sitzlehne zurück, schob die Gedanken an unsere Geschwindigkeit beiseite und gab mich den stumpfen Fingern der Sonne hin.

Vielleicht entscheide ich mich, für immer hierzubleiben, sagte ich. Die Welt schickte warmes Rot durch meine geschlossenen Lider. *Wenn das geht.*

Es sollte überhaupt keinen Zwang geben, etwas zu entscheiden. Ich kannte die Wut in Aidas Stimme. Von früher. Ich hatte sie auch gehabt, genau wie meine Kolleginnen in der Küche, meine Freunde, mein Gemüselieferant, eine grassierende Wut auf unser vergiftetes Erbe, diesen smogverseuchten Scheißplaneten. Aber sie war vergangen. Andere, unmittelbarere Probleme hatten sie uns ausgetrieben. Zum Beispiel: Wie man die Miete bezahlen sollte, wie man am Leben bleiben sollte. Die reiche Aida war nie gezwungen gewesen, zwischen Wut und Essen zu wählen. Durch sie konnte ich dieses Gefühl zum ersten Mal seit Jahren wieder schmecken.

Wir fuhren weit ins Tal hinunter. Das Land war umzäunt, aber die wahre Grenze war der Smog, der ungefähr eine halbe Meile unter uns waberte. Oberhalb dehnte sich blauer Himmel über einer riesigen grünen Wiese. Hier war der Boden planiert worden. Ich tippte auf zukünftige Polofelder oder eine Rennbahn. *Gute Idee,* sagte Aida knapp.

Die Welpen glitten geschmeidig durch brusthohes Gras. Aida wies mich auf ihre großen Pfoten und papierdünnen Ohren hin, die von italienischen Jagdhunden und einem ausgestorbenen Steppenwolf stammten. *Ich habe dafür gesorgt, dass es hier draußen einen Platz für sie gibt.*

Stell dir mal vor, rief Aida mir zu, während sie sich durchs raschelnde Gras schob. *Stell dir vor, wir stehen hier am Ende der Eiszeit.* Vor dem Smog, vor den Pestiziden, vor der Herrschaft des Menschen. Eine falsche Bezeichnung, wie sie mir erklärte. Die

Sommer auf dem Kontinent sind lang und warm. *Schwül.* Die Pflanzen sind riesig und ernähren ganze Herden von Auerochsen und Wollhaarmammuts, oft viele Hunderttausend Tiere. Bald hatte ich Aida aus den Augen verloren. Die sinkende Sonne thronte rotglänzend auf den Grasspitzen. Irgendwo rannten die Hunde über den Lehmboden, das Trommeln der Pfoten wie fette Regentropfen in einer Sommernacht. *Dieses Biom bleibt von allein in perfekter ökologischer Balance.* Die Halme streckten sich, als Aidas Stimme hindurchstrich, und rauschten wie das Fell eines einzigen, gigantischen Tieres. Ich kniff die Augen zusammen und sah Buckel. Ferne, massige Gestalten. *Weidegänger halten das Wachstum der Gräser in Schach. Zecken und Nagetiere verbreiten Krankheiten, durch die genetisch schwächere Tiere ausgemerzt werden, und Aasfresser beseitigen die Kadaver. Es gibt beeindruckende Spitzenräuber, Höhlenlöwen und Höhlenhyänen.* In Aidas körperloser Stimme schwebte Sehnsucht. *Bären, die dreieinhalb Meter groß sind, wenn sie sich aufrichten. Ich wünschte, wir könnten sie im Labor zurückholen, aber es ist schon zu lange her. Das genetische Material ist zerfallen. Deshalb ist das gefährlichste Lebewesen, das es jetzt noch gibt …*

Sie hielt inne. Ich drehte mich langsam im Kreis. Halme knisterten. Ein Vogel pfiff eine leise Warnung. Plötzlich brachen Aida und ihre Hunde durchs Gras.

Der Homo sapiens, rief sie, warf mich zu Boden, hielt mich fest. *Du. Du bist der Spitzenräuber.*

Auf ihrem Gesicht über mir tanzte das Graslicht. Sie sah mich mit einer Mischung aus Spott und Anklage an, mit einer Arroganz, die ich schon kannte, und einer neuen, rohen Wut, die ich in der Spannung ihrer Handgelenke, ihrer Schenkel spürte. Mir blieb die Luft weg. *Wir sind die tödlichsten Raubtiere aller Zeiten*, zischte sie ohne eine Spur von Ironie. *Ich auch. Wir alle.*

Falls sie Gegenwehr erwartet hatte, enttäuschte ich sie. Ich blieb reglos liegen, ließ mich von ihrem Gewicht tiefer in den holzduftenden Lehm drücken. *Du klingst ein wenig antimenschlich, Aida.* Ich atmete tief ein. Würmer. Regen. Kiesel und Kupfer und Salz. *Sollte ich mir ein Messer unters Kopfkissen legen?*

Sie brach in Lachen aus, rollte von mir herunter und blieb neben mir liegen. *Oh, vor mir musst du keine Angst haben. Aber du hast sogar recht. Wenn wir es mit der Biodiversität ernst meinen, müssen wir ein Stück weit antimenschlich sein.* Was genau ich denn mit »menschlich« meinte? Homo neanderthalensis und Homo sapiens, schob sie sofort hinterher, seien nah genug miteinander verwandt gewesen, um sich gemeinsam fortzupflanzen. Aber die Überjagung durch uns habe wahrscheinlich zur Ausrottung der Neandertaler geführt. *Falls wir sie nicht sogar selbst gejagt haben.*

Jetzt erkannte ich es – die Wut – sie richtete sich nicht gegen mich. Sie ging nach innen. Ich wusste nicht, wie ich Aida aufheitern sollte, aber den Hunden gelang es. Jaulend tanzten sie auf ihren spitzen Pfoten und leckten Aida ab, bis sie sich mit einem zärtlichen Schimpfwort erhob. Wir gingen weiter.

Danach wirkte sie entspannter, weniger belastet. Sie zeigte mir die milchschaumartigen Blüten wilder Möhren, Nesseln, die Vitamine enthielten oder mit denen man Verbrennungen behandeln konnte. Sie zeichnete den ökologischen Fußabdruck von Gletschern nach, die vor Jahrtausenden zwischen den bläulich schimmernden Bergen geschmolzen waren und auf deren Ablagerungen die Agrarwissenschaftler des Landes historische Getreidesorten ausgesät hatten. *Dieses Jahr haben wir hier zum ersten Mal oberirdisch gepflanzt. Wir haben beschlossen, dass es sich lohnt, auch wenn die Kontrolleure der Regierung es entdecken und einen Großteil davon konfiszieren werden. Selbst aus dem kleinen Rest, den sie uns lassen, backen wir so köstliches Brot, dass erwachsene Männer in die Knie gehen. Wenn du es probierst, wird dir klar, dass du noch nie wirklich*

Brot gegessen hast. Das klang für mich nach dem Ernährungsfimmel ihres Vaters: möglichst steinzeitlich, Paleo, südfranzösische und norditalienische Rezepte aus einer Zeit vor der Ankunft fremder Gewürze, vor industrieller Landwirtschaft, vor globalen Lieferketten.

Ich wünschte, mein Vater würde das auch so sehen. Aber er will … Hier. Wonach riecht das? Sie hielt mir ein kleines Grasbüschel unter die Nase.

Honig, antwortete ich überrascht.

Und jetzt probier mal.

Aida grinste, als ich das Gras ausspuckte. Der ekelhafte Geschmack kam von Antioxidantien, die ihr Team hineingezüchtet hatte, damit das Gras Tiere durch Futtermangelphasen bringen würde. Auf die Idee waren sie durch Rentierflechten aus Sibirien gekommen. Aida breitete die Arme aus. Jeder Halm, jeder Busch, jede Blume war ein lebendes Labor, extra dafür entwickelt, jemanden oder etwas zu ernähren, Giftstoffe zu entfernen oder Stickstoff wieder zuzuführen, Teil eines komplizierten ökologischen Puzzles. *Das ist zumindest* mein *Ziel.* Sie leitete die Forschung, ihr Vater war fürs Geschäftliche zuständig. Die Investitionen, die er hereinbrachte, hielten ihre Labore am Laufen, was gelegentlich zu Zugeständnissen wie diesem Gras führte.

So was gehört hier überhaupt nicht hin. Dieses Riedgras ist dekorativer Quatsch, er hat es aus Nordasien importiert. Das Labor hat zwei Jahre gebraucht, um es so zu modifizieren, dass es in unser Ökosystem passt, und das alles nur, damit der ganze Berg wortwörtlich nach Honig duftet. Terra di latte e miele, sagte sie spöttisch. *Ein Glück, dass mein Vater Geschäftsmann ist und nicht Dichter. Er ist viel zu romantisch.* Bei dieser Bezeichnung für meinen hölzernen Arbeitgeber musste ich lachen, und Aida wurde rot. *Doch, es ist romantisch. Er hat das Gras für meine Mutter gepflanzt. Sie gehört zu diesen tiefgläubigen katholischen Koreanern. Du weißt schon. Kanaan, das gelobte Land, erreicht nach vierzig Jahren Wanderung durch die Wüste. Das Land, wo Milch und Honig fließen.*

Sie eilte voraus, rief die Hunde, die ihr mit übergroßen Pfoten auf die Brust trommelten: noch lange nicht ausgewachsen. Zwanzig und genial und mutterlos. *Platz*, befahl sie. Sonnenlicht schmolz den Horizont. Rote Wiesen, rotes Fell, rote Wangen; als sie herumtollten, schwankte ein einziges Geschöpf auf vielen Beinen im rötlichen Dunst. Ich dachte an Mars: den Planeten, den wütenden jungen Gott. *Mein Schatz*, sagte Aida, als die Hunde ruhig und fügsam wurden. *Mein Herz, meine Lieblinge.* Sie hob den Blick. Am Horizont flammte das letzte Licht auf. Die Zärtlichkeit blieb in ihrer Stimme, als sie sagte: *Du zitterst ja.* Sie zog den Pulli hoch. Legte meine Hände auf ihre Haut. Ihr Körper war heiß und unerschütterlich, und die Hunde umgaben uns schnüffelnd mit dem schützenden Ring ihrer Tierwärme.

Wie die Luft auf dem Berg zog sie sich zurück, kühlte ab, verhärtete. Dieser rasche Wandel überraschte mich jedes Mal aufs Neue: wie abrupt der lange, träge Tag in die Schlucht der Nacht stürzte. Als wir mit dem Hundetraining anfingen, war ihre Miene streng.

Wir rieben die Dummys mit riechendem Öl ein und warfen sie. Erfolgreiches Apportieren wurde mit einem Nicken und einem kurzen *Sì* quittiert. Aber wenn es misslang, wenn die Hunde in den Stoff, den sie vorsichtig im Maul halten sollten, hineinbissen, dann schlug Aida sie.

Sonst kriegt man einen Hund, der das Wild entwertet, tat sie die konventionellen Methoden ab. *Oder, das ist das Schlimmste, einen Hund, der seine grundlegendste Aufgabe nicht erfüllt: seinen Besitzer zu beschützen. Sentimentaler Quatsch. Man muss sie physisch dominieren.* Aida war nicht grausam; sie schlug die Hunde nicht aus Wut oder um sie zu verletzen, aber sie hatte ein höheres Ziel als die Liebe der Tiere. *Sie schreien wie Kälber, die entwöhnt werden. Den Klang von echtem Schmerz würde ich erkennen.*

Nach und nach ebbte das Gejaule ab. Schiefer, Travertin, Quarz, der Boden, auf dem Gletscher schmolzen: Die Hunde lernten, dass Aida nicht zu bewegen war.

Als sie ganz still saßen, öffnete Aida den Leinensack. Etwas Lebendiges schoss heraus, schwarz und wild, und einen Moment lang sah ich meinen Kater – aber es war ein Vogel, der zielstrebig in einer geraden Linie flog, quer über Wiese, Horizont, Dämmerung, Aidas große, unsentimentale Ordnung. Und gemäß dieser Logik gehorchten die Hunde ihrer eingezüchteten Bestimmung und erlegten in kürzester Zeit die Beute. Aida jubelte ihnen zu.

Aus den Bergen scholl die Antwort.

Plötzlich flackerte ein roter Schatten am Horizont. Diesmal kein Hund – Flammen. Vor einem fernen Feuer war undeutlich ein Mann zu sehen, der in Richtung Grenze rannte. Er schrie etwas.

Italia, verstand ich nur. Fragend blickte ich Aida an.

In Sekundenschnelle ging mir auf: Das war kein Trainingsfall. Aida stand merkwürdig vorgebeugt wie erstarrt, als wollte sie sich bewegen und konnte nicht.

Es war ein Feuer, und es fraß sich voran.

Ich handelte mit der Gewissheit eines Traums, den ich jede Nacht träumte, seit der Brief aus Kalifornien gekommen war. Im Traum brannte eine Wohnung mit weißen oder mattgrauen oder gelben Wänden, manchmal auch tapeziert mit Geldscheinen, mit dem gesammelten Zunder eines Lebens, der sich jetzt in Rauch auflöste. In anderen Nächten brannte ein Krankenhausbett mit dem Gesicht meiner Mutter darin. Immer öfter war es auch das Restaurant, und dann stieg der Gestank nach verbrannten Erdbeeren auf, oder es brannte das grüne Gras samt allem, was darunter lag. Aber in dieser Nacht war ich wach. Ich rannte auf die Flammen zu. Die Hunde liefen mit.

Ich habe diese Hunde nie leiden können. Ihre kühlen, grauen Augen, ihr unbekümmertes Gefühl der Zugehörigkeit, auf das ich nie hoffen konnte. Ich mochte es nicht, wie Aida sich ihnen zuwandte. Aber als ich mit meinem Mantel auf die Flammen einschlug, war ich dankbar für ihre Nähe. Ich spürte keinen Schmerz. Nur das lodernde, alles auslöschende Glück, einen Ort zu verteidigen, den ich im Traum schon als meinen ansah.

Als die Wachen von ihren Türmen und aus ihren versteckten Luken anrückten, war das Feuer schon gelöscht. Das Gras war so feucht gewesen, dass keine echte Gefahr bestanden hatte. Mein peinliches Geschrei schien mir jetzt genauso übertrieben wie die Gewalt, mit der die Sicherheitsleute den Brandstifter packten.

Der fremde Mann antwortete auf keine Frage. Er war kleiner, als er von weitem ausgesehen hatte, ließ die Schultern hängen und fiel immer mehr in sich zusammen. Mit dem Ärmel bedeckte er seine verletzte, geschwollene Lippe. Die Geste wirkte merkwürdig scheu. Er schien nichts mit der brüllenden Gestalt, die das Gras abgefackelt hatte, gemeinsam zu haben, bis Aida nach vorne trat.

Bei ihrem Anblick platzten Schimpfwörter aus dem blutigen Mund wie Handgranaten. Sein hitziges Fauchen ließ Aida zurückzucken. Ich verstand zwar die Worte nicht, doch ich erkannte, wo die Glut des Brandstifters herkam. Es war derselbe schwelende Hass, derselbe Neid wie beim italienischen Grenzbeamten unten am Berg.

Aber als dieser Mann fertig war, drückte er keinen Stempel in einen Pass. Er spuckte aus.

Aida betrachtete den blutigen Batzen mit leidenschaftsloser Eindringlichkeit, wie ein Präparat unter ihrem Mikroskop. Als die Wachen den Brandstifter wegzerrten, starrte sie immer noch darauf. Ich berührte sie sanft an der Schulter.

Du fährst, sagte sie.

Ohne meine Antwort abzuwarten, ließ sie sich auf den Beifahrersitz sinken und schloss die Augen vor mir. Ich musste ihren Arm anheben, um an die Schlüssel in ihrer Tasche zu kommen, ein merkwürdiges Gefühl, als würde ich etwas Wabbeliges in der Hand halten, schwammig wie ein Quallenarm. Nur ihre Hand bewegte sich im Fell der Hunde, und ihre Augenlider zuckten. Als würde sie etwas betrachten, das auf unserer Fahrt durch die dunkelnde, inzwischen ruhige Nacht nicht sichtbar war.

Aber ich sah es.

Ich habe im letzten Jahr Hunderte von Feuer angeguckt, sagte ich in die Stille. *Es war wie ein Zwang, nachdem meine Wohnung abgebrannt ist. Sobald ich zu Hause war, bin ich in die Badewanne und hab durchgescrollt, bis das Wasser kalt war. Du findest jedes Gebäude irgendwo auf Film, und gerne auch brennend. Hightech macht's möglich.* Sie schwieg. Sie musste nichts sagen. Ohne die wachen schwarzen Augen war ihr Gesicht weich wie Milch, auf der man jedes Zittern sah. *Ich will damit nur sagen, mir hat es geholfen, das anzusehen. Eine Katastrophe zu verpassen ist genauso schwer, wie sie miterleben zu müssen. Wenn du es nicht siehst … stellst du es dir immer wieder vor.*

Ich hatte den Brand verpasst, genauso wie den Anruf aus dem Krankenhaus. Zwei Uhr morgens, Ende meiner Doppelschicht im Restaurant in Paris, und ich hatte den Anruf verpasst. Im Krankenhaus verschwendete man keinen Gedanken an Zeitverschiebung und versuchte es kein zweites Mal. Meine Mutter hatte immer gesagt, dass im General Hospital von Los Angeles Stümper arbeiten; bestimmt war es ihr am Ende ihres Lebens ein Trost, dass sie recht behielt. Aida wimmerte leise. Der Rauchgeruch wurde schwächer, das Adrenalin verebbte und machte einem Gefühl Platz, das mich schon an jenem Abend umspült hatte, als wir uns im leeren Restaurant von den K-Dramas berieseln ließen. Heimlich, schlaftrunken. Friedlich. Zum ersten Mal war ich sicher: Genau wie die fiktiven Szenen, die durch das dunkle Zimmer geflackert waren, würde eines Tages auch der Film aufhören, den ich in Dauerschleife sah, meine Mutter mit den Händen in der Spüle, meine Mutter im Krankenhausbett, meine Mutter, die allein in den Tod geht, ohne mir zu sagen, was ich hören muss. Eines Tages würde ich den Bildschirm ausschalten. Die Tür zumachen. Und dann würde ein neues Ich aus dem Zimmer treten: Ich würde leben.

Aida öffnete die Augen.

Fuck YOUUUUUU, schrie sie in die Nacht, und da wusste ich, dass sie darüber hinwegkommen würde. Auf meine Frage, was der Brandstifter gesagt hatte, antwortete sie verächtlich: *Ich wiederhole den Unsinn nicht. Du warst dabei. Er hat ja so laut gebrüllt, dass man es bis Belgien hören konnte.*

Ich kann kein einziges Wort Italienisch. Zwischen uns war kein Platz mehr für Scham. *Dein Vater will nicht, dass ich es lerne. Wahrscheinlich hält er es für Verschwendung, weil er mich ja vielleicht nicht behält.*

Nach heute Abend dürfte er keine Zweifel mehr haben. Hast du eine Ahnung, wie viel wir verloren hätten, wenn das Feuer in die Fahrstuhlschächte gelangt wäre? Wenn es von der Wiese in die unterirdischen … Sie wischte sich über die Augen.

Im Rückspiegel sah die Wiese am Fuß des Berges so leer aus wie eh und je. Aber seit diesem Abend war ich mir sicher, dass unter dem Gras noch mehr Labore verborgen waren.

Italien den Italienern, so übersetzte Aida mir die Botschaft des Brandstifters. Sie gab zu, dass dies nicht der erste Anschlag von Nativisten war. Es waren schon Nahrungsmittel gestohlen und Bauarbeiter mit Steinen beworfen worden. Ein paar Jahre zuvor hatten Rechtsradikale ihre Gesichter in den Farben der Flagge angemalt und sich an Felsen gekettet. Weil sie sich keinen Finger breit bewegten, wurde ein Kilometer Land an Italien zurückgegeben. Daher der Zaun und die Wachen. *Wir haben unsere Lektion gelernt – sobald die Medien Wind von den Protesten gekriegt haben, waren die vertraglich festgelegten Grenzen einen Scheißdreck wert. Aber die Bestechungsgelder von meinem Vater haben diese Heuchler in der Regierung natürlich trotzdem mit Handkuss genommen.* Als ich wissen wollte, was die Demonstranten verlangten, antwortete sie mit einem wenig überzeugenden Kopfschütteln. *Ach, ganz simple Sachen. Nur die Tunesier raus, die Bangladescher raus, die sogenannten Zigeuner raus und auf jeden Fall die Amerikaner raus. Sie wollen sogar die Franzosen und Spanier weghaben – daran erkennt man, dass die Lage ernst ist.* Sie klimperte mit den Wimpern. *Ich natürlich auch raus. Und mein Vater, denn er ist ein Verräter und kein echter Italiener, jetzt, wo sie die Staatsangehörigkeit nach dem Stammbaum festlegen wollen – die Idee haben sie aus Amerika, vielen Dank. Sie würden sich vor Wonne in die Hose machen, wenn sie wüssten, dass meine Mutter freiwillig gegangen ist. Sie wollen ihren Berg zurück, was immer das heißen soll. Als könnten sie ihn auch nur ansatzweise so nutzen wie wir. Als hätten sie vor dem Smog jemals einen Fuß hier raufgesetzt.*

Vielleicht haben sie Hunger, wagte ich einen Versuch und dachte an das Essen, das ich regelmäßig in die Schlucht warf. *Wenn wir ihnen vielleicht –*

Sie sah mich an, als hätte ich den Verstand verloren. *Meinst du, das hätten wir nicht versucht? Die Frage ist doch, was wollen sie* nicht? *Wir haben Geld gespendet. Sie wollten mehr. Wir haben Nahrungsmittel geschickt. Sie haben sich beschwert, es würde nicht reichen, und sie wollten – nein, sie hätten ein Recht auf Hartweizengrieß statt Winterweizen. Wir haben unsere vorläufigen Forschungsergebnisse zu einer neu gezüchteten Mungobohnensorte, die im Dunkeln wächst, freigegeben, und zack, ist die italienische Regierung mit einem gepanzerten Wagen angerückt und hat unsere Unterlagen beschlagnahmt. Jahrelange Arbeit – einfach weg.*

Das graue, grobe, lebensrettende Mehl. *Das war euer Team?*

Sie winkte ab. *Ein Dutzend Labore haben zur selben Zeit an dem Problem gearbeitet. Wir sind nicht besonders weit gekommen. Eigentlich wollten wir ein Getreide entwickeln, das im Wechsel mit Reis und Kürbis angebaut werden kann, damit der Boden nicht ausgelaugt wird. Aber die Sache ist doch, dass wir ihnen bereitwillig gegeben haben, was wir hatten, und was war der Dank? Sie haben die Verträge gebrochen und uns unsere Forschung nicht zu Ende führen lassen. Sie haben unsere Ergebnisse benutzt, um wieder eine Monokultur zu schaffen, wieder eine genetisch anfällige, absolut ekelhafte –*

Dieser Nachgeschmack –

Wie Pappe –

Seife –

Man kann überhaupt nicht richtig damit backen, und wenn man es zum Braten –

Ich hab's oft genug versucht, das kannst du mir glauben.

Wir kicherten hysterisch wie entflohene Sträflinge. Aida griff nach meiner Hand. *Du verstehst es also. Dieselbe Logik, dieselben Methoden, die uns dahin gebracht haben, wo wir jetzt sind, und mit denen wir in den letzten hundert Jahren weltweit sechsundneunzig Prozent aller Arten ausgerottet haben – wir dürfen nicht nach kurz-*

sichtigen Interessen handeln. Deshalb verstecken wir die meisten Tiere und Pflanzen unter der Erde. Wir lügen die Regierungsvertreter an und halten sie mit Schmiergeldern fern. Wenn sie unsere Labore entdecken würden, würden sie alles zerstören. Gib dieses Land den Menschen, und es ist in einer Woche geschröpft und kahlgefressen. Aida malte das Bild einer Welt, in der alte Bohnensorten achtlos aussortiert oder zu wässrigen Schatten ihrer selbst reduziert wurden, Bressehühner auf die Schlachtbank kamen, um Platz für kränkliches Industriegeflügel zu machen, und der Boden von Mungobohnen-Monokulturen so erschöpft war, dass er in Staubwolken, dichter als der Smog, davongeweht wurde. Sie streichelte beim Reden die Hunde, schlug sich auf die Schenkel, um ihren Worten Nachdruck zu verleihen, und obwohl sie irgendwann übertrieb, obwohl sie die Nativisten und die Regierung und alle Italiener in einen Topf warf und ich nicht mehr sagen konnte, wen sie am meisten hasste, war ihre simmernde Wut aufregend, berauschend, die zitternde Oberfläche einer Brühe, die kurz davor war zu kochen und ihren beißenden Geruch freizusetzen.

Frag mich bloß nicht nach ihren grotesken Beweggründen, sagte sie zum Schluss. *Ich habe Besseres zu tun, als darüber nachzudenken. Warum interessiert es dich überhaupt so sehr, was sie wollen?* Ihr Blick ruhte schwer auf mir. *Hast du das nicht satt?*

Was?

Dich in Arschlöcher reinzuversetzen, für die du sowieso nie dazugehören wirst. Die Worte waren harsch. Aber die Zuneigung, mit der Aida sie aussprach, war wie die Sonne, die jeden Morgen den Horizont des Landes verschwimmen ließ und strahlend auslöschte, was vorher gewesen war. *Ist doch egal, wenn sie dich nicht mehr reinlassen, oder? Amerika ist verloren. Das kannst du vergessen. Ich erschaffe uns eine bessere Welt, und du hast diese Welt gerade gerettet. Ich rede mit meinem Vater wegen dir.* Sie sah mir tiefer in die Augen, als ich es verdiente, und ich musste den Blick abwenden. *Versprochen.*

Wie kann ich mein Leben vor diesem Moment anders beschreiben als in Grautönen? All die zähe Schinderei, all die leeren Regale und verlorenen Ambitionen, all die rußverkrusteten Fenster, Jahr für Jahr nur diese schwarze Ernte. Die Hiobsbotschaften, die Schulden, die Visumsanträge, das weiß zusammengepresste Fleisch eines Arms zwischen den Fingern der Krankenschwester, die einem läppische zwölf Monate Schutz vor dem nächsten neuen Erregerstamm irgendeiner Krankheit einimpfte, als würde man nicht sowieso vorher an Armut oder Obdachlosigkeit oder Lebenserschöpfung sterben. Dieses Land reinigte meinen Körper, meine Lungen wurden durchblutet, das saubere Gebirgswasser entgiftete meine Nieren. Unter Aidas Verachtung wurzelte Warmherzigkeit, weicher Lehm unter einem dornigen Dickicht aus Privilegien. *So leicht ist es nicht, nach Hause zurückzukehren*, hatte sie gesagt, und ich hatte es für Pessimismus gehalten. Für Unmut. Manche Sachen sieht man besser im Dunkeln.

Erzähl mir mehr über die Labore, bat ich sie. *Zwei Schilder habe ich nicht verstanden.*

Wenn sie lächelte, verschmolzen ihre Sommersprossen zu Kontinenten.

Als »charismatische Megafauna« bezeichnete man Arten wie Elefanten oder goldene Schimpansen, die die Menschen aus symbolischen oder ästhetischen Gründen liebten. Wegen der niedlichen Pandas waren einst die Bambuswälder geschützt worden, und dank der Manatis hatte man Gesetze erlassen können, um die Zerstörung der Everglades in Florida zu verlangsamen. Heute jedoch, da das Artensterben sowieso nicht mehr aufzuhalten und die Menschheit auf ihr eigenes Überleben konzentriert war, taugte die charismatische Megafauna nur noch dazu, potenzielle Investoren zu beeindrucken. Aida schüttelte gedankenverloren den Kopf. *All diese flauschigen Viecher, die wir nur aus absurden emotionalen Gründen erhalten.*

Wie deine Hunde?

Meine Hunde erfüllen einen Zweck, sagte sie mit kalter Wut. *Sie dienen meiner Sicherheit. Halt an, ich fahre.*

Sie trat so kräftig aufs Gas, dass der Fahrtwind mir die Sprache verschlug. Wir schwiegen, bis sie vorm Restaurant eine Vollbremsung machte. Ein weiterer Zaunpfahl kippte um.

Ich wollte dich nicht kränken, sagte ich und legte ihr sanft die Hand auf den Arm. *Man sieht, dass du deine Hunde liebst. Jeder zeigt manchmal Gefühle.*

Durch die mondhelle Haut ihres Arms spürte ich einen wilden Puls. Sie war nicht mehr wütend. Erschöpft entgegnete sie: *Welchen Zweck hat die Liebe? Ich ziehe sie auf und füttere sie. Im Gegenzug beschützen sie mich. Mehr nicht.* Dann sagte sie etwas äußerst Merkwürdiges, das in der Tiefe meiner Erinnerung heute lauter widerhallt denn je und im selben Rhythmus schwingt wie mein Herzschlag. *Ich bin nicht jedermann. Den Luxus von Gefühlen kann ich mir nicht leisten.*

Erst beim Aussteigen fiel mir ein, dass ich noch nach dem letzten Trakt des Labors fragen wollte. Prelibatezze.

Es bedeutet Delikatessen. Dann fuhr sie davon.

Der Kater roch die Außenwelt auf meiner Haut. In einem Anflug seiner früheren Neugier knabberte er an meinen Schuhen. Ich dachte daran, wie er in alten Zeiten fröhlich Rasenschnitt hochgewürgt hatte, und bot ihm vorsichtig ein Büschelchen Riedgras an. Er nahm es. Er nahm auch ein Stück Huhn. Ich ließ die Tür einen Spalt offen für den Wind. An diesem Abend hatten wir beide ein bisschen Appetit.

Als ich aß, rief mein Arbeitgeber an. *Du hast uns gerettet*, sagte er über das Feuer, aber davon wollte ich nichts hören, ich fand es fast schon peinlich, wie sehr die beiden den Vorfall dramatisierten. Ich wusste noch nicht, wie groß ihr Verlangen nach Rettung war und was sich tief unter dem Berg verbarg.

Wenn du das nächste Mal einen solchen Besuch machst, erwarte ich eine Vorwarnung, aber ich gebe zu, dass es ein guter Einfall war. Ich denke, als Nächstes solltest du dir die Saatgutlabore ansehen. Er bewegte den Hörer, es knisterte in der Leitung, seine Worte klangen rau. *Es wird Zeit, dass du einen Eindruck von unseren höheren Zielen bekommst.* Dann wurde seine Stimme wieder weich. *Ich gestehe, ich bin angenehm überrascht. Es geschieht selten, dass meine Tochter von einer Bewerberin beeindruckt ist. Du hast sie mit deinen Kochkünsten wahrlich verführt.*

Ich schwieg einen Moment. *Danke*, sagte ich dann.

Deine Probezeit ist bald vorbei. Aidas Versprechen durchzuckte mich wie ein Stromschlag. *Ich werde dich zu gegebener Zeit über deine Rolle informieren. Zunächst geht es um deine Gesundheit.*

Ich versicherte ihm, dass die Brandwunde an meiner Hand verheilen würde. Mir war schon Schlimmeres in der Küche passiert. Aber er hatte die Einschätzung des Arztes gemeint.

Kümmere dich besser um deinen Körper, warnte er. *Das ist keine Bitte, sondern ein Befehl. Ich wünsche, dass du ein gutes und langes Leben hast, länger, als du es dir vorstellen kannst. Ich kann es mir nämlich vorstellen. Und ich kann es dir zusichern.*

Noch heute spüre ich die Rundung des Hörers, sein Gewicht. Der Kater konnte ihn mir nicht aus der Hand stupsen. Aida hatte recht gehabt. Das war das Romantischste, was ich je gehört hatte.

FÜNF

Im Mai wurde ich dreißig. Mir hatte immer vor Geburtstagen gegraut, aber auf einmal entdeckte ich den Geschmack von Zufriedenheit. In jenem Monat gewöhnte ich mich endlich an die Isolation. Ich überließ mich der Gelassenheit von Himmel und Sonne, einer fast sprachlosen Existenz, ohne die Qual des Denkens. Keine Eilmeldungen, keine Nachrichten über ausgestorbene Kolibris oder Mauersegler, niemand, um den ich mich kümmern musste. Alles war bedeckt mit Pollen. Auf unterirdischen Feldern reckten sich schwere Ähren. Die Menüs wurden reichhaltiger, obwohl die Vorräte an getrockneten und tiefgekühlten Lebensmitteln, die von außerhalb kamen, schwanden; sie wurden durch frischere, blutigere Lieferungen ersetzt, bald stammten sechzig, dann dreiundsechzig, dann siebzig Prozent der Gerichte von den Tieren und Feldern des Landes. Der frische Aal, die Endivien, Aidas ganze Vision ließen die privilegierte Blase, die ich so verachtet hatte, viel weniger schlimm wirken. Ich sah mir die dritte Staffel eines laschen K-Dramas an, dessen Plot so vorhersehbar war, dass ich den Kater ständig spoilerte, während ich ihm das verfilzte Fell bürstete. Er befreite sich mit einem Fauchen, anscheinend legte er keinen Wert auf ein gepflegtes Äußeres. *Von mir aus suhl dich in deinem Unglück*, rief ich ihm hinterher. Am folgenden Sonntag waren zehn Wochen vorbei. Zum Geburtstag wünschte ich mir Beständigkeit.

Das Menü an diesem Sonntag war, anders als die üblichen schweren Gerichte, ein Hohelied auf Getreide und Fermentation. Dicker Amaranth rieselte in Mulden von Dinkel, süß wie Heu. Eingelegte Oliven lagen neben schroffen Keilen von geädertem Käse. Ich steckte gerade bis zu den Ellbogen in Garum, als ich die Tür aufgehen hörte.

Probier mal die eingelegten Zitronen, bat ich, ohne mich umzudrehen. *Und sag mir, ob sie noch Salz brauchen.*

Nein, sagte eine unbekannte Stimme.

Eine einzige raue Silbe. Ein Mann. Etwas Unberechenbares in der Stimme, eine Unterströmung von Gewalt. Ich griff nach einer Teigrolle und drehte mich um.

Mein Arbeitgeber in einem hellgrauen Anzug.

Die kalten, schwarzen Augen, die Größe, die breiten Schultern passten zu der Gestalt, die ich von weitem gesehen hatte. Der Rest nicht. Seine Bewegungen straften das ferne Bild eines seriösen, reichen Mannes mittleren Alters Lügen. Steif und unsicher schritt er in der Küche umher, den Rücken übertrieben gerade wie einer, der sein Selbstbewusstsein erst spät erlernt hat. Gesicht und Handrücken waren rasiert, aber stoppelig. Und trug er Make-up an den braungebrannten Schläfen? Oder Selbstbräuner? Am meisten beunruhigte mich seine Stimme. Die Vokale klangen grob und kratzig, die Aussprache war schwerfällig, als würde man einen Sack Steine durch einen Bach schleifen. *Aida hat dir vermutlich mitgeteilt, dass ich in kulinarischen Angelegenheiten keine fachkundige Meinung abgeben kann.* Nein, hätte ich sagen können oder auch ja, ich hatte Schwierigkeiten, mich zu konzentrieren. Über den sonnigen Nachmittag hatte sich ein Schleier gelegt, als hätte jemand meine hübsche häusliche Szene plötzlich mit dem Soundtrack eines Horrorfilms unterlegt.

Er musste seine Stimme am Telefon künstlich verändert haben, so bizarr und unerklärlich das auch schien. Kein Wunder, dass er schriftliche Notizen bevorzugte.

Das Hauptgericht für heute Abend, sagte er und legte ein unförmiges Paket auf die Arbeitsplatte.

Aus dem feuchten Papier glitt ein großes Stück Fleisch, dunkel wie die Nacht und überzogen mit einer Schleimschicht, dem typischen Anzeichen von Fermentation. Der Gestank stach mir in die Nase; ich musste meine ganze professionelle Selbstbeherrschung aufbringen, um nicht zu würgen. Auf dem Papier befand sich ein verwischter kyrillischer Schriftzug.

Walfleisch?, fragte ich. Als mein Arbeitgeber nicht antwortete, versprach ich ihm, mich mit Aida abzusprechen.

Meine Tochter wird heute Abend nicht mit uns essen. Sofort hatte ich ein Unglück vor Augen, einen Überfall im Auto, Blut auf der Straße … *Sie ist auf Reisen.*

Ich decke für neun Personen ein, sagte ich. *Wer serviert dann heute Abend?*

Du. Es bleibt bei zehn Plätzen. Du wirst mit uns essen. Kleide dich entsprechend.

Was? Also, was soll ich anziehen? Als wäre ich auf die falsche Bühne gestolpert, mitten ins blendende Scheinwerferlicht, zu spät für mein Stichwort. Ich hatte seine Stimme schon mal irgendwo gehört. Konnte sie nicht unterbringen.

Das weiße Kleid.

Ohne die, sagte er, als ich wieder hereinkam. Unter seinen Blicken zog ich die langen Seidenhandschuhe wieder aus, die ich in den Falten des Kleids gefunden hatte. Meine bandagierte Hand sah schlimm aus, aber mein Arbeitgeber sagte nur: *Schmerzt die Brandwunde noch?*

Ein bisschen. Sehr. *Ist das Robbenfleisch?* Ich hatte das mysteriöse

Fleisch mit Preiselbeeren und Zitronen garniert. *Walross? Selkie? Seeungeheuer?*

Er ignorierte meinen Spott und führte mich in Richtung Speisezimmer. Meine Seide wisperte bei jeder Berührung mit dem Stoff seiner Hose, elegant, atonal, unruhig. *Ich will, dass du ein Spiel spielst*, sagte er, und ich musste an seine Nachrichten denken, die mich auf den Berg geführt hatten, an das Kleid, das auf mich gewartet hatte, an die falsche elektronische Stimme am Telefon. Das Spiel hatte schon viel früher begonnen. Aber ich verstand die Regeln nicht. *Du wirst heute Abend nicht sprechen.*

Äh …, sagte ich.

Und du verstehst auch nicht, was gesprochen wird, nicht mal das Englische. Deine Aufgabe ist nur, stumm zu servieren. Und freundlich, betonte er. *Wenn es so weit ist, wirst du das Tischgebet leiten.*

Ohne zu sprechen.

Ja.

Ich soll also … einfach so tun, als würde ich beten?

Ist das so schwer?

Das Rauchen aufzugeben war schwer gewesen, die Kerne aus vier Pfund Chili zu entfernen war schwer gewesen. Ich hatte in Restaurants Sechzig-Dollar-Vorspeisen aus verdorbenem Fisch gebastelt, ich hatte darüber hinweggesehen, dass Geschäftsleute für ihre minderjährigen Begleiterinnen Alkohol bestellten, ich hatte perfekte Steaks zurückgenommen und durchgebraten. Zuzugeben, dass mir das Kochen für die Superreichen inzwischen gefiel, dass ich keine höheren Ziele mehr hatte – das war manchmal schwer. Aber so etwas? So ein Spiel war ein geringer Preis für Beständigkeit. Ich machte das universelle Zeichen für verschlossene Lippen. *Und lächeln*, sagte mein Arbeitgeber kurz vor dem Speisezimmer. Er dirigierte mich mit der Hand im Kreuz. Als wir in geheuchelter Intimität den Raum betraten, stand den Gästen der Schock ins Gesicht geschrieben.

Nach diesem ersten Moment schienen sie entschlossen, sich nichts anmerken zu lassen. Die Stimmung im Speisezimmer war eigentümlich, es lagen Emotionen in der Luft, die ich nicht entschlüsseln konnte. Luftküsse, ein kurzer Händedruck, niemand sagte etwas zu mir: Die Gäste hatten eindeutig Verhaltensregeln bekommen. Einige berührten mich so sacht, als zweifelten sie an meiner Existenz, als wäre ich eine Holographie oder ein Geist. Ich musste an die Angestellte denken, die im Vorratskeller vor mir weggelaufen war.

Nur ein einziges Mal wurde ich angesprochen. In der Abgeschiedenheit der Damentoilette flüsterte die Erbin einer englischen Schafzucht mir ins Ohr: *Anyeongseyo.* Ich erkannte die koreanische Begrüßung aus meinen Serien und verkniff mir die Bemerkung *Falsches Land.* Stattdessen nickte ich freundlich. Sie packte mich an der nackten Schulter. Ebenso freundlich ließ ich sie gewähren. *Ich wollte mich erkundigen, ob alles in Ordnung ist, meine Liebe. Geht es Ihnen gut? Wir haben gehört, das heißt, wir haben gedacht –*

Pst, machte ihre Halbschwester und blickte sich um, als könnte mein Arbeitgeber sich hinter einer Grünpflanze versteckt haben. *Du weißt doch, dass sie dich nicht versteht.*

Das also war der Test der weiteren Fähigkeiten, von denen mein Arbeitgeber gesprochen hatte, der Abend, an dem ich meinen Nutzen außerhalb der Küche beweisen sollte.

Zum ersten Mal erlebte ich den Erfolg meiner Kochkunst. Aus dem edlen Käse, den ich serviert hatte, quoll Verlockung. Wie geplant weckte die Säure der Giardiniera das Verlangen nach dem herben Tannin des Weins. Ich hatte die Gemüsestücke groß gelassen, so dass die Gäste beim Schälen und Schneiden mit den Schultern aneinanderstießen und sich gegenseitig Häppchen anboten. Die unbehagliche Stimmung wich einem entspannten Miteinander, das ich mit einem Lächeln betrachtete. Ich verzichtete auf

Alkohol, der Triumph war berauschender. Ich hatte die Mächtigen am Gaumen herumgeführt.

Die Stimme, die mich fragte, ob ich nicht für jemand anderen hatte kochen wollen, ignorierte ich.

Nur über meinen Arbeitgeber hatte das Essen keine Macht. Er saß mit dem vollen Weinglas in der Hand da und genoss gar nichts – weder den Stör noch den Sancerre, der so herb war, dass sich die Fußnägel hochrollten, und ganz gewiss nicht die Gesellschaft. Von Zeit zu Zeit wandte ein Gast sich fast mitleidig mit einem Scherz oder einer Frage an ihn, worauf er eine knappe Antwort gab. War das notwendige Übel erledigt, machte sich Erleichterung breit. Oh, auf dem Papier war er ein tadelloser Gastgeber, schenkte Wein nach und verteilte Komplimente zur Kleiderwahl – aber er war steif. Falsch. Dieser starre Blick. Dahinter verbarg sich etwas, das niemand ans Licht holen wollte.

Sie mochten ihn nicht, und er mochte sie nicht. Seine Autorität beruhte auf Angst. Viel später erst fragte ich mich, ob wohl auch er Angst hatte.

Denn trotz der Machtposition meines Arbeitgebers verriet sein Verhalten eine fast kindliche Unsicherheit. Er sprach einen Augenblick zu spät oder zu früh, stolperte in die Sätze der anderen. Oder er donnerte mit einer Bemerkung in eine gedämpfte Unterhaltung, so dass alle zusammenzuckten. Sein Akzent hing über den wohlklingenden Stimmen seiner kultivierten Gäste wie ein nie ganz verwehender Geruch, egal, ob er Englisch oder Spanisch oder Französisch sprach. Selbst Italienisch klang nicht wie seine Muttersprache. Und so sagte er bis zur Vorspeise kaum ein Wort.

Ich löffelte gerade die Bohnen aus ihrer kühlen Brühe, als mein Arbeitgeber sich von seinem Platz erhob. Er wartete, bis das Besteckgeklimper verstummte. In die unnatürliche Stille hinein sagte er:

——— — ——— *Saavedra.*

Einen Augenblick lang – nichts.

Allerhöchstens höfliches Interesse. Zunehmende Verwirrung, als mein Arbeitgeber seine Äußerung wiederholte. Schließlich meldete sich die zierliche Ehefrau eines Schweizer Technologen zu Wort. Sie hatte mehr getrunken und weniger gegessen als die anderen, und ihre Unhöflichkeit bedurfte keiner Übersetzung.

Die Maske meines Arbeitgebers färbte sich rot. Ungerührt und mit versteinerter Miene sprach er erneut, lange, mit erhobener Stimme, nicht überzeugend. Die englischen Schwestern tauschten Blicke aus. Ein italienischer Stahlmagnat spielte mit seinem Löffel. Mein Arbeitgeber redete schneller, lauter, aber es wirkte, als sprächen seine Gäste nicht dieselbe Sprache. Schließlich wandte er sich an den einzigen amerikanischen Gast, vielleicht getäuscht durch das Lächeln, mit dem der Mann sein Unbehagen zu überspielen versuchte.

Auch Ihre Branche ist auf wissenschaftliche Innovationen angewiesen, sagte mein Arbeitgeber auf Englisch. *Sicherlich verstehen Sie, welchen Nutzen Saavedras Saatgutbank bieten kann.*

Nun jaaa, sagte der amerikanische Pharmaunternehmer zögerlich. *Ich würde mal sagen, Saavedras größter Nutzen ist seine Freundschaft mit Kandinsky.*

Plötzlich gespannte Aufmerksamkeit. Selbst die unhöfliche Schweizerin beugte sich vor. Mein Arbeitgeber strich sich die Haare glatt. Sein Anzug hatte feuchte Flecke unter den Achseln. *Kandinsky hat Interesse bekundet. Mehr ist bisher nicht bestätigt. Ich beteilige mich nicht an Spekulationen, das sollte Ihnen allen klar sein, denn Sie wissen, wie ich meine Geschäfte führe. Habe ich das nicht zur Genüge bewiesen?* Die Frage klang gereizt, beleidigt. *Wir sind heute Abend nicht wegen Kandinsky hier zusammengekommen. Was Sie an diesem Tisch essen, verdanken wir Saavedra und seiner Saatgutbank.*

In der Stille nahm ein französischer Medienmogul den Löffel und ließ einen kleinen, hellbraunen Halbmond auf seinen Teller fallen. *Haricots pour bétail*, sagte er verächtlich. Das Wort für Bohnen verstand ich sofort; um den Rest mit meinem eingerosteten Küchenfranzösisch zu entschlüsseln, brauchte ich einen Moment. *Bohnen fürs Vieh.*

Mein Arbeitgeber kochte vor Wut. Er wandte sich zu mir. Ich senkte den Blick auf die geschmähten Bohnen, während der Franzose sich jetzt über Preise beschwerte. Zugegeben, die Bohnen waren nicht gerade der optisch ansprechendste Gang des Menüs, aber sie waren verdammt noch mal nur die Vorspeise. Ein Amuse-Gueule. Wie sollte ich ahnen, dass sie Appetit auf eine Demütigung meines Arbeitgebers machen würden, dass sie – wie ich jetzt aus den Äußerungen anderer Gäste heraushörte – einen Hunger auf Entschädigung weckten? Der Tisch war kurz davor zu verlangen, die Kosten für das Menü erlassen zu bekommen, als mein Arbeitgeber meine verbundene Hand packte. Ich zuckte zusammen. *Trag das Hauptgericht auf. Sofort.*

Das dunkle Fleisch hatte sich in der Zwischenzeit verändert. Die Kanten waren weich geworden, wabbelten in einem widerlichen Zustand zwischen flüssig und fest. In der Küche stank es wie im Innern eines Kadavers. Das Fleisch sah ungenießbar aus, und mir war immer noch nicht klar, um was es sich handelte und wie mein Arbeitgeber damit die Stimmung im Speisezimmer aufheitern wollte, es sei denn, er hatte vor, die quälende Farce ein für alle Mal zu beenden, indem er seine Gäste vergiftete. Die schleimigen, sickernden Tröpfchen ließen mich an Botulismus denken. Aber die Entscheidung zwischen einer Lebensmittelvergiftung und dem Zorn meines Arbeitgebers fiel mir nicht schwer. Ich hievte die Platte hoch.

Im Speisezimmer war es so still, dass ich dachte, mein Arbeitgeber hätte seine Niederlage eingestanden und die Gäste nach Hause geschickt. Aber wie sich herausstellte, hatte er nur die Unterhaltung durch einen Vortrag ersetzt. Er schritt am Kopfende des Tisches auf und ab, wo auf wundersame Weise drei Staffeleien erschienen waren. Sein Zeigestock wanderte über Tortendiagramme und Säulendiagramme und Punktdiagramme und Graphiken mit Pfeilen, die ineinander verschlungen waren wie sich selbst in den Schwanz beißende Schlangen, Schaubilder, die sich über drei Seiten erstreckten, so dass er laufend umblättern musste und seine wachsenden Schweißflecken sichtbar wurden. Das Timing des Menüs war über den Haufen geworfen; es stand kein Essen mehr auf dem Tisch. Statt Partystimmung herrschte eine öde Konferenzatmosphäre wie bei den Anonymen Alkoholikern oder einem Suchtpräventionsvortrag vor schlechtgelaunten Teenagern – hier wurden wichtige Themen präsentiert, die aber vor einem gelangweilten und feixenden Publikum keine Chance hatten. Die Schweizerin hatte den Kopf an die Stuhllehne gelegt und schnarchte leise.

Als ich das Hauptgericht an ihr vorbeitrug, wurde sie unsanft aus dem Schlaf gerissen.

Ich schob einen Schwall widerlichen, bestialischen Gestanks vor mir her, genauso fehl am Platz wie mein Arbeitgeber selbst. Das Fleisch war so dunkel, dass es alles Licht aufzusaugen schien, und verströmte den Geruch von monströser, pilzig schwärender Fäulnis, modriger Erde. Die Gäste zuckten zurück, aber mein Arbeitgeber genoss es. Als ich schwankend die Platte absetzte, legte er seinen Zeigestock weg. Fast hätte er sich die Lippen geleckt.

Saavedra ———— ———— — — ——, sagte er lächelnd.

Der Schweizer Technologe begleitete seine würgende Ehefrau zur Tür. Sogar dem Amerikaner war das Grinsen vergangen. *Soll das ein Witz sein?*, fragte er. *Ich bin echt offen für alles Mögliche und war wirklich bereit, mir Ihr Projekt in Ruhe anzuhören, aber ich kann mein Kapital auch woanders anlegen.*

Ich habe Ihnen versprochen, dass mit Ihren Investments Wunder vollbracht werden, erwiderte mein Arbeitgeber. *Heute Abend servieren wir Ihnen Wollhaarmammut.*

Ungläubige Stille breitete sich aus.

Ich bin kein Tyrann. Mein Arbeitgeber legte sein verschwitztes Jackett ab. *Sie können gerne auf Ihre Portion des sibirischen Mammuts verzichten, auf das unsere Mitarbeiter durch einen glücklichen Zufall bei der Ausgrabung von Saavedras Saatgutbank gestoßen sind.* Er krempelte sich die Manschetten hoch. *Für mich ist dieser Fund ein Zeichen. Eine Warnung, wenn Sie so wollen.* Er legte seinen Ehering neben seine Gabel und fuhr fort: *Bevor Sie sich entscheiden zu gehen, denken Sie daran, dass genügend andere nur darauf warten, von Ihrem Teller zu essen.*

Sie wollen uns drohen? Der Amerikaner erhob sich. *Sie bluffen doch! Ich glaube nicht, dass die Investoren bei Ihnen Schlange stehen.*

Ich spreche nicht von Investoren. Ich spreche von Aasgeiern, die über unserem Land kreisen. Wir werden bedroht.

Mein Arbeitgeber legte seine Hand auf meine, als wollte er mich trösten, dann zog er mit einem Ruck den Verband ab.

Ich schrie. Die halb verheilte Wunde war wieder aufgerissen. Reflexartig zog ich den Arm an die Brust. Mit geistesabwesendem Gleichmut packte mein Arbeitgeber mein Handgelenk. Drückte es auf den Tisch. Zeigte seinen Gästen meine offene, hellrote Wunde.

Über diese befremdliche Szenerie rollte die Steinsplitterstimme meines Arbeitgebers. Er erzählte die Geschichte von der versuchten Brandstiftung, aber verdreht und aufgebauscht. Aus einem Mann wurden viele, sie trugen Waffen. Die verletzte Lippe wanderte vom Brandstifter zum Wachmann. Das Feuer griff um sich, warf seine flammenden Schatten auf den Tisch, und bevor mein

Arbeitgeber ins Italienische wechselte, hatte ich genug gehört, um zu wissen, dass niemand es an diesem Abend wagen würde, den Berg oder auch nur den Raum zu verlassen. Die Bedrohung bewirkte, wozu der Charme meines Arbeitgebers nicht in der Lage war: Sie fesselte die Gäste an dieses Stück Land.

Als mein Arbeitgeber die Hände faltete, wusste ich, dass ich jetzt beten musste.

Ich senkte den Kopf. Bewegte die Lippen. Lautlos. Der Effekt war gespenstisch. Schlagartig beugten auch die Gäste den Kopf, schlossen die Augen. Ich ließ sie offen, begegnete dem Blick meines verzerrten Spiegelbilds im Fenster. An diesem Abend verstand ich, dass es meine Aufgabe war, vor aller Augen unsichtbar zu werden.

Für den Hauptgang verzichtete mein Arbeitgeber auf Messer und Gabel. Seine langen, braunen, rasierten Finger schienen zusätzliche Glieder zu besitzen, als er fast schon behutsam am Mammutfleisch zupfte. Er lutschte sich dunkle Bröckchen von den Knöcheln. Er pulte in seinen Zähnen. Zum ersten Mal war er entspannt, achtete nicht auf seine Haltung; in der Art, wie er sich über den Teller beugte, sah ich Aida. Als er mit schmutzigem Finger auf die Tür zeigte und über das Entsetzen seiner Gäste lachte, wurde mir auch klar, woher sie ihre Spottlust hatte.

Die jüngere Schafzucht-Erbin aß als Erste, sie berührte das Fleisch mit der Zunge wie ein kleines, reinliches Kätzchen. Das Schweizer Ehepaar benutzte Löffel. *Kann man hier denn keinen vernünftigen Burger kriegen?*, fragte der Amerikaner, aber niemand erwiderte etwas; am Schluss aß auch er. Und dann kam der Moment, in dem der Ekel der Gäste sich verwandelte wie rohes Fleisch in der heißen Pfanne, wie roher Fisch, als ihn einst die Reichen, Berühmten, Weißen für sich entdeckten; ich werde diesen Anblick nie vergessen. Abscheu, die umschlägt in Begierde.

An den Geschmack des Mammutfleischs kann ich mich nicht erinnern. Darum ging es auch gar nicht. Aber wenn man einen Schluck aus dem letzten Kelch Erdgas auf der ganzen Welt nehmen könnte? Wenn man den donnernden Flügelschlag der Wandertaube als Elixier in Flaschen füllen könnte? Kleopatra hat angeblich die größte Perle der Welt in Essig aufgelöst und die beißende Flüssigkeit getrunken. Als ich mir das Mammutfleisch hinunterzwang, stellte ich mir vor, ich würde den Nachthimmel essen, der in dicken, schokoladenschwarzen Stücken über dem Berg hing, klar und köstlich, seltener als alles auf der Erde. Es gab keine Hirsche, keine Seeteufel, keine Mammuts mehr außer denen, die am elitären Tisch dieses Landes serviert wurden. Wer jemals den Reichen das Essen bereitet hat, weiß, dass es ab einem bestimmten Preis nicht mehr um Geschmack oder um Hunger geht.

Apice, sagte mein Arbeitgeber, als die Teller leer waren.

Apice, wiederholten die Gäste.

Sie erhoben das Glas auf mich.

Mochte es an der Brandwunde gelegen haben, an meinem gereinigten Körper und der Reinheit meines neuen Lebens oder an der Erinnerung an einen alten, bleibenden Traum – dies war mein Debüt als Küchenchefin, und als mein Arbeitgeber mir die Hand drückte, spürte ich den Schmerz kaum. Ich weinte schon.

Die ganze Nacht über liefen die Toilettenspülungen. Krampfende Mägen, Tiefenentschlackung. Danach waren die Gäste entleert, zittrig, selig. Bekehrt.

Später: die einsame Küche, in der Luft noch der Geruch des Abends.

Als ich aus dem Bad zurückkam, stellte mein Arbeitgeber zwei Gläser auf die Küchenplatte. Das Mammutfleisch war wieder hochgekommen wie Ölschlick, und der Alkoholdunst tat sein Übriges.

Ich sagte ihm, ich würde schon aus professionellen Gründen nicht trinken. *Ich auch nicht*, erwiderte er und schenkte uns beiden ein. *Das ist eine Ausnahme, es gibt etwas zu feiern. Sie haben dich die beste Köchin der Welt genannt.*

Es lag am Mammut.

Ich gebe dir einen guten Rat: Keine Bescheidenheit in geschäftlichen Dingen. Das Essen hätte niemals diesen Effekt gehabt, wenn ich es serviert hätte. Aber du, ganz in Weiß, verwundet wie Jeanne d'Arc höchstpersönlich – die Tränen waren ein Geniestreich.

Über seine Schulter sah ich verschwommen mein Spiegelbild. Ich wog vielleicht noch vierzig Kilo. *Aber ich bin ja wohl nicht Jeanne.*

Mein Arbeitgeber nahm meinen Namen nicht in den Mund. Ich kann mich nicht erinnern, dass er ihn jemals ausgesprochen hat, weder vor diesem Abend noch danach. Er schob mir einen neuen Vertrag hin. *Die Festanstellung schließt noch weitere Aufgaben ein, mit einer entsprechenden Gehaltserhöhung. Du hast die Verantwortung für das Dinner. Du leitest das Küchenteam. Du bist jeden Sonntag für das Tischgebet verantwortlich. Und du wirst sie glauben lassen, dass du Eun-Young bist.*

Mir kam Galle hoch. *Es ging also gar nicht um meine Kochkünste.*

Es ist der Job, den du wolltest.

Ich brach in Lachen aus, und mein Arbeitgeber starrte mich verblüfft an.

Er hätte den Witz kapiert, wenn er eine amerikanische Kindheit mit ihren bunten Farben und ihrer fröhlichen Musik gehabt hätte, mit einem Drehbuch, in dem der nächste Akt immer schon geschrieben war, wenn er erlebt hätte, wie Requisiten, Vorhang, die Bühne selbst in Flammen aufgingen. So vieles, was meiner Generation versprochen wurde, war bei der ersten Berührung zu Staub zerfallen. Eine Freundin, die Meerespanoramen malte, hatte jahrelang von einem Haus am Wasser geträumt. Am Tag, als die Deiche brachen, flutete der Ozean ihr Atelier und bemalte die Wände mit kostbaren Ölfarben. Ein Freund war sechs Jahre lang in einem verhassten Job geblieben, weil die Firma ihm ein Sabbatical versprochen hatte, dann wurde ihm gekündigt. Ein Freund, der sich über anstrengende Familientreffen beschwert hatte, verlor sämtliche Verwandte über fünfzig an ein Virus. Die Ersparnisse, die eine Freundin in einen Fonds investiert hatte, lösten sich auf wie Zucker auf der Zunge der Banker, die von der Börsenaufsicht nichts weiter als eine Ermahnung bekamen. Das Leben, das uns versprochen wurde, war Beschiss, die Welt war Beschiss, das ganze verdammte Theaterstück war Beschiss, und es schien uns nichts anderes übrig zu bleiben, als alles in Brand zu setzen wie die Randalierer in Paris, New York, Nairobi – nur um danach weiter durch die Asche zu kriechen, denn was blieb uns anderes übrig? Welchen anderen Planeten hatten wir? War ja klar, dass auch hier alles nur Beschiss war.

Als ich wieder Luft bekam, fragte ich: *Und wie vielen Frauen haben Sie diesen Job schon angeboten?*

Nur dir.

Gequirlte Scheiße.

Er tippte auf den Vertrag. *Meine Tochter kann sich gerne deine ordinäre Ausdrucksweise anhören, wenn ihr allein seid, aber in Paragraph zwölf ist nachzulesen, dass zu deinen Pflichten ab jetzt auch mustergültiges Auftreten in der Öffentlichkeit gehört. Arbeite daran.* Er nannte die Namen von zwei Köchinnen, die er in der Probezeit vor die Tür gesetzt hatte. Sie klangen koreanisch und japanisch. *Sie waren nicht geeignet, Aida hatte eine Abneigung gegen sie.*

Können Sie es ihr verdenken, dass sie keine Pseudo-Mutter will?

Sie weiß bisher gar nichts von dieser Vertragsklausel. Er runzelte die Stirn. *Und selbst wenn, was sie davon hält, ist irrelevant. Wenn ich es ihr mitteile, wird sie einsehen, dass auch dies für unser Projekt vonnöten ist.*

Aber ich kapiere es nicht. Warum Eun-Young? Warum kann ich nicht ich selbst sein?

Er hob das Glas, aus dem er während des Dinners keinen einzigen Schluck genommen hatte. Jetzt trank er wie ein Verdurstender. Wie ein Mann, der aus der Wüste seines Lebens gekrochen kam. Er trank und sagte dann: *Meine Tochter beansprucht diese Vision für sich. In dieser Hinsicht ist sie wie ein Kind. In Wirklichkeit war es von Anfang an Eun-Youngs Idee, und sie stammt aus einer Zeit lange vor Aidas Geburt. Meine Frau und ich haben uns im Paradies kennengelernt beziehungsweise auf einer Insel, die sich so genannt hat. Eun-Young war auf einer Missionsreise, ich zum ersten Mal im Urlaub. Ich hatte für ein kleines Vermögen eine Hütte gemietet, die als Himmel auf Erden beworben wurde. Aber das Meer war verschmutzt und tot, die Wellen spülten Müll an den Strand. Die Einheimischen waren jeder Würde beraubt, über Generationen hinweg zu Bettlern und Kleinkriminellen zusammengeschrumpft, nur noch ein schwächlicher Schatten ihrer Vorfahren. Eun-Young und ich diskutierten immer wieder, ob es richtig sei, neues Leben in eine so schlechte Welt zu bringen. Manche nannten das extremistisch. Aber wir wollten einfach nur einen besseren Ort für unser Kind erschaffen.* Auf der anderen Seite der Glaswände wogte und seufzte, hob und senkte sich das Riedgras unter den Händen des Windes. *Als meine Frau uns verlassen hat, glaubte ich mich befreit von ihrer Religion, die ich nur für eine andere Art von Schadstoff hielt. Auf Drängen meiner Tochter erbaute ich unser Land auf dem Fundament wissenschaftlicher Erkenntnisse. Rationalen Denkens.* Fast zärtlich betrachtete er seine Diagramme. *Aber mit der Zeit habe ich erkannt, dass Eun-Young recht hatte. Meine Tochter ist zweifellos brillant, aber sie sieht nicht ein, dass die geschäftliche Seite unseres Vorhabens – die politische*

Seite – komplizierter und schwieriger ist als die Forschung in ihren Laboren. Es reicht nicht, dass wir auf dem richtigen Weg sind. Wir müssen andere trotzdem erst davon überzeugen, uns zu folgen. Wir müssen den Glauben in ihnen wecken. Und ich vermute, dass du das schaffen kannst.

Aber ich bin nicht religiös.

Nicht? Dann erklär mir doch mal, warum du immer noch die Arztkosten deiner Mutter abstotterst.

Ich verstehe nicht, was das damit zu tun hat, sagte ich bewusst ruhig. *Wenn Sie es unbedingt wissen wollen, ich habe keine Wahl. Wer Schulden hat, wird nicht wieder ins Land gelassen. Es gibt ein Punktesystem, nach dem man einen Platz auf der Warteliste bekommt, wenn die Grenzen wieder offen sind.* Das überschuldete, von Hungersnöten gebeutelte Amerika hatte ein Gesetz erlassen, das Kinder für die Schulden ihrer verstorbenen Eltern haftbar machte. Ich war sicher, dass mein Arbeitgeber sich über diese Details informiert hatte, aber er schwieg und sah mich abwartend an. Ich ratterte die Bestimmungen auswendig herunter. Ein Punkt für unter dreißig. Ein Punkt, weil ich keine Vorerkrankungen hatte. Minus drei Punkte als Angehörige einer »überrepräsentierten Minderheit«, also mit Wurzeln in Asien, im Nahen Osten, in Südamerika oder Afrika. Plus zwei Punkte für jede vorhergehende Generation, die schon die amerikanische Staatsbürgerschaft besaß, also in meinem Fall null, da ich Einwandererkind war. Ein Punkt für gute Bonität, minus fünf Punkte für meine Schulden, plus zehn Punkte für die Zusage, bestimmte Geldsummen in die Wirtschaft zu investieren –

Und du glaubst immer noch, dass sie dich wieder reinlassen? Mein Arbeitgeber grinste vielsagend.

Na ja, solange ich –

Du glaubst den Versprechungen einer Regierung, die über ihre

Schuld an der Entstehung des Smogs gelogen hat. Du bist in Kalifornien geboren, richtig? Bestimmt hast du von den landwirtschaftlichen Versuchen gehört, die sie dort durchgeführt haben.

Es gibt für alles eine Verschwörungstheorie –

Siehst du, damit beweist du, dass ich recht habe. Mein Arbeitgeber lehnte sich zurück. *Du glaubst an ein Land, das nicht so ist wie in deiner Vorstellung, an einen Moralkodex, so abstrus wie ein Schöpfungsmythos. Was ist das anderes als blinder Glaube?*

Als wäre Italien auch nur einen Deut besser! Jetzt verlor ich doch die Beherrschung. *Die scheißen doch auf den Vertrag mit Ihnen. Die respektieren Sie nicht.*

Meine Loyalität gilt nicht Italien.

Ach, lecken Sie mich doch am Arsch.

Als ich aufstand, applaudierte mein Arbeitgeber. Seine Hände waren so groß, dass ich unwillkürlich zusammenzuckte. Selbst im Stehen war ich noch kleiner als er auf seinem Stuhl. *Brava*, sagte er mit echter Bewunderung. *Deine Fakten sind vollkommen falsch, aber deine Überzeugung hat eine gewisse* – schon wieder dieses Wort – *Verführungskraft. Ich bin nicht in der Lage, solche Emotionen hervorzurufen. Sie finden mich unsympathisch. Und Aida mögen sie auch nicht, auch wenn sie ihren Intellekt bewundern. Meine Tochter und ich gehören nicht dazu. Wir brauchen eine dritte Person, der sie vertrauen können, die mitfühlend ist und eine Haltung zeigt, für die man sie respektieren kann. Wie du gesagt hast. Und dafür eignet die Religion sich gut. Wir brauchen eine Eun-Young.*

Das ist doch idiotisch. Ich soll also – was, so tun, als würde ich beten?

Ja. Er schenkte sich nach, die Flasche klirrte ans Glas. Seine Augen waren wie aus dem Himmel gestanzt. *Mir ist sehr wohl bewusst, dass es Zeitverschwendung ist, Dummköpfe zu überzeugen, wenn die Zahlen beweisen, dass unsere Bemühungen unumgänglich sind. Wie ihr alle zankt und hofft und recycelt und zaudert und euch über Bohnen beschwert. Weißt du, was mit der ersten Saatgutbank der Welt passiert ist? Natürlich nicht,* sagte er, als ich den Kopf schüttelte. *Weil du dumm und kurzsichtig und individualistisch bist.*

Die erste Saatgutbank war entstanden, als sowjetische Wissenschaftler sich nach einer schrecklichen Hungersnot geschworen hatten, eine Sammlung aller Samen und Körner dieser Erde anzulegen, um zukünftige Generationen vor einem solchen Unglück zu bewahren. Sie waren so engagiert, dass sie ihr Leben opferten, um die Genbank während der Belagerung durch die Nazis zu beschützen. *Leider hatten sie sich verrechnet. Sie starben, und es blieben nur Dummköpfe übrig.* Die Regierung vergaß die Hungersnot, die Mission. Irgendwann fiel der Strom aus, und die Samen verrotteten. Das genetische Material war verloren. *Einzelpersonen sind egoistisch – aber es ist zwecklos, die menschliche Natur zu bekämpfen. Und deshalb beinhaltet dieses Jobangebot eine Antrittsprämie. Umgerechnet achtundsiebzigtausenddreihundertfünfundvierzig Dollar und zehn Cent.*

Die Silben krachten gegen die Glaswände. Mein linkes Ohr begann zu klingeln. Es war die Gesamtsumme meiner Schulden.

Als ich die Sprache wiederfand, verlangte ich etwas Zeit, um den Vertrag durchzusehen. Dazu eine Klausel, die mir erlaubte, das Gelände ums Restaurant zu verlassen. Mein Arbeitgeber neigte den Kopf. Diese schwarzen, schwarzen Augen. *Und,* fügte ich hinzu, *das Angebot wäre noch verlockender, wenn Sie es aufrunden würden.*

Dieses Mal wartete er, nachdem er das Glas erhoben hatte. *Wenn es etwas zu feiern gab, hat Eun-Young am liebsten mit Whiskey angestoßen.*

Überlebensmechanismen sind gnadenlos. Es gibt Zeiten, in denen man essen muss, obwohl man keinen Hunger hat, und trinken muss, obwohl man keinen Durst hat. Das Leben muss, wie es so schön heißt, immer und immer und immer weitergehen, selbst wenn man keinen Sinn mehr darin erkennt. Ich trank. Kühl und weich streichelten die Nullen meine Kehle. Während mein Arbeitgeber erklärte, dass er die Idee aus Japan hatte, wo man Schauspieler engagierte, um fehlende Familienmitglieder zu ersetzen, während ich den zweiten und dritten Drink hinunterkippte, während der Alkohol alles, was ich sah, in weiche Kaleidoskopbilder verwandelte, fragte ich mich, wie mein Arbeitgeber mich ersetzen wollte, falls ich kündigte. Ich stellte mir eine lange Reihe weiß gekleideter Frauen vor, von der Küche durch die Glasscheibe den Berg hinunter, alle mit demselben Namen, die Woche für Woche das Dinner servierten.

Plötzlich unterbrach er sich. *Was ist das?*

Ich drehte mich um. Keine Frauen. *Der Kater.*

Welche Rasse?

Ich zögerte einen Moment. *Straßenkater*, sagte ich dann. *Ich habe ihn aufgenommen.*

Mein Fehler. Es gibt Bergvölker, die im tiefsten Winter Burma-Katzen essen. Angeblich sind sie recht delikat.

Als die Sonne sich gelb gegen die unverdrossene Schönheit eines neuen Tages presste, schlug ich mein geschmuggeltes italienisches Wörterbuch auf. *Apice* bedeutete Spitze, wie im Wort Spitzenräuber, dem Tier an der Spitze der Nahrungskette, das keine Fressfeinde hat. *Ist der Typ irre?*, fragte ich den Kater, der vor meiner Fahne zurückzuckte. Ich stellte mir Aidas Gesichtsausdruck vor, wenn sie erfuhr, dass dieser Fachausdruck für reine Marketingzwecke vereinnahmt wurde. Ich schlug das Wort für *siebzigtausend* nach. *Settantamila.* Die Akustik des Vorratskellers ließ alles rau und grollend klingen, und jetzt wusste ich auch wieder, wo ich die Stimme meines Arbeitgebers schon einmal gehört hatte.

Vor vielen Jahren hatte ein Video die Runde gemacht, nachdem Europa im Juni von einem anormalen Schneesturm heimgesucht worden war. Ein privater Versorgungsbetrieb hatte während der Katastrophe die Heizkosten um ein Vielfaches erhöht, und irgendwann trat eine alte Frau vor der Kamera dem Besitzer der Firma gegenüber. Sie nannte die Summe auf der Rechnung, die all ihre Ersparnisse aufgefressen hatte. Sie weinte. Mein Arbeitgeber lieferte keine Entschuldigung. Er erließ keine Schulden. Eines von beiden hätte ihn gerettet; eine Lüge hätte gereicht. Angebot und Nachfrage, sagte er laut Untertitel. *Siebzigtausend ist der Tageskurs, um am Leben zu bleiben.*

Er wurde zum Meme, überall geteilt, mit Auto-Tune bearbeitet, von Aktivisten ebenso angegriffen wie von anderen Unternehmern. Ein vollendeter Bösewicht, unsympathisch, mit der perfekt passenden Stimme. Zu dieser Zeit musste er den Berg gekauft und sich aus der Öffentlichkeit zurückgezogen haben. Was er getan hatte, war im Vergleich zu anderen Wirtschaftsverbrechen nicht mal besonders krass, aber er hatte offen gesagt, was er dachte.

Ich las meinen neuen Vertrag durch.

Mein jüngeres Ich hätte nicht unter falschem Namen gekocht. Wäre vielleicht gar nicht erst auf den Berg gestiegen. Die Köchin, die ich damals gewesen war, hatte überall angeheuert, war überallhin gejettet, fest davon überzeugt, dass es immer einen Weg zurück gab. Sie hatte geschuftet und sich geschunden und Kotaus gemacht und die Augen verschlossen bis zur völligen Erschöpfung und hatte es bis nach Paris geschafft, ohne sich auszurechnen, welchen Preis sie bezahlte, immer im Vertrauen darauf, dass die Bilanz am Schluss schon stimmen würde, dass zukünftige Freuden die Jahre der Einbußen ausgleichen würden. Ich war nicht mehr diese Frau. Ich hatte lernen müssen, Verluste zu kalkulieren.

An jenem Abend hatte ich alles zusammengezählt: meine elf

Jahre in der Küche, meine sechsundachtzig Euro auf dem Konto, meine zweiundzwanzig Schnitte, Brandwunden und Prellungen. Ich hatte zwei oder vier oder vierhundert rassistische Beleidigungen und sexuelle Übergriffe gezählt, je nachdem, wie man es definieren wollte: ein Griff an den Po oder ein einzelnes Wort, drei Silben, zugeflüstert zwischen zischenden Dampfschwaden? Ich hatte die Extraschichten gezählt, die ausgelassenen Mahlzeiten, die für Hühnerfond aufgebrochenen Knochen, ihre kratzenden Zacken. Ich hatte alles aufgerechnet, was ich geopfert, verloren hatte. Ein Job, der weg war, nachdem ich mich beim Restaurantmanager über den Souschef beschwert hatte, der jede Frau in der Küche einem Fleischteil zuordnete. Zweitausend Dollar für einen dubiosen Mittelsmann, der mir ein Ticket für den letzten Flug von Europa nach Los Angeles versprochen hatte. Achttausend Euro Lohnrückstand von einem Restaurant, den ich nicht einklagen konnte, weil ich schwarz gearbeitet hatte. Hundertdrei Tote bei den Unruhen, bei denen auch die Wohnung meiner Mutter abgebrannt war. Zehn Milliarden Tonnen landwirtschaftlicher Erzeugnisse, die auf den Feldern verfaulten, plus all das, was in Zukunft noch verrotten sollte. Die immer geringer werdende Wahrscheinlichkeit, dass der Smog sich auflösen würde, all die Jahre, die sich zu der Erkenntnis summierten, dass ich nicht mehr zurück nach Hause konnte, meine Schulden, die das Einzige waren, was noch wuchs, sechzigtausend Dollar, fünfundsechzigtausend, zweiundsiebzigtausend. Mein Arbeitgeber hatte einst siebzigtausend als Preis für ein Leben genannt. Als ich an jenem Abend nachgerechnet hatte, war mir die Vermutung gekommen, dass er den Preis mit Berücksichtigung der Inflation zu niedrig angesetzt hatte.

Es war ein guter Deal. Ich verkaufte mein Ich. Menschen hatten schon für viel weniger ihr Leben verloren als achtundsiebzigtausenddreihundertfünfundvierzig Dollar und zehn verdammte Cent.

SECHS

So viele Jahre her, und immer noch sprechen manche voller Sehnsucht von den Dinners, die an jenen langen, reifen Sommertagen serviert wurden. Von den sämigen, saftigen Speisen, von Lerchenknöchelchen, die zwischen den Zähnen krachten, als würde ein kleiner Stern explodieren, ein schwarzes Loch, das alles, was davor und danach geschieht, unwichtig und bedeutungslos macht. Die Zunge ist nicht das Gehirn, ewig brodelnd, klagend, niemals zufrieden. Die Zunge spricht die überwältigende Sprache des Genusses. Mit feuchten, hungrig glänzenden Augen erzählen die Gäste von damals: Wie der Lichtschein durchs Glas fiel und hangaufwärts lockte, wie die Düfte in der Luft schwebten wie feine Tücher, mal blass und sanft, mal glutrot und kräftig, der Cognac so alt, dass man ihn kauen konnte, das Fleisch so zart, dass man es lutschen konnte, und neben federgeschmücktem Schwanenbraten oder in Milch pochiertem Lamm stand Eun-Young in reiner, weißer Seide. Mit ihren dünnen, hellen, asketischen Fingern servierte sie die Filets, die glasierten Früchte, die Servietten zum Abwischen der besudelten Finger und vor allem das Versprechen, dass dieser Berg weder vulgär noch sündhaft war, sondern heilig, die langersehnte Rückkehr in den Garten Eden, wo man im Licht der Sonne ohne Scham leben durfte. Diese Dinner, seufzen sie, die überlebenden Bergbewohner, die inzwischen Nobelkomitees leiten oder Kunstwerke sammeln und so leidenschaftlich über das Libretto von *Carmen* diskutieren können wie Köche über die beste Art,

Pizza aufzuwärmen. Große Geister verstummen beim Gedanken an Eun-Youngs Festessen. Die Augen werden schwer wie überreife Früchte am Baum, die Zungen schieben sich vor.

Und dann holt der Verstand sie wieder ein, und sie zucken zusammen. Ziehen zitternd die Hände in den Schoß. Es ist spät am Tag, das Licht gedämpft, und als der Tod, dem sie entronnen sind, aus den Schatten drängt, erinnern die Überlebenden sich daran, was danach geschah. Nein, korrigieren sie sich erschrocken oder listig oder schuldbewusst oder mit instinktiver Erleichterung. Es war nicht Eun-Young, es war nur ein Trick.

Aber wer hat am Ende wen getäuscht?

Für meine Aufgabe wurde ich neu eingekleidet und erhielt von meinem Arbeitgeber einige Fotos sowie ein paar kurze Verhaltensmaßregeln, die er aufdringlich gestikulierend vortrug.

Die Kleider wurden in großen, sargähnlichen Schachteln geliefert. Zwischen Eun-Youngs Seiden- und Kaschmirsachen lag ein Album mit Bildern von Eun-Young am Klavier, Eun-Young mit der kleinen Aida, Eun-Young im weißen Seidenkleid. Das letzte Foto ist das Einzige, was ich noch aus dem Land besitze. Es zeigt eine Frau, den Kopf nach links geneigt. Eine Hand umfasst Stoff. Im Hintergrund erkennt man schemenhaft eine Party und den Oberkörper eines Mannes, der die Hand auf die Schulter der Frau gelegt hat.

Sie trug auf allen Bildern Weiß. Hatte die starre, gehetzte Miene einer Frau, die sich nicht gerne fotografieren ließ. *Sie hielt es für Eitelkeit*, sagte mein Arbeitgeber, während ich durchs Album blätterte. Seine Maske war undurchschaubar; die beiden passten gut zueinander. Aus diesen Bildern bekam ich kein Gefühl für Eun-Young. Ihr Gesicht war nur eine Pfütze Milch. Eine Wolke.

Wir sahen uns nicht im Entferntesten ähnlich, aber dieses Detail wischte mein Arbeitgeber beiseite. Keiner der Bergbewohner hatte Eun-Young je kennengelernt. Es ging das Gerücht, sie habe in ihrer tiefen Religiosität die letzten Jahre vollkommen zurückgezogen gelebt. Ein Schweigegelübde abgelegt. Auf dieses Gerücht bauten wir: Unsere Eun-Young würde nicht nur nicht sprechen, sondern auch kein Englisch, Italienisch, Französisch, Deutsch, Spanisch verstehen, sie war nur ein Abziehbild, reduziert auf die Eigenschaften koreanisch, weiblich, fremd, fromm, ausdruckslos –

Aber …, setzte ich an.

Du hast doch Übung mit Lügengeschichten. Mein Arbeitgeber klopfte mir auf die Schulter, ein Baseball-Coach in einer unteren Liga. *Zum Glück sind solche wie ihr für unsere Gäste sowieso nicht auseinanderzuhalten.*

Als Asiatin war es immer schon leicht gewesen, sich unsichtbar zu machen. *Solche wie ihr.* Wie oft war ich für eine Japanerin oder Koreanerin oder Laotin gehalten worden, für Jahrzehnte älter oder jünger, für mehrere Schattierungen dunkler oder heller, und, sobald ich in der Pubertät war, für meine eigene Mutter. *Solche wie ihr*, sagte der Blick des genervten Barista, als er mir einen Kaffee in die Hand drückte, den ich nicht bestellt hatte, und darauf beharrte, dass ich vor zwei Minuten einen doppelten Espresso mit fettarmer Milch verlangt hatte. *Solche wie ihr!*, kreischten die Teenies am Flughafen, die mich fotografieren wollten, weil sie meinten, sie hätten einen K-Pop-Star inkognito erwischt. Viele Jahre lang erzählte ich auf Dinnerpartys die Anekdote von der gertenschlanken Thailänderin: Ich hatte drei Monate lang in der Küche eines Restaurants im letzten Scheißkaff von Kalifornien gearbeitet, als sie dort als Hostess eingestellt wurde. Sie war dünn wie ein Model und einen halben Kopf größer als ich, und jedes Mal, wenn ein Kellner sie mit meinem Namen ansprach, warf sie mir einen hasserfüllten Blick zu. Als der Küchenchef ihr eines Tages ein Geschirrhandtuch zuschmiss und sie zurück in die Küche beorderte, ließ sie einen Urschrei los. Sie ertrug es nicht, nach einer Woche war sie weg. Was mich anging, ich lernte dort eine Menge, es war mein erster Job, es lohnte keine Wut. Ich beschloss, mich geschmeichelt zu fühlen, schließlich war sie sehr hübsch.

Aida am ersten Tag: *Du bist genau nach seinem Geschmack.*

Ich hatte registriert – wie man die Temperatur in einem Raum registriert oder eine Serie, die auf dem stumm geschalteten Fernseher in einer Bar läuft, banale Details, die keine Aufmerksamkeit verlangen –, dass es außer Aida und mir auf dem Berg keine Asiaten gab. Ein relativ helles Schwarzes Ehepaar aus Frankreich bekam häufig Komplimente im Stil von *caffè* oder *nocciola*, Haselnuss. Ein paar braungebrannte Kolumbianer und Argentinier legten Wert auf ihr spanisches Kolonialerbe. Mein Arbeitgeber schien einer der Dunkelsten zu sein, aber seine Hautfarbe spielte in ein künstliches Orange, und er trug so viel Make-up, dass man nicht ganz sicher sein konnte. Ein Vorteil, sagte ich mir, als ich Eun-Youngs Bild betrachtete. Immer wieder faltete ich das Foto nach hinten, so dass ihr Gesicht verschwand und wieder auftauchte.

Ich habe dieses Foto so oft in der Hand gehalten, dass es inzwischen weich wie ein Taschentuch ist. An manchen Stellen schimmert das Licht hindurch. Irgendwann ist es am Knick gerissen, seitdem hat die Frau keinen Kopf mehr.

Als Eun-Young bekam ich Einblick in die Geschäfte eines Landes, dessen Währung der Genuss war. Viele Millionen für einen Platz auf dem Berg, viele Millionen mehr für einen Platz auf der Sonnenseite, und Abermillionen mehr für einen Platz am Sonntagstisch, wo Reichtümer sich ausbreiteten wie der Geschmack von Lardo auf der Zunge, der in der Körperwärme schmelzend erst Eicheln, dann

Eichenholz und das dumpfe Aroma des Waldbodens offenbarte, bis schließlich das Echo des Lebens selbst aufblühte. Wer würde da nicht nach mehr lechzen? Wer an Eun-Youngs Tisch würde nicht in eine Forschung investieren, die solche Schweine, solche Eichen, solche Welten in sonnengesprenkelten Höhen hervorbrachte?

Am ersten Sonntag meiner neuen Festanstellung wagte ich nicht, Fragen zu stellen. Als es Zeit für das Gebet war, erstarrte ich; ich verstand nicht, was die Gäste in mir sahen und wieso ich es wert sein sollte, dass sie anschließend in Solarpanels investierten, Genforscher bezahlten, Bestechungsgelder bereitstellten. In der Pose des besorgten Ehemanns führte mein Arbeitgeber mich zur Tür und murmelte eine Entschuldigung wegen meiner Brandverletzung. Sein Ton war sanft, die Hand auf meinem Rücken stahlhart.

Als die Tür aus schwerem Walnussholz zuknallte, schlug er mir die Fäuste rechts und links an den Kopf. Ein Geräusch überdeckte das andere. Ich spürte den Luftzug an den Wangen, das Beben der Wand. Ich hatte den starken Verdacht, dass seine Hände woanders gelandet wären, wenn Eun-Youngs Gesicht nicht wertvoller gewesen wäre als ihr Schmuck.

Erzählen Sie mir mehr über sie, bat ich ihn. *Ich weiß nicht, wie ich mich verhalten soll. Wer ich sein soll.*

Das ist irrelevant. Er beugte sich vor, damit die Gäste im Nebenraum ihn nicht hörten. Seine trügerisch leisen Worte, die durch starre Lippen drangen, erinnerten mich an den Wind in der Schlucht, an den Schrei, mit dem er durch die Löcher in den Felsen strich. *Sieh es als eine Verführung.*

Aus meinem Halstuch stieg der samtige Duft von Eun-Youngs Parfüm. Mein Arbeitgeber atmete tief ein, als müsste er Kraft sammeln, um meine Dummheit aufzubrechen. Das Kreuz zwischen meinen Brüsten pendelte vor und zurück, als er sagte: *Religion besteht nur aus blassen Ritualen und tyrannischer Macht. Leere Gesten, ausgeführt von Abzockern, die nicht anders sind als du. Alles, was man braucht, ist ein überzeugender Auftritt. Hast – du – das – verstanden?*

Ich wollte mich bewegen, aber er hielt mich fest. Hakte einen Finger in mein Halstuch. Zog es ein Stück hinunter. *Liefere ihnen, was sie erwarten.*

Seine Hände hielten inne. Zögernd berührte er meine Brust. Ich wartete. Fühlte nichts. Als er sie wegzog, atmeten wir beide aus, unsere erste und einzige Annäherung an die Synchronität von Sex. Ein Hauch von Begierde hing zwischen uns, aber sie roch muffig, wie Mottenkugeln. Wir passten genauso wenig zueinander wie Eun-Youngs Ring auf meinen Finger.

Trotzdem blieb die Luft zwischen uns aufgeladen, als wir zurück ins Speisezimmer kamen. Mein Hals glühte. Ein dunkles Haus, ein laufender Generator, im Zwielicht der Angst flackernde Erregung. Unter den Händen eines Mannes – dem Druck seines Körpers – dem drängenden Atem – wusste ich wieder, wie ich meine Rolle zu spielen hatte. Ja, wenn ich nein meinte. Begierde oder Befriedigung oder Genuss. Wenn nötig auch Dankbarkeit, im Wissen, dass direkt unter der Enttäuschung eines Mannes Gewalt hervorkommen konnte, drückend und eng wie eine Haut. Ein Pfund Fleisch, freiwillig gegeben, war einem blutigeren Schnitt vorzuziehen. All die Rollen, die ich gespielt hatte, Flittchen, Zuchtmeisterin, errötende Büßerin, verschämte Exotin, Verführerin: Ich hatte schon vor langer Zeit gelernt, dass ich alles spielen konnte, um nicht in die Rolle des Opfers zu geraten.

Als mein Arbeitgeber sah, dass ich verstanden hatte, nickte er mir über den Tisch hinweg zu. Die Frau, die ich werden sollte, war gar keine vollständige Person. Sie war leer, eine Hohlform, ein Spiegel, gehalten in schmeichelhaftem Winkel. Wir verstanden einander: Auch er war nicht ganz vollständig.

Der psychologische Scharfsinn meines Arbeitgebers überraschte mich. Er konnte sich auf menschliche Verhaltensmuster einstellen, die ihm selbst nicht zur Verfügung standen; er war in der Lage, aus der Distanz die Gezeiten zu lesen, weil ihre Strudel ihn nicht erfassten. Er war ein Mann, der den Genuss erforschte, und in jenem Sommer verstand ich, welche Art von Genuss er seinen Gästen servierte. Sie gaben seiner Kolonie nicht wegen der Ventresca di tonno oder wegen des edlen Rindfleischs den Vorzug vor anderen. Sondern wegen der letzten Flasche 1985er Cannonau, salzverkrustet von den Jahren an der sardischen Küste. Jeder am Tisch bekam nur einen einzigen Schluck. Mein Arbeitgeber bat uns, den Wein im Mund zu behalten, ihn noch nicht hinunterzuschlucken, sondern zu warten, bis er die Temperatur von Blut und Speichel angenommen hatte und im Mund brannte, bis wir das Terroir der erdbebenzersplitterten und smogverfinsterten Felder schmeckten; erst dann, im Schlucken, im dankbaren Atemholen, würden wir die ganze Fülle der Aromen erleben. Sein Gesichtsausdruck war wild und majestätisch, offen – einen kurzen Moment lang sah ich hinter die Maske. Dieser Mann kannte den Genuss in allen seinen Nuancen, denn genau wie ich war er in der Lage zu kalkulieren, was der Verlust dieses Genusses bedeutete.

Ich schmeckte im Wein Feige und Pflaume, vulkanischen Boden, salzsteinschimmernde Weizenfelder, Sonne, trockenes Leder und schließlich, am beständigsten, Erdbeeren. Bestimmt psychosomatisch, aber welcher Geschmack ist das nicht? Ich hob das Glas in Erinnerung an meinen Säufer im englischen Supermarkt. Stellte mir vor, er säße mir gegenüber am Tisch, endlich besänftigt, ein gesunder Verstand unter all den anderen. Er hätte im Wein vielleicht frischgestärkte Bettwäsche geschmeckt oder einen sauberen, weichen Schluck seiner Würde. Mein Arbeitgeber dekantierte die tiefsten Sehnsüchte seiner Gäste, unbewusst bis zu dem Moment, da sie den Gaumen überwältigten: die hefesüße Kopfhaut eines verlorenen Kindes, der Mundgeruch einer Liebsten, Blaubeeren, Zwiebelsuppe, der würzige Duft eines brennenden Mammutbaumwalds. Jetzt, so viele Jahre später, ist es leicht, das Land als dekadent und gefräßig darzustellen. Als egoistisch. Das ist alles wahr. Aber wahr ist auch, dass es dort eine Wertschätzung des Verlorenen gab.

Auf der Suche nach dem sechsten, so flüchtigen Geschmack servierte ich Singvögel. Ein anderes Mal die Blüten des Cereus, die sich nur alle fünf Jahre für eine Stunde in der Nacht öffnen. Einem skeptischen deutschen Finanzier kredenzte ich blassbraunen Schweinefuß ohne Beilagen, genau wie die Großmutter, bei der er aufgewachsen war, ihn zubereitet hatte, zu sehen auf den Fotos, die der Detektiv meines Arbeitgebers beschafft hatte. Lange nachdem ich Petit Fours, Pu-Erh-Tee (für die Verdauung) und Sekret vom Pfeilgiftfrosch (zur Reinigung und Entgiftung) serviert hatte, lange nachdem alle anderen nach Hause gegangen waren, hielt der Finanzier noch meine Hand in seiner großen roten Pranke und erzählte mir von seiner toten Großmutter und von Kartoffeln und höchstwahrscheinlich – hier verließ mich mein Deutsch – von ihren Lektionen über Mut und Beharrlichkeit und wie er sich von den Schalen ernährt und deshalb seine Firma nach ihr benannt hatte. Mir wurde klar, dass ich auf seinem Teller ihren Geist heraufbeschworen hatte. Mein Arbeitgeber erschien in der Tür. Sah uns und schloss sie sanft wieder.

Dieser Mann war nicht der letzte Gast, der an meinem Tisch Tränen vergoss. Die Geständnisse, die ich zwischen bekleckerten Servietten und angebissenen Brotkrusten zu hören bekam, besaßen, obwohl ich nicht mehr als Schultern und Hände berührte, eine fast sexuelle Intimität. Anfangs verstand ich nicht ganz, warum dieses Ritual nach dem Dinner eine solche Verführungskraft besaß und warum es mit dem Ausstellen eines Schecks endete.

Du hast es ihm ermöglicht zu investieren, sagte mein Arbeitgeber über den deutschen Finanzier. Eine eigentümliche Wortwahl. Nicht überredet, nicht überlistet – ermöglicht.

Ich servierte die knackige, körnige Lauchsorte, die ein andalusischer Banker aus dem Garten seiner Kindheit kannte. Ich servierte Austern, klein und süß wie Kolibriherzen, früher heimisch in Süditalien, inzwischen ausschließlich in den Laboratorien meines Arbeitgebers zu finden, und in tiefster Nacht beugte ein italienischer Fabrikant sich über den Teller mit Austernschalen und schluchzte mit dem untröstlichen Kummer eines Kindes. Die Detektive meines Arbeitgebers besorgten die Informationen, aber ich allein löste aus der Brust der Gäste den weichen, feuchten Muskel ihrer größten Sehnsucht, ihrer größten Trauer. Welchen Wert Eun-Young besaß, merkte ich am Abend, als ich Haggis zubereitete. An einem mit Haferflocken und Krümeln von gekochtem Blut übersäten Tisch bettete die jüngere der beiden britischen Schafzucht-Erbinnen den Kopf auf meinen Schoß. Das irritierte mich, wir waren fast gleich alt. Dann erzählte sie mir vom lebenslangen Zerwürfnis mit der Familie ihrer Halbschwester: das Aufwachsen als Kind einer unverheirateten Mutter, der Hass auf den Vater, der sie verleugnete, die trostlose, angsterfüllte Kindheit zwischen Kleiderkammer und Schulspeisung; der mit der Kraft der Verbitterung erkämpfte Job bei der UNO zur Armutsbekämpfung und schließlich der Tag, an dem ihr Vater starb und ihr die Hälfte eines Vermögens vererbte, das er durch Ausbeutung und Zerstörung der alten Schafzucht-Ländereien gewonnen hatte. Zum ersten Mal betrat sie das Land ihrer Vorfahren und sah öde, abgewetzte Hügel, die wenigen verbliebenen Bauern zusammengekauert wie graue Steine. Sie wollte die Wildblumen zurückholen und den Reichtum verteilen, aber über die Jahre musste sie lernen, wie schwer es war, Unternehmen zu verkaufen, die in fernen Ländern wie der Türkei und Bangladesch unzählige Arbeitsplätze sicherten, und wie teuer Entschädigungen für die exponentiell angewachsene vierte und fünfte Generation der ursprünglichen Schafzüchter wären, und dass diese Nachkommen schon viel zu weit weg von Schafen und Weideland waren, um überhaupt darum zu bitten, und wie wenig dieses Geld, aufgeteilt auf Tausende, überhaupt ausrichten würde, zumal schon der Smog aufzog, der schließlich den Hügeln den Todesstoß versetzen sollte. *Ich bin kein schlechter Mensch*, schluchzte sie. *Es ging nicht anders. Ich bin nicht egoistisch.* Ich weiß nicht, was sie in meinem ausdruckslosen Gesicht sah, aber nach einer Weile erhob sie sich, befreit, und küsste mich auf die Wange. Dann ließ sie mich am verdreckten Tisch allein.

Ich verstand ihre Worte. Ich kannte ihre Schuldgefühle: die zugeschnürte Kehle, die Bauchschmerzen, die Übelkeit, unablässig Tag und Nacht und Tag und Nacht. Ich hatte schon wochenlang nicht mehr an die Welt da unten gedacht, zu der Eun-Young nicht gehörte, aber an diesem Abend vermischte sich eine neue Vision von verdorrten Weiden mit den altbekannten, quälenden Bildern von Smoghimmel und hungernden Kindern zu einem unheilvollen Strudel. Ich saß noch stundenlang vor den dicken Fleischbrocken eines Wildschweinbratens am Tisch, auf dem die Butter zerlief und das Fett erstarrte. Als das barmherzige Licht der Morgendämmerung die Fenster honiggelb aufleuchten ließ, war mir immer noch keine Idee gekommen, wie ich das Wildschwein den Berg hinunterschmuggeln, die Wachen bestechen, die Herkunft des Fleischs verschleiern, die Polizisten schmieren, den Lieferwagen verstecken könnte, ohne das Geheimnis des Landes aufs Spiel zu setzen – und ohne dass das Fleisch vorher verdarb. Ich erhob mich in meinem weißen Kleid. Abräumen musste ich nicht mehr, inzwischen warfen Angestellte für mich die Reste in die Schlucht; aber essen konnte ich immer noch nicht.

Ich fing an zu trinken. Was sollte ich auch sonst tun mit meinem unnützen Mund. Eines Abends, als ich zu viel intus hatte und zu schnell aufstand, verschwamm der Raum, dunkle Flecken drängten sich mir vor die Augen. Plötzlich sah ich zwischen meinen Gästen all die Lücken, all ihre verlorenen Großmütter Töchter Neffen Ehemänner Fehlgeburten geliebten Hunde Pferde Kindheitsträume Sonntagsessen Hühnersuppen Familienwiesen Jugendpläne Moralvorstellungen – und als ich mich mit der Hand abstützen wollte, fraß die Dunkelheit sich auch durch mein Handgelenk.

Das war wohl ein bisschen viel, sagte mein Arbeitgeber, und wie man an einer Leerstelle am Himmel ein schwarzes Loch erkennt, erkannte ich die Frau, um deren Abwesenheit er und seine Tochter sich krümmten. Die Gäste umringten mich. Stützten mich, boten Stühle und Riechsalz an, riefen nach einem Arzt, Wasser, Eis. Berührten mich. Wollten von mir berührt werden. Gierten wie Kinder nach der Bestätigung, dass ich lebte. Essen Macht Sex konnten sie sich kaufen, aber der Priester, der die Sünden vergibt, wird nicht ohne Grund Vater genannt. Sie erhofften sich von Eun-Young die Urliebe einer Mutter, die ihre Kinder umarmt, die ihnen mit der Berührung ihrer Hände Haut Brust nicht nur ihre Vergangenheit, sondern auch ihre Zukunft vergibt und ihnen versichert: Egal, was sie tun, sie werden geliebt, geliebt, geliebt.

So viele Millionen und Abermillionen, um den Kopf auf Eun-Youngs Schoß legen zu dürfen, wo als letzter Gang Vergebung serviert wurde. Zugegeben, wer über vergeudetes Geld oder verlorene Schönheit oder verspieltes Vertrauen weinte, den nahm ich nicht ernst, aber um einen Gast zufriedenzustellen, musste ich seinen Gaumen zu meinem machen, und deshalb konnte ich keinen von ihnen wirklich hassen. Wie privilegiert, wie gefräßig sie auch waren, sie hatten diese Kolonie anderen in Neuseeland oder Hawaii oder

Peru vorgezogen, denn sie waren überzeugt, verloren zu haben – ob viel oder wenig, aber verloren hatten sie alle. In jenem Sommer war die Luft drückend vom aussterbenden Aroma von Burgunder und Rindfleisch, vom seufzenden Karamellduft der Cannelés, gebacken nach dem Rezept aus dem Nonnenkloster, in dem sie 1482 erfunden worden waren und das inzwischen längst verlassen war, die Ordensschwestern tot oder geflohen, die Kreuzgänge leer, und an der Straße in Bordeaux hielt niemand mehr an, um sich von Zucker und Gebeten verführen zu lassen, die alten Gemäuer waren rissig, die Öfen erkaltet.

Natürlich kannte mein Arbeitgeber den Preis, den ein Mensch, der nie wieder einen Verlust erleiden wollte, zu zahlen bereit war. Noch beim achten oder elften Gang erinnerte er die Gäste daran, für ihr nächstes Essen vorzusorgen. Und das übernächste. Instinktiv beherrschte er die Kunst der Kombination gegensätzlicher Aromen.

Zum Dessert servierte er Diagramme von Niedergang und Aussterben. Zum Weichkäse präsentierte er den Schorf meiner Brandwunde oder, nachdem sie verheilt war, Bilder von smogverhangenem Himmel. Woche für Woche wartete er beim kühlen Sauternes mit einer Analyse des aufgeheizten politischen Klimas auf.

Mit dem Smog hatten sich Gerüchte verbreitet. Der Berg hatte inzwischen selbst in Frankreich und in der Schweiz so viel Unmut ausgelöst, dass die italienische Regierung sich gezwungen sah, kurzfristig ein Referendum anzusetzen. Am Ende des Sommers sollte die Bevölkerung nach ihrer Meinung zum Umgang der Regierung mit der Lebensmittelkrise befragt werden, und dabei stand auch die Unterstützung der Forschungskolonie zur Debatte. Ob diese weiter bestehen und wie unabhängig sie sein dürfe, wie viel Steuern zu zahlen seien, wurde zwischen den verschiedenen Parteien heiß diskutiert. Glücklicherweise konnten einige Politiker mit Bestechungsgeldern dazu gebracht werden, bei den Bürgern für unsere Sache zu werben. Wichtige Wählergruppen konnten durch Lebensmittelgeschenke zur rechten Zeit zum Umdenken gebracht werden.

Die Bergbewohner steigerten ihre Investments.

Mein Arbeitgeber ersann immer neue Methoden, um den Appetit seiner Gäste anzuregen. Nach dem Vorbild der Lebensweise von Jägern und Sammlern erklärte er für die Teilnehmer des Sonntagsessens den Montag zum Fastentag. Er veranstaltete sportliche Wettkämpfe, bei denen Investoren aus der zweiten Reihe sich einen Platz am Tisch erobern konnten. Sie mussten bei diesen Spielen auf dem Rasen vor dem Restaurant nicht nur Ausdauer und Kraft beweisen, sondern auch Flexibilität, Strategie und Teamwork. *Optimal*, kommentierte er, wenn er die Zeit bei Wettläufen nahm oder die Nährstoffe in verschiedenen Rezepten analysieren ließ. Er servierte uns unsere Erfolge als Beilage zum Niedergang der Welt, und wir berauschten uns am faulig-süßen Geschmack von Angst und Stolz. *Apice*, lobte er, als er verkündete, dass der durchschnittliche Ruhepuls der Bergbewohner im Bereich der besten zwei Prozent lag. *Apice.*

Wir sind stark, lallte er, wenn er sich den seltenen Luxus eines Drinks gönnte. *Das Blut unseres Bundes wird dicker sein als das Wasser im Mutterleib.* Er stieß fiebrige, nicht ganz verständliche Sätze auf Italienisch hervor. *La famiglia prima e ultima*, wiederholte er immer wieder mit geschlossenen Lidern. Diesen Satz habe ich nicht vergessen, ebenso wenig wie das flaue Gefühl im Magen, als ich ihn im Wörterbuch nachschlug: die erste und letzte Familie.

Und deshalb frage ich: Wer war der Schwindler und wer wurde beschwindelt? Mein Arbeitgeber mit seinen endlosen Präsentationen oder diejenigen, die erst klatschten und dann heimlich über ihn lachten? Mein Arbeitgeber, der sie seine Familie nannte, oder diejenigen, die für das Land ihre eigene Familie im Stich ließen? Als ich am Mittsommerabend Blauflossen-Thunfisch servierte, war jeder Gast sich bewusst, dass Raubfische mit Quecksilber belastet sein konnten. Aber sie aßen ihn, mit gehobelter weißer Trüffel. Es ist zu viel Zeit vergangen, um noch sagen zu können, welche Prophezeiungen meines Arbeitgebers übertrieben oder gelogen waren und welche echten Ängsten entsprangen, in welchem Verhältnis Heimtücke und Hoffnung standen und ob ihm bewusst war – und wenn ja, ab wann –, dass sein Weg ins Verderben führte. Vielleicht müsste man viel eher fragen, ob er selbst den Unterschied erkannte. Denn wie ich in jenem Sommer lernte: Um andere zu überzeugen, muss man zuerst selbst überzeugt sein.

Den Kater zu überzeugen war dagegen ein Thema für sich. Als ich zum ersten Mal in Eun-Youngs Kleider schlüpfte und ihre viel zu hohen Schuhe anzog, blies er sich zu einem fauchenden, stacheligen Ball auf. Er war dürr und schwach geworden und verbrachte die Tage normalerweise in schläfriger Benommenheit, aber plötzlich kehrte sein altes Fluchtverhalten zurück. Wenn Eun-Young den Raum betrat, jaulte er so lange, bis man ihn hinausließ – der einzige Bewohner des Landes, der mich weder sehnsüchtig noch anerkennend betrachtete. *Ich sollte dich gehen lassen, du undankbares Viech*, sagte ich, als er versuchte, durch die Haustür zu entkommen. *Dann kannst du zusehen, wie du da draußen allein zurechtkommst.* Aber ich brachte es nicht über mich, den Riegel aufzuschieben. Wir konnten einander zwar nicht leiden, aber unsere tiefe und ungestüme Abneigung verband uns und überdauerte die Jahre wie keine andere Beziehung.

Zum ersten Mal gestand ich mir ein, dass ich ihn brauchte. Trotz und wegen des beharrlich missbilligenden Blicks, den er von seiner früheren Besitzerin geerbt hatte. *Wer bist du?*, hatte meine Mutter gefragt und sich von mir abgewandt. Als ich aus Kalifornien wegging, hatte ich eine Antwort gehabt. Jetzt trug ich die Haare offen wie Eun-Young, was unpraktisch war, und wenn ich in der Dämmerung den Flur entlangging, verunsicherte mein eigenes Spiegelbild mich schon von weitem. Von nahem auch. Wer war die Frau in der Glasfassade? Es war leichter, diese Frage als Eun-Young zu beantworten, ihre Ziele waren die ihres Mannes, sie begann und endete in einem Rahmen. Es war leichter, in ihre Seidenkleider zu schlüpfen als in die Fetzen meines früheren Lebens.

Ich hatte gehofft, im Zusammensein mit den Küchenangestellten dem Ganzen einen Sinn geben zu können. Vor ihnen, so dachte ich, könnte ich vielleicht zu etwas werden, das weder mein Arbeitgeber noch die Gäste sahen. Ich hatte unter genügend schlechten Chefköchen gearbeitet, um zu wissen, dass eine gute Küchenchefin sich um mehr als nur das Essen kümmern muss. Ich wollte Lehrmeisterin, Anführerin, Vertraute werden.

Aber ich hatte keine Chance. Klar, mein Personal sah aufmerksam zu, wie ich Rouladen wickelte oder die Teller garnierte, aber sie beobachteten nichts als meine Hände, so leidenschaftslos, als würden sie sich ein Video ansehen. Sie akzeptierten meine Anweisungen, aber sie fragten nie, warum ich eine Sauce so oder so zubereitete, warum ich etwas über Nacht einlegte, sie fragten nicht nach meiner Philosophie oder nach früheren Jobs, nach Hoffnungen oder Träumen. Wäre ich jemals vom gedruckten Menü auf dem parfümierten Briefpapier meines Arbeitgebers abgewichen, so hätten sie nicht bei mir nachgefragt, sondern bei ihm, das war mir klar. An der Sprache lag es nicht, diese Hürde hatte ich schon in anderen Küchen gemeistert. Für mein Personal war ich Eun-Young und damit ein Fortsatz des Mannes, in dessen Diensten sie standen.

So blieb ich außen vor, wenn sie witzelten und fluchten, wobei sie den Kater seltsamerweise in ihren Kreis aufnahmen. Sie fütterten ihn und neckten ihn wegen seiner herablassenden Art. Er ließ es über sich ergehen, solange sie ihn ihre Nikotinfinger abschlecken ließen.

Die Angestellten rauchten. Es wurde zu meiner schlechten Angewohnheit, sie bei ihrer schlechten Angewohnheit zu beobachten; vom Glasauge aus hatte man ihren heimlichen Rauchplatz gerade eben im Blick. Zu sehen, wie die Glut von Hand zu Mund zu Hand wanderte, weckte in mir ein so schneidendes Verlangen, dass es mich nicht gewundert hätte, wenn es das Glas zerteilt hätte und ich in einem Scherbenschauer hinuntergestürzt wäre, um nach der Zigarette zu greifen. Ich fragte mich, ob Eun-Young etwas Ähnliches empfunden hatte, ob sie vielleicht sogar vor dieser Version ihrer selbst geflohen war.

Ich hatte den Job, den ich mir früher gewünscht hatte, aber der Frau, die hier durch die Gänge stöckelte, war der Ehrgeiz schal geworden. Wieder war ich nur ein Gespenst aus Duft und Dampf, doch mehr noch als den Verlust von Familie Land Heimat Zuhause Karriere Geliebten betrauerte ich, dass ich mich selbst verloren hatte.

Mein Arbeitgeber richtete sein Augenmerk derweil auf eine andere Art von Verlust. Eines Tages legte er mir ein neues Diagramm vor. Auf der einen Achse: Größe. Auf der anderen: Gewicht. Er tippte auf eine kleine Fläche, die mit *Eun-Young* beschriftet war, bei einem Body-Mass-Index zwischen achtzehn und neunzehn.

Ich hatte dich doch angewiesen, auf deine Gesundheit zu achten.

Bei meiner Größe lag das erwünschte Gewicht in einem schmalen Bereich von zwei Kilo.

Ich versicherte ihm, alles sei in bester Ordnung. Am vergangenen Abend habe eine britische Autofabrikantin mir mit beunruhigender Skepsis ins Gesicht gestarrt, nur um dann zu verkünden, dass die Nasenkorrektur hervorragend gelungen sei. Die Koreaner hätten einfach die besten Schönheitschirurgen.

Das war nur ein Witz, sagte ich, als er nicht lächelte.

Eun-Young hatte keinen so merkwürdigen Sinn für Humor.

Ich wurde von meinen Küchenpflichten freigestellt, damit ich mich noch besser auf die Verwandlung in die ideale Eun-Young konzentrieren konnte. *Vorläufig*, sagte mein Arbeitgeber. Das Wort ließ die alte Angst wieder aufflammen.

Also streute ich Molkenpulver über mein Essen und schluckte Fischölkapseln. Ohne die Ablenkung durch die Küchenarbeit bedrängten mich die Bilder mehr denn je. Sie schnürten mir die Kehle zu: trostlose Restaurants, Lebensmittelwüsten, sonntägliche Smogberichte, Grenzpatrouillen, die toten Schafe eines Bauern, meine Mutter, die das Gerippe eines Thanksgiving-Truthahns abnagte. Mit ernster Miene saß sie vor dem Vogel, den sie weder in Salzlake eingelegt noch mit Gewürzen eingerieben hatte: keine Begeisterung, keine Vorfreude auf einen Genuss, nur Arbeit. Arbeit. Genau diesen Ausdruck sah ich jetzt in meinem Spiegelbild, wenn ich mich von Eun-Young befreite. Meine Mutter, die ihren Hunger mit pappigem Müsli und den nicht geschimmelten Teilen von schimmligem Obst stillte, meine Mutter, die sich weigerte zu essen, was ich gekocht hatte, meine Mutter, die meinen Beruf nicht ernst nahm, meine Mutter mit ihrer Sturheit und ihrem beengten, mühevollen Leben, das ich meinerseits verhöhnte und dem ich um jeden Preis entkommen wollte, meine Mutter, für die Essen nur Ernährung war und niemals Freude – meine Mutter, die keinen Genuss kannte. Je schwerer es mir fiel zu essen, desto mehr hatte ich Angst, dass gerade sie mir aus dem Spiegel entgegentreten würde.

Heute erkenne ich, dass ich in jenem Sommer nach Liebe hungerte. Dass ich mir wünschte, etwas lieben zu können: einen Bissen, einen Traum, einen Menschen, ein Essen, eine Wiese, ein kleines Stück einer Welt, an die es sich zu glauben lohnte. Ich fand keinen Trost in Bœuf bourguignon, Rotwein, brauner Butter, in der samtigen Geschmeidigkeit, die klebrig auf der Zunge der Gäste lag, nah an Fäulnis und Verbranntem. Ich hatte zu lange im Tiefland gelebt und bitteres Grau geschluckt. Nur noch Asche und ein untergegangenes Reich, selbst in der Kruste eines Kouign-amanns, die nie mehr zersplittern würde wie früher.

Der Kater schniefte. Auch er verschmähte das Essen auf meinem Teller. Als er davonstolzierte, erinnerte er mich an den Löwen im Labor, an die gelbbraune Bewegung seiner Flanken. In Afrika waren Löwen seit zwei Jahren ausgestorben. Dieses Land hatte sie zurückgebracht. Das musste doch richtig sein. Die Tatsache, dass diese Geschöpfe weiterlebten, musste doch der Schmelztiegel sein, in dem ich die Scherben meiner Zuversicht sammeln konnte, bis ich genug hatte, um sie zu verflüssigen und etwas Neues zu schmieden, klein, aber makellos. Ich dachte an die Leidenschaft, mit der Aida von Genom-Editierung und De-Extinktion sprach, so vollkommen anders als der Widerhall des Vergangenen, den ich mit altertümlichen Schmorgerichten wachrief – ihre Methoden hatten nicht Erinnerung, sondern Erneuerung zum Ziel. Das Löwenfell hatte geglänzt wie der feine Pelz auf Aidas Unterarmen, als sie das Auto durch das Licht der Abendsonne lenkte. Ich sah sie vor mir, über den Teller gebeugt, gewandter in der Sprache des Genusses als ihr Vater, trotz all seiner Rhetorik, Daten, Graphiken. Eun-Young war nicht körperlich; sie aß nicht. Aida schon. Ich dachte an sie, und ich kaute, schluckte.

Zur Sommersonnenwende kam sie zurück, am Abend, der angeblich Eun-Youngs zweiundvierzigster Geburtstag war. Überall auf der Wiese waren Papierlaternen verteilt, die darauf warteten, mit Glücksbringern versehen flammend in den Himmel zu steigen. Die Gäste sollten ihre geheimsten Wünsche aufschreiben und an die Laternen heften. Später würden diese Nachrichten ohne Wissen der Gäste von Drohnen wieder eingesammelt werden, bevor sie verbrennen konnten. Eun-Youngs Geburtstagswunsch, so wurde verkündet, war die Fortsetzung des Guten und Nützlichen – mit anderen Worten: weitere Investitionen.

Fiebrig vor Angst erschien ich auf meiner eigenen Party. Aber kein einziger Gast bemerkte mich. Alle sahen nur Aida.

Sie trug eine Rüstung, als würde sie in den Krieg ziehen. Ein Overall mit spitzen Schultern. Absätze mit Stacheln. Die Haare zu einem Helm gegelt, schwarz diesmal, nicht gefärbt. Zum ersten Mal sah ich sie unter den Bergbewohnern, und ich war verblüfft über die Rolle, die sie hier spielte, vollkommen anders als in ihrem Labor oder in meiner Küche. Das Geschöpf auf der Party war eine reine Erfindung. Es strich sich mit geübter Eleganz die Haare zurück, es knabberte anmutig an Hors d'œuvres, es roch kein bisschen nach Hunden und Dreck, es war cool und wissend, und seine Oberlippe lag fest auf der Unterlippe.

Sie überstrahlte mich. Sie ignorierte mich. Ich musste an die thailändische Hostess denken, die ich mir als Verbündete gewünscht hatte. Stattdessen hatte die Nähe uns zu Konkurrentinnen gemacht. Auf die Gäste wirkte es wahrscheinlich wie der alte Klassiker: rebellische Jugend, Mutter-Tochter-Rivalität. Aber es erschreckte mich, wie unbekannt mir dieses Objekt war, das in einem Orbit um die Wiese kreiste, mit den Augen ihres Vaters und einer Fassade, die seiner ebenbürtig war, fern wie ein Komet und ebenso kalt. Ich wollte sie in den freien Fall schicken.

Du bist ja doch genau wie dein Vater, flüsterte ich ihr zu, als sie sich herabließ, mich zu begrüßen. Meine Lippen an ihrem Ohr, damit die Gäste es nicht sehen konnten: meine heiße Enttäuschung, mein gekränktes und wütendes Verlangen.

Wer im Glashaus sitzt, erwiderte sie. *Fick dich.*

Ihr Vater begrüßte sie noch weniger herzlich. Ich sah, wie sie auf seine Fragen den Kopf schüttelte, dann drehte er sich abrupt um. Eine Umarmung bekam sie nicht, nicht mal eine heuchlerische wie von mir. Sie blieb allein stehen, kerzengerade, bis ein Gast sie ansprach. Ihr höfliches, falsches Lachen hallte über die Wiese.

Die Bergbewohner warteten auf eine Ankündigung von Vater oder Tochter, aber nichts geschah. Trotz des Kalbsbratens in Honig-Lauch und der Pâté en croûte, die den Gaumen kitzelte, lag Enttäuschung in der Luft.

Ich wusste, dass ich es erfahren würde. Alle Sorgen wurden irgendwann Eun-Young gebeichtet. Als das Buffet aufgetragen war, floh ich in die Raucherecke der Angestellten hinter dem Restaurant. Ich kaute auf einem Grashalm und träumte von einem Filter zwischen den Zähnen, als plötzlich der iranische Meteorologe um die Ecke stolperte.

Da habe ich aber Glück, sagte er mit trunkener Zufriedenheit.

Es war das erste Mal, dass wir uns persönlich trafen. Die Sonntagsessen waren nur für die Top-Investoren, die mein Arbeitgeber aktiv umwarb; Bewohner wie der Meteorologe bekamen Eun-Young normalerweise nicht zu Gesicht. Er setzte sich, um die Gelegenheit auszunutzen. *Zum Wohl*, sagte er und zog eine Packung Zigaretten aus der Tasche.

Angeblich sind Sie die Einzige, die mich nicht verpfeifen würde, fuhr er fort, während ich ihn anstarrte. *Diese ganzen Regeln Ihres Mannes, keine Zigaretten, keine Drogen, kein Spaß, das entspricht nicht meiner Vorstellung von der Sonnenseite des Lebens. Was ist so schlimm daran, mal eine zu rauchen, wenn es andere Leute gibt, die Kreditnehmer über den Tisch ziehen oder Gelder veruntreuen? Na ja, für euch hier oben ist der Körper wahrscheinlich ein Tempel. Für mich kommt das ein bisschen spät. Und Sie wollen wirklich nicht mal einen Zug?*

Ich wollte die ganze verdammte Zigarette, wollte ihm das Päckchen aus der Hand reißen, barfuß den Berg hinunterrennen und mir so lange die Lunge kaputt machen, wie ich Lust hatte. Aber ich lächelte nur. Allerdings nicht besonders freundlich.

Er musste es gemerkt haben. *Selbst unsere Hausheilige hat Geheimnisse, was?* Er beugte sich zu mir. *Ich würde eine Stange Geld dafür bezahlen, ein paar davon zu erfahren. Zum Beispiel, wo Ihre Tochter gesteckt hat. Die Leute haben schon Vermutungen angestellt, genau wie damals, als Sie plötzlich verschwunden waren. Ob Aida vielleicht krank ist oder verbannt wurde. Ob sie tot ist. Tja, wenn ich Geld hätte, ich persönlich würde alles auf Kandinsky setzen.* Seine Stimme wurde schärfer, und ich sehnte mich nach der Klarheit des Nikotins. *Sie muss versucht haben, Kandinsky an Bord zu holen. Er hält sich für einen Hobbywissenschaftler, also hat Aida vielleicht die Masche drauf, die ihn überzeugt. Sieht aber nicht so aus, als hätte sie Erfolg gehabt. Ich merke, woher der Wind weht. Das ist mein Beruf.*

Ich versuchte, mir meine Neugier nicht anmerken zu lassen. Nur sehr wenige Bergbewohner – unter anderem der Meteorologe, der Leiter der Zoologie und der geniale Ingenieur, der für das Stromnetz verantwortlich war – hatten sich hier nicht eingekauft. All diesen Leuten, die ihren Platz einer nützlichen Fähigkeit verdankten und deren Status daher immer ungewiss blieb, fühlte ich mich verbunden.

Die Sache mit Kandinsky zeugt entweder von gigantischem Selbstvertrauen oder von höchster Verzweiflung. Alle sind sie darauf fixiert, diese Abstimmung zu beeinflussen, aber auf lange Sicht zählt die nicht viel. Politik? Er wedelte wegwerfend mit seiner Zigarette. *Egal, wem der Berg gehört, hier oben haben sie noch fünf bis zehn Jahre, bis das Mikroklima sich ändert. Bisher sind die Hochsteppen ganz gut durchgekommen. Aber sehen Sie sich Österreich an oder das untere Kathmandutal. Der Smog wird sich weiter ausbreiten. Die Sonne wird verschwinden. Das Gras wird verdorren.*

Unter uns hatte das Spektakel der olympiaartigen Wettkämpfe begonnen. Männer mit ölschimmernden Oberkörpern kletterten an Stangen hoch, und Frauen in kurzen Tuniken veranstalteten ein Rennen um goldene Sommeräpfel. Es war ein Bild von kraftstrotzender Gesundheit. Zum ersten Mal fiel mir auf, wie unverhältnismäßig jung die Bergbewohner waren. Die Männer zwischen dreißig und fünfzig, wobei eine gewisse Minderheit, darunter mein Arbeitgeber, die Fünfzig schon überschritten hatte, ihre Frauen natürlich entsprechend jünger. Leise und nachdenklich sagte der Meteorologe: *In zwanzig Jahren sind wir alle tot.*

Eine der wenigen Älteren spazierte an den Rand der Schlucht. Es war die Mutter der italienischen Schauspielerin. Sie war früher selbst Schauspielerin gewesen, und als sie in den Himmel blickte, zeigte sich ihr markantes Profil. Aber ich sah in diesem Moment nicht ihre Schönheit. Ich sah ihre Krampfadern und ihre brüchigen Knochen, ihre fürchterliche Einsamkeit vor dem Hintergrund einer Nacht, die sie zusammenschrumpfen ließ auf die Letzte ihrer Art. Ich verstand, was mich zum Meteorologen hinzog. Trotz seines glattrasierten und seriösen Äußeren besaß er dieselbe pessimistische Ader wie mein alter Freund, der Säufer im Supermarkt.

Wahrscheinlich hätte die Prophezeiung des Meteorologen mir Angst machen müssen. Aber ich empfand nur stumpfe Müdigkeit. Dieses Grau. Alles, was ich mir je gewünscht hatte, lag mir wortwörtlich zu Füßen, ein Restaurant wie eine Servierplatte, von der ich mir die besten Leckerbissen herauspicken konnte, Gäste, die mein Loblied sangen – aber was hatte ich davon, wenn ich selbst nicht genießen konnte? Wenn ich nicht einmal wusste, worin ich Genuss fand und wer ich überhaupt war? In meiner Unsicherheit, wo ich aufhörte und wo Eun-Young begann, und in meinem Kummer, dass der einzige Mensch, der uns auseinanderhalten konnte, mich zurückgewiesen hatte, empfand ich uns an diesem Abend auf dem Berg wie Dinosaurier: langsame, dumme Fleischbrocken mit einem golfballgroßen Gehirn, die fröhlich ihre Mahlzeiten mampfen, als wäre das Verhängnis nicht schon längst auf Kollisionskurs, als wäre von uns nicht bald nur noch ein Brocken Kohle übrig.

Es sei denn, wir ziehen noch mal um, sagte der Meteorologe und streckte sich. *Solange es noch Regierungen gibt, die sich bestechen lassen, können wir einfach weiter in Richtung der Pole wandern. Immer weiter hinauf. Einige von uns zumindest. Hey – wenn ich ganz lieb bitte sage, wenn ich noch einen Bericht darüber schreibe, was ich alles beigetragen habe, wenn ich verdammt nochmal vor Ihrem Mann auf den Knien rumrutsche, nimmt er mich dann mit, wenn er weiterzieht?*

Das Lächeln des Meteorologen war jetzt verzweifelt, listig. *Oder muss ich eher Sie überzeugen?* Er legte mir die Hand auf die Hüfte wie schon so viele Männer an diesem Abend, ein gedankenloser, selbstverständlicher, besitzergreifender Gruß, freigebig ausgeteilt wie Wein. *Sie können unmöglich etwas an Ihrem Ehemann finden, er ist ein Witz. Wie wär's –*

Wie ein Wunder erschien Aida. Saubere weiße Tunika, gerötete Wangen. *Darf ich Ihnen meine Mutter entführen? Es ist Zeit, ihren Kuchen anzuschneiden.*

Es war nicht der Kuchen, den ich in letzter Sekunde noch gebacken hatte. Dieser war dreißig Zentimeter hoch, seidig gelb und seufzte unter dem Messer. Ein Geschmack, wie ich ihn noch nie erlebt hatte. Halb Luft, halb Kuss aus Milch und Honig.

Ein Soufflé Cheesecake, erklärte Aida einem Gast. *Sehr beliebt in Asien. Meine Mutter sagt Ihnen gerne, wie er heißt. Koreanisch ist eine so faszinierende Sprache.* Sie sah mich an, ihr Gesicht eine wunderschöne Falle, und sagte etwas auf Koreanisch.

Ich schrieb die Worte phonetisch auf eine Serviette.

Kkeojyeo anyeongseo, las Aida vor. Dann verzog sie den Mund und entschuldigte sich.

Kurze Zeit später erklang ein Bellen aus dem Restaurant, rau und wild und, wenn man es kannte, unverkennbar ein Lachen. —?, fragte ein Gast nervös. — —— — *perras* ———, erwiderte mein Arbeitgeber. Ich erkannte das spanische Wort für Hündinnen.

Ich fand sie schlafend in meiner Badewanne, die nackten Füße auf dem Rand, auf der anderen Seite ein Stück sommersprossige Brust. Die Hunde bewachten sie, während der Kater von oben wütend fauchte.

Benimm dich, ermahnte ich ihn.

Was für eine scheinheilige Besitzerin du hast, sagte Aida und öffnete die Augen. *Sieh mal, was sie uns mitgebracht hat – wie hast du ihn da draußen genannt, koreanischen Verpiss-dich-und-hallo-Kuchen?*

Der Kater sah aus, als würde er feixen.

Aida kaute mit offenem Mund und winkte ab, als ich ihr danken wollte. *Ich habe dich doch nicht gerettet. Mein Gott, dieser Iraner ist echt eine Nervensäge. Die Ingenieure hassen es, mit ihm zu arbeiten.* Sie grinste wölfisch mit zuckerverschmiertem Mund. *Wenn du meinem Vater von heute Abend erzählst, schmeißt er dieses Arschloch vom Berg.*

Soll ich es ihm sagen?

Sie seufzte. *Nein. Wir brauchen den Iraner für unseren Plan.*

Was macht das noch. Wir sind hier auf dem Berg sowieso bald alle tot.

Da hat dir wohl jemand was gesteckt.

Hat er denn recht?

Sie lehnte sich wieder in der Wanne zurück, ließ die letzte Anspannung ihrer Rolle als reiche junge Lady von sich abfallen. *Ich werde dafür sorgen, dass das nicht passiert. Vertrau mir doch mal.* Als ich schwieg, sagte sie leise: *Jetzt fang du nicht auch noch an, nicht heute Abend. Er hat gesagt, ich hätte ihn enttäuscht. Vor allen Leuten. Dabei brauche ich nur etwas mehr Zeit.*

Weil du einen genialen Plan hast, mit dem du uns alle rettest.

Ja. Sie ließ meinen bitteren Sarkasmus ins Leere laufen. Sah mich direkt an, so furchterregend geradlinig, wie ich es nicht mehr gesehen hatte, seit ich Eun-Youngs Kleider angezogen hatte. Verschwunden war der unreife Übermut. Sie konnte eine Miene aufsetzen, die sie viel älter aussehen ließ, aber ihr Blick war nicht ausdruckslos wie der ihres Vaters, sondern hatte die Schwärze von metamorphem Gestein, das sich durch Druck in etwas Starkes, Unnachgiebiges verwandelt hat.

Ist das wirklich wahr?, wollte ich wissen.

Ja.

Eine Berührung, so flüchtig, dass ich sie vielleicht nur geträumt hatte: ihre Hand auf meiner. Heiß wie auf der Wiese. Das Blut hämmerte in meinem Körper, und plötzlich schoss mir durch den Kopf, dass ich nicht sterben wollte. Ich wollte mich nicht in grauen Staub auflösen, wie der Meteorologe es vorhergesagt hatte. Ich wollte leben. *Ich glaube dir.*

Mehr darf ich dir nicht sagen, warnte sie. *Erst wenn die Pläne fertig sind.*

Pläne, Strategien, Rituale, Machenschaften, Spiele, es hing mir alles zum Hals heraus. *Es tut mir leid*, sagte ich. *Eine Entschuldigung wäre heute Abend der bessere Anfang gewesen. Ich wünschte, ich hätte dir vorher erzählen können, was in meinem Vertrag steht. Aber wir haben dieses Vorgehen für sinnvoll gehalten. Also dein Vater und ich –*

Aida stach auf den Käsekuchen ein. *Hör auf. Hör auf damit. Mein Gott, du klingst, als würdest du hier im Ernst für die Rolle meiner Mutter vorsprechen.* Die Gabel prallte von ihrem Teller und fiel zu Boden. Keiner von uns griff danach. *Ich weiß schon, warum mein Vater dich in dieser Rolle haben will. Er liegt mir ständig in den Ohren, dass ich mich an die Investoren ranmachen soll, aber du bist viel besser mit deinem freundlichen Lächeln, deinem Schweigen, deinen undurchschaubaren Gedanken. Mein Vater glaubt, dass du uns normal aussehen lässt. Eine hübsche, fromme kleine Familie. Er wünscht sich so sehr, dass sie ihn lieben. Und du?*

Was?

Liebst du ihn?

Ich zögerte.

Mit klinischer Exaktheit fragte sie: *Beabsichtigst du, dich mit ihm fortzupflanzen?*

Gott, Aida. Nein!

Sie fing wieder an zu essen, diesmal mit den Fingern. Vorsichtig hockte ich mich auf den Rand der Wanne und nahm mir einen Bissen. Der Kuchen war luftig, der zarte Geschmack so flüchtig, dass ich einen zweiten Happen nahm. Mein Magen blieb ruhig. Ich wagte einen dritten, größeren. Der Kuchen war köstlich.

Er ist gut geworden, sagte Aida errötend. *Obwohl ich ihn zwei Minuten früher aus dem Ofen genommen habe. Es ist schwerer, als ich gedacht hatte. Kochen, meine ich. Ich habe dein Essen vermisst. Und vor allem –*

Terrinen. Perfekte Brathähnchen. Salade Lyonnaise mit orangefarbenem Eidotter von den Hühnern des Landes. Als wir über Aidas Experimente mit Gougères und Amaretti redeten, waren wir wieder im gewohnten Fahrwasser der Beziehung von Angestellter und Tochter des Arbeitgebers, Köchin und Esserin, und ich war erleichtert, mehr konnte ich nicht erwarten. Bis sie innehielt, mitten in der Geschichte von ihrem misslungenen Sauerteig-Experiment, und sagte: *Aber weißt du, was mich noch mehr aufregt als natürliche Fermentation? Du.*

Sie rammte mir den Finger in die Brust. *Selbst jetzt verrätst du mir nicht, warum du diesen Vertrag unterschrieben hast, was du denkst, was du mit meinem Vater machst. Was soll der Scheiß. Ich komme zurück, und du rennst hier in den Klamotten meiner Mutter rum? Du siehst stoned aus oder high. Du hast dieses gruselige, tote Lächeln aufgesetzt. Mein Vater sagt, du isst nicht mehr. Hast du eine Essstörung oder was? Gibt es was, worüber wir reden müssen?*

Wie erschreckend, wie aufregend – gesehen zu werden. Meine Haut knisterte unter dem Blitzschlag von Aidas Aufmerksamkeit. Ich wollte rot werden, weinen, lachen, leugnen, gestehen, ihr danken, ihr zu essen geben, ihr alles und nichts sagen und ihr mein Herz, das sie garantiert in meiner Brust wummern hörte, in den Schoß speien. *Diese Leute*, sagte ich. *Deren Nerven durch die Chemikalien geschädigt wurden. In Baltimore oder Providence. Ist ihr Geschmackssinn irgendwann zurückgekommen?*

Was?

Du hast mir gefehlt.

Ihr Finger zitterte. Ich hatte jahrelang keinen Schnee mehr gesehen, aber mit der Sahne auf ihren Wangen war er wieder da. Diese reine, helle, wilde Kraft. Man konnte blind davon werden. Aber dies war ein Land der Extreme, in dem man den höchsten Gipfel erklomm, und zwar um jeden Preis. Ich wollte leben. Ihr Gesicht – ein dargebotener Teller. Ich beugte mich hinunter, um zu kosten.

SIEBEN

Juni, Juli waren verlorene Monate. Wind fegte durch Europa, der Ausläufer eines Wirbels am nördlichen Polarkreis, die Tage begannen in milchigem Dunst, und hinter dem weichen Schleier dieses Himmels teilte ich mich. Da war Eun-Young in Weiß, Schöpfung meines Arbeitgebers, und da war ein neues, unbekanntes Ich, nackt in Aidas Armen. Da war die graue Vergangenheit, und da war die Gegenwart, die blau aus den Nachmittagen aufblühte, aus den mäandernden Nächten, aus dem langen Sommertag namens Aida.

Ich war so ausgehungert, dass es mir selbst Angst einjagte. Aida ließ meine Zunge frei, ein muskelbepacktes Tier. Atemlos löschte sie das Licht, ihre Zähne kleine, spitze Sterne. In ihrer glitschigen Dunkelheit löste ich mich auf, kein quälender Körper, kein falsches Gesicht mehr, und ließ mich in Berührung und in Geschmack fallen, in Geruch und Atmung und in die pulsierende Gnade der Nacht und: Ja zu buttergesättigten Austern. Ja zum heißen Messer meiner Hand zwischen glaskalten Schenkeln. Ja zu salzig glattem Prosciutto, zu reifen, berstenden Avocados. Unsere Zähne prallten aufeinander. Ich schmeckte Blut und Schokolade. Ja zu Triefenddicksüßem, zu Sahne, aufsteigendem Schaum, knusperzarter Ohrmuschel und samtweicher Kniekehle, zur sanften, köstlichen Mulde zwischen ihren Beinen. Drei Jahre, unvorstellbar, graue Tage und graue Nächte, keine Geliebten keine Familie kein Festmahl kein Flug keine Früchte kein Fleisch, und jetzt plötzlich diese Fülle von Sommersprossen auf ihrem Körper, diese brausende, überquellende Befreiung.

Ich habe schon einmal die Lust aufs Essen verloren. Direkt nachdem meine Mutter gestorben ist.

Frühmorgendliches Zwielicht. Langsam erscheint die Landschaft ihres Körpers vor dem noch dunklen Himmel. Monddünen, glatte Täler, ihre Kehle schwankendes Gelände, als sie fragt: *Warum.*

Auf meiner Zunge breitet sich der üble Geschmack aus. Jahrelang geschluckt. Jahrelang nur Grau. Verleugnung und Überleben, Überleben und Verleugnung, und plötzlich kann ich es nicht länger herunterwürgen. Ich spucke den Moder aus.

Ich habe gedacht, wozu, was soll der Scheiß jetzt noch? Ich wollte ihr doch beweisen, dass sie unrecht hatte. Aber das Miststück hat sich geweigert zu essen, was ich ihr gekocht habe.

Sie dreht sich weg; ich habe sie verloren. Ich schmecke den schalen Geschmack einsamer Jahre. Aber dann erscheint ihr Gesicht über mir, ein blasser Mond, und der warme Segen ihrer Zunge trifft auf das Brennen meiner eigenen. *Schsch*, sagt sie. Im engen Durcheinander der Dunkelheit füllen ihre Worte meinen Mund wie Hefe, und ihre Stimme schwingt in mir wie ein Geheimnis, das mein Körper von allein preisgegeben hat. *Ich erzähle dir das jetzt nur ein einziges Mal.* In meine Lippen, meinen Hals. In den zitternden Zwischenraum zwischen meinen Brüsten erzählt sie die Geschichte, wie sie am Tag, als ihre Mutter wegging, in einen Hungerstreik getreten ist. Ihr kindlicher Glaube an die Macht der Buße endete, als ihr Vater weinend ins Zimmer kam. In die Mulde meines Bauchs zählt sie auf, welche Wunder er gesammelt hatte, edle Tücher und kostbare Parfüms, Lieblingsbücher und Filme, eine Schüssel mit reifen Kakis. *Und eine Kamera, um mich zu fotografieren.* Ein Bild von Aida, das zusammen mit anderen Opfergaben dargebracht werden konnte. Und die plötzliche Erkenntnis, dass die Frau, die sie verlassen hatte, kein Gott war. Keinen Kniefall verdiente. *Du musst niemandem etwas beweisen.* Das reife Gewicht ihrer Wange auf meinem Schenkel. Ich schließe die Augen, schmecke Saft. *Und dann?*, frage ich noch. Langsam wird der Himmel hell, leuchtet Sonne über den Hügel ihrer Schulter. Träumerisch sagt sie: *Wir haben die Kakis gegessen. Sie waren göttlich.*

Mehr sagte sie nicht über die Frau, die sie verlassen hatte. Eine Schüssel mit Früchten, ein Vater und eine Tochter, die gemeinsam den Appetit wiederfanden. Danach? Ich hatte sie kennengelernt, als wäre sie wie Athene aus Zeus' Kopf geboren worden, erwachsen und mit stählernem Blick, Herrscherin der Welt. *Genug gejammert*, sagte sie nur, als ich das Thema später noch einmal ansprach. *Bleib hier.* Mit gierigen Fingern zeigte sie meiner Hand, wo es süß war. Ihr Gesicht lebendig vor Lust. *Ja, hier. Hier.*

In jenen Monaten hatte ich keine Küchenpflichten und Aida keine Aufträge von ihrem Vater, der sich seit ihrer unehrenhaften Rückkehr in Schweigen hüllte. Als ich sie nach einigen Nächten fragte, ob sie nach Hause zurückwolle, zuckte sie die Schultern. *Ein Bett ist ein Bett.* Und dann: *In unserem bin ich lieber.*

Wir machten den Berg zu unserem Zuhause.

In verborgenen Gärten reifte das Obst so schnell, dass wir den Tieren gaben, was wir nicht essen konnten, und wie die Schimpansen, die Finken, die Krustenechsen schwelgten wir in Pflaumen, die beim Hinsehen aufplatzten, in Kirschen und Brombeeren, die unser Bettlaken besudelten. Wir destillierten Sommermet, der nach Anis und Joghurt duftete, und gossen die Felder mit dem

Bodensatz. Im Rauschen der Gezeiten eines unterirdischen Aquariums schnitt ich einen Stör von Kopf bis Schwanz auf und durchwühlte die Innereien auf der Suche nach einer anderen Frucht, dem puren Kaviar. Das Salz bekam ich von Aida. Verschwitzt, ungeduscht, ihr Venushügel ein rauer Ozean. Ihr salziges Fleisch, als sie sich gegen meine Zunge bäumte, weit offen, glänzend.

Mit voller Wucht kehrte mein Appetit zurück. Ich lechzte nach Frischem. Nach Neuem. *Wir haben noch genug*, neckte Aida mich, wenn ich in der Pfanne kratzte, die Schüsseln ausleckte, alles Obst von den Zweigen pflücken und mit der Zunge noch den letzten Tropfen Saft auffangen wollte. Die Dinner für die Gäste riefen jetzt Mitleid, fast schon Abscheu in mir hervor. Diese antiquierten Saucen, erstickend und morbid wie ein Mausoleum. *Grunz*, flüsterte ich beim Sonntagsessen, dem einzigen Anlass, zu dem meine Anwesenheit noch verlangt wurde. Mein Lachen maskierte ich als frommes Schluchzen.

Mein Arbeitgeber sagte nichts. Er war nur auf das bevorstehende Referendum konzentriert. Die Gespräche mit unseren Unterstützern liefen so gut, dass das Parlament dem Land möglicherweise noch einige Hektar zusätzlich überlassen würde. An mehreren Sonntagen fuhren Autos mit getönten Scheiben vor und spuckten Politiker aus, denen an einem Tisch voller Verlockungen mit theatralischer Geste die Augenbinde abgenommen wurde. Ihre Wählerschaft, so versprachen die Politiker, würde definitiv in unserem Sinne abstimmen. Ich hörte kaum zu. Die Aufgabe, die mein Arbeitgeber mir gegeben hatte, war, Eun-Youngs Körper zu kräftigen: zu essen.

Es war der Sommer meiner De-Extinktion, das Leben strömte zurück an seinen Ursprung. In der kühlen Tiefe der Labore erlebte ich die Geburt des ersten Tasmanischen Tigers. Es gab Komplikationen, eine Steißlage. Das Tier schrie. *Mrs. Dalloway sagte, sie wolle die Blumen selber kaufen*, sagte Aida und schob die Arme in den Geburtskanal. Der leitende Zoologe, vierzig Jahre älter als sie, erschrak: *Tun Sie das nicht.* Ihre Arme waren bis zu den Schultern nass von Blut und Fruchtwasser, aber sie verzog keine Miene, machte ein so gelassenes Gesicht, als wäre sie von einem Bildhauer verewigt worden. Die Medusa in all ihrer schrecklichen Schönheit oder Gaia, die Mutter der Titanen. Judith mit dem blutigen Kopf des Holofernes. Das Junge rutschte heraus. Wissenschaftler brachten Sauerstoff, Schläuche, Monitore, aber Aida legte den Mund an die Schnauze des Tigers, bis er atmete: Er lebte. Erst dann, als sie aufstand, um den Tieren Ruhe zu gönnen, stellte Aida den Mann zur Rede, der befohlen hatte, das angeblich tote Jungtier liegen zu lassen.

Das Leben ist nicht so freigebig, dass wir es leichtfertig verschwenden können, egal, ob aus Angst oder Faulheit, sagte sie. *Was ist es in Ihrem Fall?*

Sie haben das Leben der Mutter aufs Spiel gesetzt, erwiderte der Zoologe. *Sie verstehen nicht, wie heikel eine solche Abwägung ist.*

Ich habe verstanden, dass sie Schmerzen hatte. Ich habe verstanden, dass Sie hier überflüssig sind.

Hybris, flüsterte er, so dass der ganze Raum es hören konnte. *Sie sind wirklich so wahnsinnig, wie alle sagen. Sie sind vielleicht schlau, aber Sie haben keinerlei Erfahrung. Solche Methoden sind unverantwortlich. Das wird Sie noch teuer zu stehen kommen.*

Sie feuerte ihn. Ja, genau so, dachte ich, als ich ihr wutverzerrtes Gesicht sah. Nicht in Ruhe, nicht in gekünstelter Schönheit. Diesem Gesicht würde ich ein Denkmal setzen.

Oder dem Gesicht an jenem Tag, als sie mir einen Granatapfel schenkt. Sie ist unbeholfen. Schüchtern. Wir haben alte Kochbücher gelesen, über die Küche der Griechen und Römer, und das

Essen hat uns zu den Sagen geführt. Ich habe erwähnt, dass Granatäpfel meine Lieblingsfrüchte sind.

Um mich an die Unterwelt zu fesseln? Ich breche die Schale auf.

Als würdest du hier wegwollen.

Ich esse nicht vier Kerne, sondern alle, die sie mir geschenkt hat. Sie schenkte mir das Geheimnis des wundersamen Wachstums der Granatäpfel. Sie schenkte mir Zimtäpfel, Loquats, Zwetschgen, Lieder über Wein und Waben und Fahrten durch sonnenhelle Nachmittage, die Zeit für immer eingeschlossen in Bernstein. Sie schenkte mir den Anblick eines Starenschwarms, einer bedrohten Art, in einer riesigen Kuppel tief unter der Erde; wenn ich die Augen schließe, sehe ich noch heute die wirbelnden Wogen. Unter der Erde sah ich Welten, größer als Berge als Länder als Nationen, Welten, in denen Grenzen und die kleinlichen Berechnungen des menschlichen Lebens nichts bedeuteten, weit wie der Himmel und intim wie die moschusduftende Höhle meines eigenen Körpers, in den ich in jenem Sommer heimkehrte. Als meine Augen sich an die unterirdische Dunkelheit gewöhnt hatten, sah ich die Möglichkeiten, die im Grau schwimmen. Ich sah eine lebendige, fruchtbare Welt, die ich lieben konnte und die auch mich lieben konnte. Aida hatte mir den Glauben wiedergegeben.

Persephone war kein Dummkopf, das ging mir auf, als ich die Sage noch einmal las. Aida lag neben mir und schlief, ihr Atem sauer und süß. Man stelle sich vor – Persephone zum ersten Mal im Rausch der absoluten Dunkelheit, die Sinne matt und verlangsamt, die Höhle feucht wie der Atem des Liebhabers. Das Festmahl, der Stuhl, der Teller, die Frucht: rot. Man stelle sich vor – eine Geschichte, deren Moral stummes Verlangen ist.

Mitten in diesem verzauberten Sommer wunderte es mich nicht, dass auch der Smog sich veränderte. Die Bewohner tratschten unaufhörlich über den Polarwirbel, der ein wenig Grau vom Land aufs Wasser geschoben hatte. Das Verbot der Kommunikation mit der Außenwelt, das mein Arbeitgeber erlassen hatte, war vergessen, und seine Macht, die sich aus der Furcht vor den Schatten speiste, schwand in der Erwartung von Sonne.

Wenn er über die Notwendigkeit predigte, sich noch ein oder drei oder sieben Prozent mehr Stimmen zu sichern, damit auch ja nichts schiefging, wenn er über Unruhen in Süditalien und den Aufstieg einer neuen, ultrakonservativen Partei mit nativistischen Tendenzen berichtete, wenn er warnte und dozierte und prophezeite, sahen die Bewohner ihn nur verträumt an. Es war viel zu heiß für irgendetwas außer Cocktails und Finger Food und Unterhaltungen über Reisen nach Island, Neuseeland, Argentinien.

Plötzlich waren wir alle Wetterexperten. Eines Sonntags kehrte der iranische Meteorologe als Ehrengast an den Tisch zurück. Andächtig folgten die Gäste seinen Ausführungen über Luftströmungen und chemische Reaktionen in Meeresgischt. Erst als er vor der Unberechenbarkeit des Smogs warnte, wandte sich das Gespräch wieder den kalten Getränken zu. Mein Arbeitgeber bedachte ihn mit einem finsteren Blick, aber der Meteorologe zuckte nur die Schultern und nahm sich noch eine Portion Eis.

Als ich eines Tages hörte, über der Küste von Oregon sei ein Stück Himmel gesichtet worden, entschuldigte ich mich und lief in die Küche, um den heißen Kopf in den Kühlschrank zu stecken. Jakobsmuscheln, übrig gebliebenes Eiweiß, Vanille, Geflügelfond, Lappentang und Agar. Ich schnappte mir einen Schneebesen.

Aida nannte es Baiser, als sie es am Abend probierte. Sie verzog den Mund und fragte, ob ich Zucker und Salz verwechselt hätte. Ich drängte sie zu einem weiteren Bissen. *Woran erinnert es dich?*

Schreck, Verwirrung, Ekel huschte über ihr Gesicht. *Da fehlt Säure.* Als der weiße Pfeffer durchkam, schnappte sie nach Luft, und ich sah, wie das Kelpgelee sie umhaute wie eine Meereswelle, eine salzige Erkenntnis. *Es ist feucht*, sagte sie und streckte sich. *Ein bisschen wie ein Schwamm. Schaumig. Es erinnert mich an Spucke. Kennst du diese Blasen, die Weichtiere machen, wenn sie am Strand atmen?*

Ich umarmte sie so heftig, dass ich den letzten Bissen zwischen uns zerdrückte. Meine gestammelte Erklärung war kaum zu verstehen, aber was waren schon Worte im Vergleich zu dieser Weitergabe des Pazifischen Ozeans von Zunge zu Zunge? Sie schlug für den nächsten Ansatz Zitronensäure und Xanthan vor, dann ließ sie mich allein weiterprobieren. *Wenigstens machst du was aus der Nachricht. Ein kleiner, zufälliger Hoffnungsschimmer, und schon wollen die Dummköpfe sich absetzen. Dabei ist falscher Optimismus genau das, womit die Menschen sich diesen Mist eingebrockt haben.*

Ich war zu aufgedreht, um sie darauf hinzuweisen, dass auch sie ein Mensch war.

Aidas viele Gesichter. Ich wurde nicht müde zu beobachten, was durch die weiche Hülle brach, wenn wir allein waren. Wenn die Lust ihre Züge verschwimmen ließ, wenn sie hinter einem ganzen Entenhals verschwand. Wenn ihr Mund sich bei Saurem verzog, das sie fast so sehr hasste wie Bitteres. Obwohl sie die Vorzüge von Endivien, Kombucha oder rohen Kakaonibs pries, bekam sie sie selbst nicht hinunter. Ihr Geschmack war im Grunde der eines Kindes, sie liebte Gehaltvolles und Süßes. Das war ihr allerdings peinlich. Es entsprach nicht ihrem öffentlichen Image. Vor den Gästen nippte sie an torfigem, achtzehn Jahre altem Scotch; in der Küche stand für sie ein Krug mit Sangria à la Aida, zur Hälfte fruchtiger, junger Rotwein, zur Hälfte frischgepresster Satsumasaft, großzügig mit Sirup und Calvados versetzt. Während sie sich über Mode oder Gendrift ausließ, schmuggelte ich Zucker in ihren Espresso. Und doch blieb ihre Miene bedrückt.

Es ist wegen der neuen Inspektoren, gestand sie schließlich. Um dem Murren nicht nur der Nativisten, sondern inzwischen auch der Sozialisten zu begegnen, schickte die italienische Regierung seit neuestem unangekündigt Inspektoren auf den Berg. Sobald ein Wagen der Behörden in Sicht kam, schlossen sich die Abdeckungen der unterirdischen Felder und Labore unter einem glatten Grasteppich. Einem Botaniker nach dem anderen wurde erzählt, dass der Boden auf dem Berg zu dünn und alkalisch war, um schnelle Resultate zu erbringen. Dann wurden Bodenproben vorgezeigt, die hundert Meilen weiter nördlich genommen worden waren. Aber während dieser Kontrollen bekamen die verborgenen Pflanzen kein Licht, und in den Laboren gab es keinen Fortschritt.

Bei unseren Besuchen auf den Obstplantagen pflückte Aida kaum noch Obst, sondern diskutierte fast nur noch mit den Forschern, die sie regelmäßig beiseitezogen. Es überraschte mich nicht, dass ihr Vater sie zurück an die Arbeit zitierte. Was mich überraschte, war meine Wut.

Er spricht nur mit dir, wenn er dich braucht. Ich sah ihr zu, als sie sich noch vor der Morgendämmerung anzog. *Ich dachte, du müsstest dich vor niemandem beweisen.*

Ich muss nichts beweisen. Wir teilen unsere Ressourcen, so funktioniert das Projekt. Gib mir einen Kuss. Sie schob mein Kinn weg. *Einen richtigen. Als würde ich in den Krieg ziehen.*

Und so schickte ich sie fort mit Pastete und Crostini und Beeren, die ich injiziert hatte, damit in Aidas Mund der Geschmack des Sommers aufplatzte. Ich würde dafür sorgen, dass sie sich lachend die Saftspritzer vom Kinn wischte. *Jeder Künstler braucht eine Muse,* hatte der Patissier gesagt, aber meine war nicht immer da.

Gegen Ende des Sommers tauchte der Kater wieder in der Küche auf. Weil Aida sich über die Katzenhaare beschwert hatte, auf die sie allergisch reagierte, hatte ich ihn aus dem Bett und damit auch aus meinen Gedanken verbannt. Das Küchenpersonal hatte sich seiner angenommen. Ich war geschockt, wie zögernd er sich inzwischen bewegte. Sein Fell war von den Mehlsäcken, auf denen er schlief, weiß gepudert. Er war alt geworden. *Armer Kerl*, sagte ich, und er schlug mit dem Schwanz, als wollte er sagen, er habe schon bessere Entschuldigungen gehört.

Ich hielt ihm die neueste Version meiner Muschel-Agar-Masse hin. Zu meiner Überraschung leckte er den Löffel ab. Ich hatte Oregon im Kopf gehabt, aber als der Kater fraß, musste ich an die Strände Südkaliforniens denken. Ich ging neben ihm auf alle viere. *Weniger Salz, oder? Im Süden ist das Wasser nicht so salzhaltig.*

Und so wurde der Kater zum Zeugen meiner Experimente in den Stunden ohne Menüs, ohne Gäste und Angestellte, ohne Aida. Unter seinen Augen wurden meine Jakobsmuscheln salziger oder schaumiger oder feuchter. Waren sie gut? Darum ging es nicht. Eine Journalistin hat einmal gesagt, sie wisse erst dann, was sie denkt, wenn sie es aufgeschrieben habe; ich wusste erst, was in meinem Kopf vorging, wenn ich es geschmeckt hatte. Mehr als Italienisch Französisch Deutsch lernte ich in jenem Sommer das Vokabular von Biberfett und Lappentang, von Siebenschläfern und gemahlenen Entenknochen, die Sprache einer Zunge, die das Aroma von Vanille, Akazie, grünem Pfeffer aufnahm. Wenn der Kater nicht jede einzelne Schüssel untersuchen durfte, jaulte er. Ich bin nicht so verrückt zu sagen, dass ich nur für einen Kater gekocht habe – aber nach schlimmsten Katastrophen war es oft sein prüfender Blick, der mich zurück an den Herd trieb: die Vorstellung, beim nächsten Mal könnte ich endlich seinen Appetit wecken.

Er war nie mein Haustier gewesen, nie ein Geschöpf, das ich anhimmeln oder beschützen oder unter meine Fittiche nehmen wollte. Die trüben Wasser unserer Vergangenheit waren sonderbarer und tiefer als das. Aber er war da gewesen, als ich Kalifornien verlassen hatte, er war immer und immer da gewesen, ein beständiger Zeuge mit unerbittlichen Leuchtaugen. Als die hell schimmernde Insel dieser Küche durch den indigoblauen Sommerdunst schwebte, als ich mich langsam zu der Erkenntnis kochte, wer ich werden würde, da wurde er schließlich zu meinem Küchengefährten. Bis heute drehe ich mich nach bestimmten Schatten um, nach Schemen, die ich hinter einer zufallenden Tür erahne, als würde er gleich hinter der Düsternis des Flurs auf mich warten. Seine frühere Besitzerin war Nachtarbeiterin gewesen. Vielleicht erkannten wir damals gegenseitig unser wahres Wesen, das bislang im Dunkeln gelegen hatte.

ACHT

Im August, als die Hitze auf dem Höhepunkt war, als die schwache Brise den überwältigenden Honigduft des Riedgrases verbreitete, als ich eine Gazpacho nach der anderen servierte und Demonstranten in Rom das Parlamentsgebäude stürmten, um ein bisschen klimatisierte Luft zu atmen, ging uns die Milch aus. Nach Mitternacht rief mein Arbeitgeber an und beauftragte mich, Butter vom Menü zu streichen. *Von welchem?*, fragte ich gähnend, und er erwiderte: *Von allen. Diesen Sonntag gibt es die letzte.*

Aida erklärte es mir widerstrebend, als ich ins Bett zurückkehrte. Ein Labortechniker hatte die Erlaubnis bekommen, seine Familie im Ausland zu besuchen. Wegen der Rekordhitze bei seiner Rückkehr hatte er vergessen, die Sandalen wie vorgeschrieben gegen Laborschuhe zu tauschen, und Dreck hineingebracht, der mit einem neuartigen Stamm der Maul- und Klauenseuche kontaminiert war. Die Molkerei selbst hatte der Techniker gar nicht betreten, er hatte auch die stattlichen Tiere nicht zu Gesicht bekommen; er besaß eine so geringe Sicherheitsfreigabe, dass ihm die Schwere seines Vergehens überhaupt nicht bewusst war. Bei seiner Befragung leugnete er die Vorwürfe und behauptete, die Vorschriften seien schuld und nicht er. Die gesamte Herde musste geschlachtet werden. Es gab noch eingefrorene Kuhembryonen, es war also nicht alles verloren – aber es würde ein Jahr lang keine frische Milch geben.

Warum hast du mir das verschwiegen?, fragte ich.

Ich wollte dich schützen. Du nimmst dir die Dinge so zu Herzen. Dabei war es Aida, die sich mit der Faust an die Stirn hämmerte. *Es ist meine Schuld.* Rums. *Ich darf nie* – rums – *nie* – rums – *nie* – rums – *wieder so einen Fehler machen.*

Mein Ärger über die Heimlichtuerei verpuffte. Ich hielt Aida an den Handgelenken fest, während sie sich Vorwürfe machte, sie sei zu nachgiebig, kümmere sich zu wenig um die Labore, sei zu vertrauensselig gegenüber den Angestellten, die nun mal Fehler machten. Sie malte alles schwarz, aber ich dachte nur: Was für eine Erleichterung, bei dieser Hitze ohne Sahne zu kochen. Ich fragte sie nach Macadamiamilch.

Macadamiamilch, wiederholte ich. *Ich habe vor Jahren mal von einem Restaurant in San Francisco gelesen, wo sie die zu gegrilltem Wurzelgemüse serviert haben, statt Crème fraîche. Liebling, siehst du nicht, dass das eine Chance ist? Vergiss die Kühe.* Ich küsste ihre Handflächen. *Komm, wir probieren es.*

Jetzt?

Die Macadamias waren daumengroß und buttrig, und sie dufteten. Aber die Milch gelang mir nicht ganz in der richtigen Konsistenz. Noch als Aida mich aus der Küche zog, ratterten mir die Gedanken durch den Kopf. *Algenextrakt*, murmelte ich im Bett, während sie auf der anderen Seite verkündete: *Ich sage meinem Vater, dass niemand mehr für Besuche nach draußen darf.*

Damit war das Problem für sie gelöst, sie drehte sich um und schlief ein. Ich lag wach und dachte an die Botaniker, die die Macadamias gepflanzt hatten, und an die Helfer, die die Nüsse geerntet hatten. An die Arbeiter, die singend Granatäpfel pflückten. An den Postenchef, der in ruhigen Momenten den Kater in den Armen wiegte wie die kleine Nichte, die er selten sah. Der Kater ließ es mit gesträubtem Fell zu. Ich hatte Glück, dass ich nicht in derselben Lage war wie die anderen.

Ein weiteres Mal dachte ich an die Angestellten, als Tage später das Ergebnis des Referendums bekanntgegeben wurde. Eine Graswurzelorganisation aus ultrarechten Nativisten und ultralinken Sozialisten hatte einen Überraschungserfolg errungen. Diese Vereinigung, so neu, dass sie bisher weder einen Namen noch Sitze im Parlament hatte, wurde von einem gemeinsamen Ziel zusammengehalten: die gerechte Verteilung aller italienischen Ressourcen auf die Italiener.

»Ja«, hatten die Wähler auf die Frage geantwortet, ob die Regierung private Lebensmittellager über einer bestimmten Größe beschlagnahmen sollte. »Nein« auf die Frage, ob die Forschungskolonie auf dem Berg in ihrer jetzigen Form weiter bestehen sollte. Eine informelle Umfrage zeigte, dass fast sechzig Prozent in Erwägung zogen, der neuen Partei beizutreten.

In aller Eile verließ mein Arbeitgeber den Berg, um sich der Unterstützung seiner Verbündeten im Parlament zu versichern. Er war nicht der Einzige. Aber während er Kaviar und Geld verteilte, hatten die Anführer der neuen Partei etwas noch Verlockenderes im Angebot: Überlebenschancen. Schon sprachen sie davon, im nächsten Jahr die Parlamentswahl zu gewinnen und die Regierung abzusetzen, deren Mitglieder sie als Verräter brandmarkten. Als Heuchler.

Bald gingen Gerüchte um, dass Ländereien konfisziert, ausländische Staatsangehörige ausgewiesen und Grenzen stärker überwacht werden sollten. Während wir bangten, ob sich diese Stimmung in der Bevölkerung tatsächlich in neuen Gesetzen niederschlagen würde, war ich mit den Gedanken bei meinen Mitarbeitenden. Wie in jeder Küche waren sie dunkler als die Gäste, denen sie das Essen servierten. Ich hatte keine Ahnung, was für Visa sie besaßen – oder, falls sie italienische Pässe hatten, ob das für die Nativisten überhaupt eine Rolle spielte. Ich stand in der Küche und fragte mich, ob die Leute stiller waren als sonst, bedrückt wirkten – aber ich konnte natürlich nicht fragen, und was hätte ich auch tun sollen? Beten? Also ließ ich sie einfach ihre Arbeit machen.

Ich wusste sowieso nicht, was ich hätte sagen sollen. Klar, wir hätten bei einer gemeinsamen Zigarette auf die Nativisten schimpfen können. Aber was hätte die Belegschaft zu den Plänen gesagt, die Steuern der reichsten zwei Prozent der Bevölkerung zu erhöhen, regionale Verteilzentren für Lebensmittel einzurichten, alle italienischen Landwirte zu verpflichten, zwanzig Prozent ihrer entwicklungsfähigen Pflanzen für den Aufbau einer nationalen Saatgutbank abzutreten? Ein Jahr zuvor hätte auch ich mit »Ja« gestimmt. Jetzt war ich nicht sicher, was ich sagen und mit wessen Stimme ich sprechen würde.

Am Sonntag bestrichen wir Brioches dick mit Sauerrahmbutter, verfeinerten Daube provençale mit Crème fraîche und löffelten einen Pudding, den Aida kreiert hatte. Das Innere war so cremig, dass es an den flüssigen Erdkern erinnerte. Unser Festmahl ließ keinen Zweifel: Wenn im Land von nun an keine Milch mehr fließen würde, so würden wir zumindest die letzte wie Königinnen und Könige genießen.

Dabei war es viel zu heiß für solches Essen. Die Zentralkühlung in der Küche war am Limit, und beim Dessert fiel der Strom aus. Mein Arbeitgeber ließ eine Tirade gegen die staatliche Stromrationierung los. Im Dunkeln versprach er, eine Solaranlage zu bauen, mit der unsere Abhängigkeit von Italien ein für alle Mal beendet wäre; er warb direkt um Gelder dafür. *Das hier ist kein Ende*, sagte er, *sondern ein neuer Anfang.*

Als das Licht wieder anging, war das Eis geschmolzen. Verdrießliche Mienen. Von den wenigen Nachfragen zur Solaranlage wurde keine an den Ingenieur am Tisch gerichtet. ——— ——— — ——?, fragte eine italienische Erbin. Der Gast ihr gegenüber war direkter. Er rieb die Fingerspitzen aneinander, die universelle Geste für Geld.

Sie verlieren den Glauben. Mein Arbeitgeber sah mich an. *Du hast deine Pflichten vernachlässigt.*

Es liegt am Polarwirbel, widersprach Aida. *Sie rechnen damit, dass der Smog sich auflöst. Die Südafrikaner verbreiten ein Gerücht von einem Farmer, der eine neue Herde Chianina gezüchtet hat. Mit welchem Futter denn bitte schön?* Sie trat nah an mich heran; einen Moment lang dachte ich, sie würde meine Hand nehmen. *Denk dran, sie hat sich um sich selbst gekümmert. Genau wie du wolltest.*

Es ist nicht deine *Aufgabe, dich um sie zu kümmern*, sagte mein Arbeitgeber.

Dann gib mir eine Aufgabe, erwiderte Aida.

Kann ich mich dieses Mal auf dich verlassen?

Sie richtete sich auf. *Ja.*

Unmöglich sich vorzustellen, dass dieser Mann vor seiner Tochter über den Verlust seiner Frau geweint hatte. Am Tag, als die beiden mit Eun-Young abgeschlossen hatten, war eine Veränderung mit ihnen geschehen, sie hatten scharfe, glatte Kanten bekommen, die sich perfekt zusammenfügten.

Mein Arbeitgeber erklärte mein Gewicht für zufriedenstellend und ordnete Vorbereitungen für ein Erntefest an. Es sollte die Fülle des Landes zur Schau stellen und allen Spekulationen über finanzielle Schwierigkeiten ein Ende machen. *Rituelle Feste zu dieser Jahreszeit haben in der Geschichte immer wieder erfolgreich die Stammesmoral gestärkt. Wir brauchen unbedingt Kandinsky als Ehrengast. Dieses Mal musst du es schaffen.*

Ausnahmsweise wusste Aida nichts zu entgegnen. Selbst sie behandelte das Thema Kandinsky mit größter Vorsicht. Die Bergbewohner flüsterten seinen Namen nur ehrfurchtsvoll und versuchten an seinen unternehmerischen Entscheidungen die Zukunft des Planeten abzulesen. Verkaufte Kandinsky seine Reedereiaktien und signalisierte damit, dass man sich international abschottete? Kündigte er ein neues Hauptquartier in Kalifornien an und bedeutete das, dass Amerika sich erholen würde? Und vor allem: Würde er in das Land auf dem Berg investieren?

Bereite deine Hunde vor, sagte mein Arbeitgeber zu Aida. *Eine Jagd wird Kandinsky gefallen. Die britischen Monarchen haben schon immer gewusst, wie gut man mit solchen Ritualen den Untertanen überschüssige Energie entziehen kann.*

Alle zweihundertfünfundfünfzig Bewohner wurden zum Erntefest eingeladen. Nach dem herben Schlag des Referendums war die Stimmung in unserem dreiköpfigen Planungsteam verbissen, angespannt wie vor einer Schlacht. Mein Arbeitgeber saß in einem der Speisezimmer und kritzelte so heftig auf einem Blatt Papier herum, dass sein Stift auf den Mahagonitisch durchdrückte. Hauptsächlich Zahlen, hier und da ein paar Worte: *Die Reihen schließen. Truppen zusammenhalten. Feinde zu Freunden machen.* Es wäre zum Lachen gewesen, wenn nicht die Sorge wie öliger Rauch in der Luft gehangen hätte. Bücher stapelten sich: *Die Kunst des Krieges* von Sunzi, eine eselsohrige italienische Ausgabe von *Wie man Freunde gewinnt*, *Utopia* – die peinliche Lektüre eines einsamen Teenagers. Als mein Arbeitgeber wegmusste, weil es Probleme mit der neuen Solaranlage gab, sagte ich grinsend zu Aida, es gebe doch jetzt wichtigere Dinge, als eine Party zu planen. Todernst erwiderte sie: *Es gibt nichts, was wichtiger wäre.*

Trotz meines zaghaften Protests bestand mein Arbeitgeber auf einem Lagerfeuer. Vom einen Ende der Wiese zum anderen wurde ein Graben angelegt, über dem das Fleisch gegrillt werden sollte. Aus glühenden Kohlen würde man beeindruckende Berge von Kartoffeln und Süßkartoffeln heben. Außerdem sollte es einen zwei Meter langen Schwertfisch am Spieß geben. Ich plante meine eigenen Aufgaben so, dass ich mich weit entfernt von den Flammen aufhalten konnte. Ich würde mich mit rustikalem Holzbesteck ums Austeilen der Salate kümmern, die auf riesigen Platten angerichtet waren, so dass die Gäste wie eine große Familie ihr Essen teilen und sich einander nah fühlen konnten. Es sollte Wettrennen und Feuersprung-Wettkämpfe und hundertjährigen Portwein als Hauptpreis geben. Mein Arbeitgeber ließ zwei riesige Gemeinschaftstische aus unbehandeltem Eichenholz anfertigen, jeder über hundert Meter lang. Keine Idee war zu absurd, kein Aufwand zu groß. Das einfache Lagerfeuer wuchs zu einer fünf Stockwerke hohen Flammenwand. *Sie werden auf dem Gipfel des Berges ein unauslöschliches Feuer brennen sehen.*

Wirklich uneinig waren wir uns nur beim Hauptgang. Ich plädierte für über Nacht gebratene Spanferkel.

Nein. Du hast zwei Stunden, sagte mein Arbeitgeber.

Die Zubereitung über Holzfeuer braucht Zeit. Ich kann nicht zaubern.

Du machst es so, wie ich sage. Oder ich verspreche dir, Eun-Young, ich –

In der erstarrten Stille strich Aida ihrem Vater über den Arm. Zu mir sagte sie: *Wir nehmen das frische Fleisch von der Jagd. Das ist kurz gegrillt sowieso am besten.*

Diese Nachricht überraschte mich, meinen Arbeitgeber aber offensichtlich nicht. Als er mit großen Schritten den Raum verließ, musste ich an den Vogel denken, den Aidas Welpen im Frühjahr gefangen hatten. Sie waren so gut trainiert, dass sie die Haut ihrer

Beute nicht verletzt hatten, nicht mal eine Feder. Aber jetzt waren sie keine Welpen mehr. Ihre Zähne waren größer.

Das wird ein Spaß, flüsterte Aida. *Bei der Jagd kommt das Blut in Wallung* – sie strich langsam mit einem Finger meinen Oberschenkel hinauf. *Das ist besser als Sex.*

Ihr Vater rief aus dem Flur. Sie verdrehte die Augen, aber dann folgte sie ihm und ließ mich feucht und wütend stehen.

Als der Sommer sich dem Ende zuneigte, das Licht fahler wurde und die Labore an Plänen zur Haltbarmachung arbeiteten, bemerkte ich an Aida und ihrem Vater eine neue Härte, unnachgiebig wie die Stahltüren unter der Erde. Aber vermutlich war das gar nicht neu, sondern fiel mir nur auf, weil ich immer mehr Momente erlebte, in denen aus uns dreien zwei plus eine wurden.

Sie machten unverständliche Andeutungen. Hatten Pläne, in die ich nicht eingeweiht war. Oft steckten sie die Köpfe zusammen wie Liebhaber, vertieft in Streitigkeiten so schal wie zu oft aufgewärmtes Essen. *Ich habe dir doch gesagt, Aida, das sind ungeheure Kosten* – Und sie fauchte zurück: *Ich sollte einfach aussteigen …*

Aber ich wusste, dass sie das nie tun würde. Immer öfter dachte ich an Aidas Olivenhain, an das Ereignis, das sie und ihren Vater angeblich von der Masse der gewöhnlichen Menschen abgeschnitten hatte.

Später hieß es oft, sie seien grausam gewesen, hätten durch den Verlust der Mutter jegliches Mitgefühl verloren. Jegliche Menschlichkeit. Aber das war es nicht. Es hieß, sie hätten manipuliert, es sei Gehirnwäsche gewesen, eine Sekte, aber auch das trifft es nicht ganz. Jeder einzelne Bewohner hatte die Speisekarte der großen weiten Welt studiert und bewusst diesen Berg gewählt; welche Glaubensgemeinschaft, welche Regierung war denn damals nicht voller Verlogenheit? Die Wähler schluckten graues Brot, aber die

Parlamentarier nahmen fette Bestechungsgelder und noch fettere Lieferungen von Parmesan, Hasenohr und Trüffeln an, während sie darüber nachdachten, wie ihre Entscheidung über die Zukunft des Landes ausfallen sollte. Aidas geheime Absprachen mit ihrem Vater waren notwendig – und die beiden genossen sie.

Sie liebten das Spektakel. Die Festessen, die Rituale, die biblischen Anspielungen und kostbaren Zutaten, die dramatischen Pausen, bevor mein Arbeitgeber einen Toast aussprach, Aidas auswendiges Aufzählen der lateinischen Namen sämtlicher Tiere und Pflanzen im Labor – oder die Nacht, in der sie bis an den Rand der Schlucht ging und in den Wind brüllte, dass ich mir das ansehen solle, weil ich so etwas Gigantisches und Furchterregendes sonst nie mehr auf dieser Erde erblicken würde, die Berge und Sterne, die in den Schlund der Nacht fallen. Sie drehte die Zehen zum Abgrund. Aus ihrem Gehen wurde Rennen, wurde Tanzen. Dieses Bild lebt weiter in der flammenden Stille seiner Nacht. Es brannte. Es brennt noch immer. Je älter ich werde, desto klarer sehe ich es: Es hat keine Schönheit nötig – es ist sich selbst genug. Ein unsentimentales Etwas vom Anbeginn der Zeit, das Schatten auf die Wände meiner Erinnerung wirft. Füße stampfen auf die Erde. Knie und Ellbogen zucken, als wollten sie sich losreißen. Es ist nicht der Wind, den ich höre, sondern das Trommeln und Heulen einer Bewegung, alles andere als anmutig, die die Grenzen des Körpers durchbrechen will. Aidas Bühne ist ein Sternenfeld, auf dem sie einen Rhythmus in meine Brust hämmert: das Pochen, der Schmerz. Wieder und wieder dieser Schmerz. Und da heißt es, sie hätte keine menschlichen Gefühle gehabt. Ich weiß nicht, ob es menschlich war, aber es war ein Gefühl. Ich habe gefühlt.

Ich versuchte sie wegzuziehen. Sie wich mir aus, atemlos vor Lachen. *Acht Jahre Unterricht.* Sie nahm mein Gesicht in die Hände. *Ich falle nicht, versprochen.*

Sie war so lebendig in jener Nacht, opalenes Funkeln in den Augen, die Zähne gebleckt im leicht geöffneten Mund. Hässlich und herrlich und lebendig. Ich gab ihr einen Kuss auf die Stirn als Glücksbringer. Dann ließ ich sie los.

Ich ließ sie los.

Denn was war die Alternative zum Tanz dieser beiden zwischen Genie und Wahnsinn, zwischen der Hintertür und dem schimmernden Olivenhain in der Ferne? Ich hatte doch die Alternative in der Welt unten gesehen, verseucht und zerstört und ausgelaugt, trockene Erde, die keine Mysterien bergen konnte, keine Hoffnung auf Erdbeeren, Tasmanische Tiger, Sahne. Wenn ich vergesse, wo ich mich befinde und wie alt ich bin, weckt mich noch heute in manchen Nächten der Protestschrei meiner Seele, weil ich dieses Land verlassen habe. Ich war auf Knien durch die Asche meines Lebens gekrochen und kam in eine andere Welt, entstanden aus der Vision zweier Menschen, die besessen waren von Geheimnissen oder Narzissmus oder Lügen oder Weisheit oder Reichtum oder Weitblick oder Mut oder Angst. Die Wahl überlasse ich anderen.

Eines Nachmittags riss uns ein Handyklingeln aus den Vorbereitungen für das Erntefest. Aida zog das Gerät aus der Tasche. Ich erwartete schon, dass ihr Vater sie wegen der Kommunikation mit der Außenwelt zurechtweisen würde.

Sie hielt das Display hoch: *Roman.*

Vater und Tochter verschwanden in einem Speisezimmer. Als sie zurückkamen, wandten sie sich mir mit einer identischen Bewegung zu wie die beiden Hunde. *Kandinsky wird heute Abend mit uns essen*, verkündete er, und sie glühte in ihrem Triumph.

Während Aida und ich die Vorratsräume durchwühlten, berichtete sie mir von Kandinskys Vorlieben. Unser Gast war um die

Welt geflogen und hatte alle Restaurants, in denen er aß, auf einer Punkteliste bewertet. Zu jener Zeit bezeichnete er sich selbst als Fleischfresser, und was auf seinen Teller kam, musste mindestens blutig sein. *Einigermaßen lächerlich. Aber als ich vor ein paar Monaten bei ihm zu Gast war, habe ich außerordentlich gut gegessen.*

Ich dachte, du hättest mein Essen vermisst.

Sie ignorierte meinen Einwand. Fand ich Ente oder Elch angemessener? Wir nahmen beides. Trugen große Stücke Reh, Schneehuhn, Wasserbüffel, Aal, Polarhase die verdammten Treppen hoch. Aus Furcht, es könnte immer noch nicht genug sein, holte Aida noch mehr tropfende, tränende Fleischstücke aus den Laboren. Beile zerhackten die Knochen. Druckkochtöpfe schnaubten schaumige Brühe. Aida übernahm das Eis fürs Dessert. Ich hatte sie noch nie so gestresst erlebt, dünner Angstschweiß stand ihr auf der Stirn. *Er will diesen Deal,* murmelte sie vor sich hin. *Es muss perfekt werden. Wenn nicht – hör auf, hör auf, – ——— ——. Wir müssen ihn beeindrucken.*

Inzwischen ist Roman Kandinsky eine moderne Legende, eine Mischung aus Buhmann und Schreckgespenst. Nachdem er in fortgeschrittenem Alter einige Male falsch investiert hat, macht man sich heute gern über sein Vermächtnis lustig, aber als ich ihn kennenlernte, war er gerade der reichste Mann der Welt geworden. Selbst unter den Superreichen war Kandinsky eine Klasse für sich. Als er sich in die Strände Kroatiens verliebte und dort ein Ferienhaus und mehrere Fertigungsanlagen baute, holte er das ganze Land aus der Rezession; manche Historiker sehen den Grund für den Niedergang Amerikas in einer Steuer, durch die Kandinsky mit seinem Unternehmen aus Kalifornien vertrieben wurde. Außerdem besaß er blaues Blut: die richtigen Unis, die richtigen Clubs, echter Adel unter den Vorfahren. Er hatte seine erste Firma in Deutschland unter falschem Namen und mit öffentlichen Krediten aufgebaut, und die Leute waren schwer beeindruckt von dieser Selfmade-Karriere vom Prinzen zum Bettelknaben und wieder zum Prinzen. Sie liebten seinen jungenhaften Übermut. Kandinsky ließ sich mit Politikern, Schauspielern, Königinnen fotografieren. Kurz, er besaß den Einfluss, den mein Arbeitgeber jetzt, da die italienische Regierung am Land, wo Milch und Honig fließen, zu zweifeln begann, so dringend brauchte.

Aidas Aufregung war ansteckend. Ich stellte mir einen gutaussehenden Unbekannten im maßgeschneiderten Anzug vor, geschmückt mit einer Schärpe, wie er sie auf einem Foto mit dem König von Bhutan getragen hatte.

Der Mann, der zum Dinner hereinschlurfte, sah ungepflegt aus, Turnschuhe ohne Socken gaben den Blick auf die Knöchel eines Alkoholikers frei. Er ging auf die vierzig zu, war aber gekleidet wie fünfundzwanzig, in von der Reise zerknitterten Jogginghosen. Die offiziellen Fotos waren mindestens zehn Jahre alt. Dass er ein Gourmand war, erkannte man einzig und allein an seinen Hängebacken. Ich konnte ihn mir problemlos fein zerlegt vorstellen, sein marmoriertes Fleisch in einer Pfanne brutzelnd – allein schon deshalb, weil Aida ihn ansah und umkreiste, als wäre sie eine Mücke, die es auf sein Blut abgesehen hatte. Selbst mein sonst so teilnahmsloser Arbeitgeber gab sich alle Mühe, ihn zu hofieren.

Hey-ho, rief Kandinsky und schlug mit der flachen Hand gegen den Türrahmen. *Die berühmte Eun-Young. Was geht!* Der kalifornische Vibe war sein Markenzeichen, wie er in Interviews gern verkündete, und er schwadronierte herum wie die Tech-Nerds von der Westküste. *Sie sind ja genauso heiß wie Ihre Tochter. Nichts für ungut. Krass!*

Beim blutigen Lammfilet beglückte er uns mit Geschichten, wie er in den Resten des Amazonas-Regenwalds Riesenhamsterratten gegessen hatte. Als die Gazelle serviert wurde, erzählte er, wie er mit einem namibischen Minister das letzte Breitmaulnashorn gejagt hatte. Es war pure Schaumschlägerei, und Aida erwiderte sie mit einer nicht minder beeindruckenden One-Woman-Show, bei der sie unter affektiertem Kichern die Hände an die wogende Brust presste wie eine viktorianische Debütantin. Ich bekam keinen Bissen hinunter vor Ekel. Auch mein Arbeitgeber berührte kaum die Gabel, so sehr war er darauf konzentriert, Kandinskys Wünsche zu erfüllen, bevor sie ausgesprochen waren. Er bot seinem Gast die besten Fleischstücke an. Er lud ihn ein, nach der Geburt der neuen Spitzmaulnashörner wiederzukommen, wenn der älteste Bulle nicht mehr gebraucht würde. Als er das Erntefest beschrieb, trug er so dick auf, dass ich den Blick senkte, um nicht zu große Augen zu machen.

Wenn Sie sich hier niederlassen würden, sagte mein Arbeitgeber, *wären Sie selbstverständlich bei allen unseren Festen dabei.*

Ich starrte auf mein blutiges, glänzendes Kotelett. Besser als die rohe Gier meines Arbeitgebers.

Aber natürlich sind Sie auch so eingeladen, lieber Roman. Aida leuchtete wie ein geschliffener Diamant, brillante Facetten und blendender Glanz. *Ich darf doch einen Gast zum Erntefest einladen, Vater? Einen ganz besonderen Gast würde ich vielleicht sogar mit meinen eigenen Hunden jagen lassen.* Kandinsky erkundigte sich nach der Beute. *Das ist eine Überraschung*, sagte Aida, den glühenden Oberkörper dem Gast zugewandt. *Sie wissen, dass wir Ihnen hier etwas bieten, was Sie sonst nirgendwo jagen können.*

Ja, okay, meinte Kandinsky und starrte ihr in den Ausschnitt. *Bei euch ist es immer geil.*

Danach wurden weitere Zweideutigkeiten und Anspielungen ausgetauscht, bis ich glasige Augen bekam. Irgendwann, als Kandinsky mit meinem Arbeitgeber ins Gespräch vertieft war, stupste

Aida mich an. *Hey*, flüsterte sie verschwörerisch und legte übertrieben erschöpft den Handrücken an die Stirn wie ein Filmsternchen aus alten Zeiten. *Darling, wenn das hier überstanden ist, nehme ich gerne den Oscar entgegen.*

Nur den einen?

Wie meinst du das?

Du spielst deine Rolle schon so lange. Charmant und kultiviert. Ich senkte den Blick. *Die kaputten Füße geschickt in eleganten Schuhen versteckt. Peilst du nicht langsam den Ehrenoscar fürs Lebenswerk an?*

Ihre Lippen wurden weiß. *Die Eifersucht steht dir nicht. Denk dran, du hast einen Vertrag unterschrieben. Du hast freiwillig die Rolle der Maus übernommen. Ich hätte dich für klüger gehalten. Ich dachte, du verstehst, was wir hier machen, wofür mein Vater und ich Opfer bringen. Mein Vater und ich – wir haben alles gegeben.*

Sie wandte sich wieder Kandinsky zu, und ich saß zitternd und benommen da, als hätte ich zu wenig gegessen. Ihre Hand ruhte auf dem Tisch. Am liebsten hätte ich sie mir in den Schoß gerissen. In meine Feuchtigkeit, das Fruchtwasser eines Tigers, schmutzig und wahrhaftig. Aida berührte Kandinsky am Arm, und ich dachte an ihre Versagensangst und an die Missbilligung meines Arbeitgebers und daran, wie dehnbar Überzeugungen waren in diesem Land, in dem Kapital das Größte war und Grenzen verwischten, aufweichten, verschwammen. So sehr Aida Aufrichtigkeit und Freiheit hochhielt, trugen wir doch beide lange Cheongsams, traditionelle chinesische Kleider, oft für koreanisch gehalten und dank westlichen Einflusses so eng geschnitten, dass man kaum darin gehen konnte. Hätten wir rennen müssen, wir wären nicht mal bis zur Tür gekommen.

Ich griff nicht nach ihrer Hand. Als ich angesprochen wurde, imitierte ich Aidas öffentliches Lachen: ein sanftes Wiehern, der akzeptierte weibliche Eselsschrei.

Beim Büffelfleisch lenkte mein Arbeitgeber das Gespräch aufs Geschäftliche. Wie viele Elektroautos und -schiffe Kandinsky an wen verkauft hatte, sein Vertrag mit China über den Mondtourismus, seine Meinung zur Zukunft der Technik und zur Wahrscheinlichkeit eines Durchbruchs bei der Beseitigung des Smogs. Bei diesem Thema war Kandinsky erstaunlich optimistisch. *Es geht nicht um Hi-Tech, Mann. Ich habe ein paar Genies auf meiner Gehaltsliste, die halten mit deiner Tochter locker mit. Es geht um Aufmerksamkeit. Markenbildung. Was angesagt ist. Smog? Gähn. Ich würde viel eher –*

Aida trat mir gegen den Knöchel. Wir standen auf, um das Dessert zu holen.

Saavedra meint, du hast ein paar ganz coole Ideen, sagte Kandinsky, als wir hinausgingen. *Krass, dass du sein Saatgut und seine Nüsse gekauft hast. Hätte nie gedacht, dass ein Mann so viel Geld für die Nüsse eines anderen zahlen würde.*

In der Küche fummelte Aida mit den Dessertlöffeln herum und fand die Terrine nicht. Ich weigerte mich, ihr zu helfen. Es dauerte eine ganze Weile, bis wir endlich Handschuhe anzogen und wortlos jeweils eine Seite des Serviertabletts griffen. Vor der Tür zum Speisezimmer blieb Aida stehen. Ich machte mich auf eine Schimpftirade gefasst. Aber stattdessen beugte sie sich vor und küsste mich. Nicht sanft. Sondern mit Zähnen und Zunge. Ich biss zurück. Der Gast auf der anderen Seite der Tür war genauso vergessen wie der flüssige Stickstoff, der zwischen uns zischte. Ich stieß ihr die Hüfte zwischen die Beine, und ihr entfuhr ein Stöhnen, das sie schnell zu einem Wimmern erstickte, zart, hellrosa, aufreizend. Ich ließ das Tablett los. Packte ihren eleganten Haarknoten. Als ich ihr den engen Rock hochriss, bekam sie große Augen. *Nein*, flüsterte sie, *nicht kaputt machen* – sie kämpfte, den Rücken an der Wand, den Schritt heiß an meinem Schenkel, konnte sich nicht befreien aus Angst, das Tablett fallen zu lassen, das sie jetzt allein hielt. Ihre

Arme zitterten. Ihre Augen glänzten, feucht und hasserfüllt. Stumm rieb sie sich an mir, bis sie keuchte.

Ich half ihr, das Tablett abzusetzen. Langsam steckte sie sich die Haare wieder hoch. Ich betrachtete ihren kräftigen, weißen Nacken, während das Blut noch in mir brodelte; am liebsten hätte ich hineingebissen, ihn gebrochen. Ihn beschützt vor den Blicken anderer. Gemeinsam glätteten wir unsere Cheongsams, die sie mit so viel Bedacht ausgesucht hatte – schon deshalb hatte ihre Einladung mich überrascht. Erst viel später fragte ich mich, ob sie die Anweisung gehabt hatte, mich aufzuhalten, bis die Männer ihr Gespräch beendet hatten.

Eiscreme mit frischem Blut, verkündete Aida, als wir eintraten. *Eine ganz besondere Sauce.*

Sie drehte die Terrine um. Ein schwarzes Band floss so langsam herab, dass es aussah wie ein Trick; die Flüssigkeit begann schon zu gerinnen. Die Sauce dampfte auf dem Eis, und Kandinsky sagte: *Oh.*

Ein Kumpel von mir, schob er hinterher und nannte den Namen eines tätowierten Küchenchefs, den ich von den Titelseiten der Hochglanzzeitschriften kannte, *der meint, Schokoladensauce mit Blut ist total 2020. Der Kakao wäscht den geilen Geschmack raus.*

Das ist keine Schokoladensauce, erwiderte Aida. *Das ist reines Schnappschildkrötenblut*, und zum ersten Mal konnte Kandinsky nicht mit einer eigenen Geschichte kontern.

Aida arbeitete sich heran wie eine Jägerin auf der Pirsch. Sie ließ ihr benommenes Opfer nicht aus den Augen, während sie die alte Legende vom unsterblich machenden Schildkrötenblut erzählte. Eine Legende, die mir persönlich neu war. Das Unterwasserreich, von dem sie erzählte, trug einen Namen, der verdächtig wie eine Luxusautomarke klang. Tragische Frauengestalten kamen ebenso in der Geschichte vor wie weise Affen. *Ein uraltes Sprichwort*, säuselte sie als Einleitung zu einer unerwarteten Wendung, die sie aus unserem allerabsurdesten K-Drama geklaut hatte, und der Schalk blitzte in ihren Augen, was Kandinsky allerdings entging. Er konnte den Blick nicht von ihren Armen in der flatternden Seide des altmodischen und für sie so untypischen Cheongsams wenden. Endlich verstand ich, dass es eine Verkleidung war. *Aida hat vielleicht die Masche drauf, die ihn überzeugt*, hatte der Meteorologe gesagt, als Aida bei Kandinsky gewesen war, er hatte damit ihre Bildung und ihren genialen Verstand gemeint. Er hatte sowohl recht als auch unrecht gehabt.

Sie wich meinem Blick aus, weil sie fürchtete, ich würde sie verurteilen. Und das hatte ich auch, denn sie setzte sich über so viele Regeln hinweg, dass ich geglaubt hatte, sie sei durch ihren Reichtum und ihr Ungestüm frei von den Klischees, die mich einschnürten. Jetzt wünschte ich mir, sie würde mich ansehen, damit ich ihr zeigen konnte, dass ich ihr vergab – dass da nichts zu vergeben war. Aber sie hatte nur Augen für ihr Publikum.

Ich wusste, dass es einen guten Grund gab, hier hochzukommen, sagte Kandinsky und rührte mit einem Finger im Schildkrötenblut. *Meine Berater sagen, ich soll bei den Schweizern investieren oder mich für diese Kolonie in Patagonien entscheiden – ihr habt Feinde, Mann.* Das an meinen Arbeitgeber gewandt. *Angeblich gibt es Probleme mit euren Finanzen. Aber ich vertraue auf mein Bauchgefühl. Intuitives Denken ist ein zentraler Bestandteil unserer Unternehmensstrategie. Ich habe drei Monate in Japan gelebt und Yin und Yang kennengelernt, und als Aida mir von ihrer Philosophie des Gleichgewichts erzählt hat und von den Tierarten, die ihr hier oben versteckt – tja. Diese vertrockneten Spießer werden in ihrem ganzen Leben kein Schildkrötenblut trinken.*

Kandinsky erhob sein Blut zu einem Toast. Warm und widerlich wie Spucke glitt mir die Flüssigkeit über die Zunge. Mein Arbeitgeber trank mit beseelter Miene. Aida seufzte in ihr Schälchen, aber plötzlich warf Kandinsky seines zu Boden, wo es krachend zersprang.

Was soll der Scheiß?, schrie er und zog an seinem Mund, an nichts, an der Luft – und dann sah ich das lange, schwarze Haar. *Wollt ihr mich verarschen? Es ist ja wohl bekannt, dass ich an Kennedys Geburtstag fast an einem Haar erstickt wäre. Wollt ihr mich hier umbringen, oder was?*

Als Aida ihm den Kopf zuwandte, rutschte eine weitere Strähne aus ihrem unordentlichen Haarknoten und legte sich als dunkle Spur auf ihren Nacken. Kandinsky hatte es noch nicht gesehen. Mein Arbeitgeber sehr wohl. Sein schwarzer, ungerührter Blick wanderte zwischen Gast und Tochter hin und her, hier wachsende Wut, dort nur ein kleines, verächtliches Lächeln. Aida öffnete den Mund zu einer bissigen Bemerkung. Ich sah meinen Arbeitgeber kalkulieren, wie er die Situation zu seinem Vorteil nutzen könnte.

Da warf ich mich in das Blut und die Scherben zu Kandinskys Füßen. Mit einem scharfen Hicks zerriss der Saum meines Rocks. Ohne auf das Blut auf meinen nackten Oberschenkeln zu achten, streckte ich mich auf dem Boden aus – Knie, Brust, Stirn, bis meine Haare Schuhleder berührten. Mit den Lippen am Teppich begann ich zu sprechen.

___ _____ ______________, __________________ ________ ______________ ___ _______ ____ ___________, kopierte ich den Klang von Hunderten K-Dramas.

Kandinsky trat meine Haare weg und wich angeekelt zurück. *Was redet sie da für einen Scheiß? Ihr habt doch gesagt, sie hat ein Schweigegelübde abgelegt. Was für ein Spiel wird hier gespielt?*

Seine Wut, die Wut meines Arbeitgebers – ich achtete nicht darauf. Ich sah zur einzigen Person, die genau wie ich verstand, welches Spiel wir an diesem Abend veranstalteten und wie wir unsere Karten jetzt ausspielen mussten. Die List erschien in ihrem Blick. Sie wandte sich zu den Männern und sagte:

Meine Mutter möchte sich entschuldigen. Es tut ihr aus tiefstem Herzen leid.

Viele Jahre später bekam ich einmal die Gelegenheit, die größte Schauspielerin meiner Generation bei einer Fragestunde zu erleben. Aber ihr Auftritt war fade, ihre berühmte Stimme klang so dünn, dass sie mehr als einmal gebeten wurde, lauter zu sprechen. Sie hatte das hübsche, symmetrische Gesicht einer Schaufensterpuppe. Ich hätte damals alt genug sein müssen, um es besser zu wissen, aber die Enttäuschung fraß an mir. Dann verließ sie die Bühne. Das Licht ging aus. Der Film begann, und da war sie: in Farbe und voller Leben. Die Schauspielerei, so hatte sie es mit ihrem zögerlichen Stimmchen gesagt, ist eine Alchemie, die nur funktioniert, wenn man sie teilt. Am Abend von Kandinskys Besuch wurde ich zum ersten und letzten Mal als Eun-Young lebendig.

Mein Gesicht zu seinen Füßen, Aidas erhoben und schön wie ein Gemälde: Gemeinsam führten wir auf, was Kandinsky begehrte. Aber unter der Oberfläche der Reue, die er sah, und der Verachtung, die mein Arbeitgeber spürte, tanzte zwischen Aida und mir flimmerndes, lebendiges Quecksilber. Während sie mein pseudo-koreanisches Kauderwelsch erklärte und wir die Sprache nach unserem Willen formten, erkannte ich unter der vorgespielten Demut unsere besten Eigenschaften: meinen Einfallsreichtum, Aidas Wortgewandtheit, unseren grandiosen Wagemut, der uns ein Spiel gewinnen ließ, in dem wir nur für Figuren gehalten wurden.

_______________ ___ _______________ ______ ______
_________ _____ _______________ __________ _______ ____.

Meine Mutter sagt, sie kann nicht länger schweigen, nachdem sie sich einem so großen Mann gegenüber ehrlos verhalten hat.

______ ______ ______ ______ ________ ________.

Meine Mutter wird die nächsten drei Tage fasten, zur Läuterung.

_______ _____ __________ ____ ____ __________ ________ ______, ______________, ______ _ __________ _____.

Darüber hinaus wird sie Weihrauch für unsere Ahnen verbrennen und den … den Schrein, den Familienschrein besuchen, um die Ahnen um Vergebung und Rat zu bitten.

______ ____ _________ ____, ________________ ______, ______ _____ _______________ ____ ____.

Es tut ihr wirklich schrecklich leid. Sie hofft, dass ein so weiser und großherziger Mann wie Sie ihr vergeben kann.

Ich hob den Kopf. Kandinsky saß zurückgelehnt und nickte. Er gab mir ein Zeichen, mich zu erheben. Ich wagte nicht, Aida anzusehen; ich hätte angefangen zu lachen und nicht mehr aufhören können. Wir würden später lachen, wenn wir die Verkleidung auszogen und unseren Sieg nachspielten.

Kandinsky griff zu Aidas halb getrunkenem Schildkrötenblut und sagte fröhlich, beiläufig: *Tja, aber woher soll ich wissen, dass es ihr wirklich leidtut? Ich bin ein visueller Lerntyp. Ich glaube nur, was ich sehe.*

Aida und ich waren verwirrt, ratlos. Aber mein Arbeitgeber hatte verstanden. Ein Rauschen in meinem Kopf, ein Klingeln, und alle Sprache verstummte, als er mir mit dem Handrücken den ersten Schlag ins Gesicht versetzte.

Ohne anzuklopfen, betrat er Stunden später meine Suite. Sein emotionsloser Blick wanderte von mir im Bett zu Aida, die mir einen Eisbeutel an die geschwollene Wange hielt. Er verkündete, der Deal mit Kandinsky sei unter Dach und Fach.

Während er auf einen Punkt über meinem Kopf starrte, nannte er die Summe, die Kandinsky investieren wollte, und zählte wichtige technische Geräte auf, die Kandinsky in seinen Fabriken in Deutschland herstellen lassen würde. Er berichtete, wann Kandinsky auf den Berg ziehen wollte – am Ende des Jahres – und welche Schlüsselunternehmen ihm folgen und sich in der Umgebung ansiedeln würden. Er erwähnte die geschätzte Zahl der Jobs, die Kandinsky nach Italien bringen würde, und dass wir dadurch das Wohlwollen der Öffentlichkeit zurückgewinnen würden. Er zählte Kandinskys Freunde im Parlament auf. *Er spielt Golf mit dem Präsidenten.*

Aida wechselte mit dem Eisbeutel auf die andere, kaum weniger schmerzende Seite und gratulierte ihrem Vater.

Ich muss euch beiden danken. Zum ersten Mal hörte ich ihn seine Tochter loben. Ihre Hand zitterte an meiner Wange, als er von ihrer Überredungskunst sprach und vom Fleisch, das ich ganz nach Kandinskys Geschmack zubereitet hatte. Endlich sah mein Arbeitgeber mir in die Augen und sagte – plötzlich mit einer Ergriffenheit, die seine Stimme noch merkwürdiger klingen ließ: *Du hast genauso gehandelt, wie Eun-Young es getan hätte. Du hast unerschütterlichen Glauben an unsere Mission zum Ausdruck gebracht. Dafür wirst du auf ewig einen Platz ganz oben auf der Liste haben, zusammen mit uns.*

Uns. Als könnte er mit einem einzigen Wort eine Grenze neu ziehen, so dass ich mich plötzlich auf der sicheren Seite befand. Er trat ans Bett und beugte sich vor; ich dachte schon, er wollte mich küssen. Angewidert, ungläubig und mit einem Mitleid, das über die Jahre nur noch gewachsen ist, merkte ich, dass er wirklich glaubte, wir wären uns nahe. Wir drei, auf verdrehte Art eine Familie. Hastig wich ich zurück.

Tut mir leid, sagte Aida, als wir allein waren. Sie betupfte meine aufgeplatzte Lippe. *Es tut mir so leid, mein Herz. Ich schwöre dir, das war mir nicht klar.* Aber sie hatte den zweiten Schlag nicht verhindert und den dritten auch nicht. Auch sie hatte sich bei Kandinsky entschuldigt. Die Luft auf dem Berg war zu dünn, sie zerstäubte die Sprache in Moleküle. Ich machte meine Worte so massiv, wie ich nur konnte.

Was – ist – die Liste.

Eine Rangliste von allen Bergbewohnern und Angestellten, die wir mitnehmen, wenn wir übersiedeln. Wir hatten von Anfang an geplant, innerhalb von fünf Jahren den Berg wieder zu verlassen. Mit Kandinskys Investitionen können wir sofort loslegen. Besser hätte es nicht laufen können. Jetzt müssen wir Italien nicht länger um Almosen anbetteln. Und nach der Übersiedlung kommen sie nicht mehr an uns ran. Dann haben wir ein Zuhause, wo wir uns für immer selbst versorgen können. Ihre Stimme klang weich vor Sehnsucht. Auf den Hängen starb der Sommer. Wir wir wir wir wir im Rhythmus meiner pochenden Wange.

Ich schlafe heute Nacht allein, sagte ich.

Es lässt mich heute noch nicht los, dass ich Aida an jenem Abend abgewiesen habe. Ich frage mich, ob es später etwas geändert hätte. Ich nutzte meine schwache, schäbige Macht, um ihr weh zu tun, als könnte ich damit den dick geronnenen Schmerz, der mir zugefügt worden war, ungeschehen machen. Mein Groll gegen sie war größer und bösartiger als gegen die beiden anderen, hässlich und zärtlich wie ein Bluterguss. Sie allein hatte gesehen, dass ich dumm genug gewesen war zu glauben, wir hätten ein Spiel, das von vornherein gegen uns lief, gewonnen, als würde die Tatsache, dass ich mein ganzes Leben nach den Regeln dieses Spiels gelebt hatte, mich zu irgendetwas berechtigen; und sie hatte gesehen, wie Kandinsky diese Regeln änderte in eine Sprache von roher Gewalt, die unsere Intelligenz, unseren Wagemut, unsere

Liebe und unsere Sehnsüchte vollkommen irrelevant machte. Die alles auslöschte, was wir waren. Als ihr Vater mich schlug, sah ich ein anderes Gesicht von Aida, das Gesicht eines hilflosen und schwachen Geschöpfs. Ein Gesicht, das auch mein eigenes war. Meine eigene Erniedrigung, gespiegelt in ihrem flehenden Blick. Ich schickte sie fort zu ihrem Vater: Ich ließ sie allein.

Und so ging uns die Milch aus. Aber vorher kosteten wir noch das Glück von Sahne und Cremes, quellende, samtige Saucen, einen Sommer des Genusses, der mit einem Soufflé Cheesecake begann. Man braucht nur sehr wenige Zutaten. Das Geheimnis des Kuchens ist weder Butter noch Sahne, sondern seine Vergänglichkeit. Wenn er aus dem Ofen kommt, ist er perfekt, aber schon im nächsten Moment kühlt er aus, sackt zusammen, kollabiert unter dem Gewicht der Zeit. Ein Geschmack, den kein Gast und kein Kritiker kostet, der ausschließlich im Nachhall der Erinnerung auf ein oder zwei Zungen existiert. Aida mit den vielen Gesichtern. Trotz allem, was danach geschah, nehme ich diesen Sommer, weich wie warmen Teig, in meine Hände und sage: So ist es gewesen, und dies sind die Menschen, die wir waren.

NEUN

Und dann zerbricht der Sommer am kühlen Herz der neuen Jahreszeit, und wir stehen an der Schwelle des Herbstes. Ich nahm zwei Wochen frei. Die blauen Flecken verblassten. Ich bekam eine Gehaltserhöhung. Mein Herz fuhr Achterbahn, als ich die Nullen sah. Ich sagte Aida, dass ich nicht mehr wütend sei, mich nur erholen müsse. Fast hätte ich um ein Schmerzmittel gebeten, aber bei der Vorstellung, mein Arbeitgeber würde Dosierung und Nebenwirkungen überwachen, entschied ich mich für Selbstmedikation. Ich trank. Die ältesten und teuersten Flaschen, 1992, 1980, 1893, bis das Zimmer verschwamm und ich das Gefühl hatte, mich durch die Zeit zu bewegen. Das Kauen tat weh. Ich verlor das wenige Gewicht, das ich zugelegt hatte. Die zwei aus dem Schrank der Angestellten geklauten Packungen Zigaretten halfen natürlich auch nicht. Aber ich brauchte einen Grund, um morgens aufzustehen, und etwas Besseres als Nikotin fiel mir nicht ein. Wenn ich allein vor mich hin qualmte, stellte ich mir vor, von Kolleginnen umgeben zu sein und mit ihnen über den verhassten Chef zu schimpfen.

Weil ich mich einsam fühlte, deckte ich den Tisch für zwei und lockte den Kater herbei. Nachdem ich Eun-Youngs Kleider in die hinterste Ecke des Schranks gestopft hatte, ließ er sich herab, ins friedliche, nicht mehr von Sex aufgewühlte Bett zurückzukehren. Manchmal dösten wir bis mittags, und wenn ich mit trockenem Mund aufwachte, lag er so unbeweglich da, dass ich nicht sicher war, ob er noch lebte, bis ich mich bewegte und er mir die Krallen in die Haut grub. Wenn er auf meiner Brust lag, träumte ich zum Glück nicht von meinem Arbeitgeber, Aida oder dem Smog. Das Gewicht des Katers verankerte mich in tieferen, stilleren Gewässern, mit ihm schwebte ich durch Träume von bröckelnden Sandstränden, Kondenswasser an einer Flasche Jarritos, hastig hinuntergestürzt am Straßenrand, und – am andauerndsten – von der dämmrigen Küche einer Wohnung in Pasaje. Ein einsames Fenster, ein abgedeckter Teller. Im Traum stand ein Stuhl bereit. Das Essen, das auf mich wartete, dampfte noch, und kurz bevor der Deckel sich hob und ich den grünen Geschmack von etwas, das ich nicht einordnen konnte, auf der Zunge spürte, wachte ich auf. Das waren die Nächte, in denen der Kater bei mir schlief. Voller Dankbarkeit bemühte ich mich noch einmal, seinen Appetit zu wecken. Ich pürierte Kalbsleber, Hühnerherzen, Fischinnereien, die schändlichsten Verlockungen. Aber wie erfindungsreich ich auch sein mochte, er verlor weiter an Gewicht, nur sein Bauch blähte sich unnatürlich auf.

Die Nächte wurden kälter. Der Wind erstarb. Der Smog kehrte zurück, dichter als zuvor, und schwappte um den Fuß des Berges wie Bohnensuppe. Aida behielt recht. Ich wurde langsam weich. Als sie wieder an meine Tür klopfte, zog es mich zur schlichten Wärme ihres Körpers.

Über das Dinner mit Kandinsky sprachen wir nicht mehr. Wir waren sanfter zueinander, vorsichtiger, liebten uns langsamer und allmählicher, bis eine so zarte Spannung entstand, dass ich auf dem Gipfel der Lust plötzlich eine Zerbrechlichkeit spürte, die mich den Blick abwenden ließ. In der kühlen, klaren Luft erkannte ich die Erschöpfung des Katers, die Ringe unter Aidas Augen, die Verletzlichkeit in der lauten Stimme, mit der sie sich über ihren Vater lustig machte, um zu demonstrieren, dass sie sich seiner Anerkennung entzog. Zum ersten Mal wurde uns bewusst, dass das Band, das uns im Sommer zusammengehalten hatte, durch neue Bündnisse ausfransen könnte. Zerreißen. Wir sprachen nicht darüber. Stattdessen erging Aida sich in leerem Geschwätz über Kandinskys Vorliebe für androgyne Blondinen, ich hörte auf, mich über ihre Outfits lustig zu machen, und sie duldete den Kater. Sie versuchte ihn sogar zu dressieren. *Nichts zu machen,* sagte sie fast schon ehrfürchtig, als er ihr entschlossen das Hinterteil zuwandte. *Wozu soll dieses Vieh bloß gut sein?*

Sie brachte Geschenke der Bergbewohner mit. Die Minenbesitzer aus Südafrika hatten mir eine mit Halbedelsteinen besetzte Karte geschrieben. *Kitschig,* sagte Aida. Von den Schafzucht-Erbinnen aus England bekam ich ein Sudoku-Buch und ein Umhängetuch aus dicker Wolle. *Vielleicht glauben sie, du wirst langsam senil.* Badesalz, Pralinen, ein bebildertes Heft mit Mobilisierungsübungen. Anscheinend war der offizielle Grund für meine Abwesenheit ein verstauchter Knöchel. Mir war klar, dass die Sorge nicht mir galt, nicht einmal Eun-Young. Sondern ihrem Ehemann, der die Macht über die Liste besaß.

Die Liste. Oh, diese Liste. Seit ich davon erfahren hatte, begegnete sie mir überall, so wie man nach einem Horrorfilm in jeder Menschenmenge Serienkiller entdeckt. Aida behauptete erst, sie dürfe nichts sagen, aber irgendwann knickte sie ein und machte ein paar Andeutungen. Die Liste war streng geheim. Niemand – außer ihr selbst, meinem Arbeitgeber, Kandinsky und mir – konnte sich eines Platzes sicher sein. Umfang und Zusammensetzung änderten sich von Woche zu Woche, abhängig von Parametern, die Aida nicht verraten durfte. Die Übersiedlung sollte in zwei Jahren stattfinden, und die Bewohner wurden langsam nervös. Zehn Leute?, riet ich. Ich wusste ja, wie wenig Geduld Aida für die Menschheit übrig hatte. Zwanzig? *Ungefähr hundert, plus Angestellte*, sagte sie schließlich, damit ich endlich Ruhe gab, und als ich fragte, warum nicht zweihundert, warum nicht alle auf dem Berg, witzelte sie, dass bei einem Weltuntergang schon achtundneunzig sexuell aktive Exemplare einer Art ausreichten, um den Fortbestand zu sichern. *Apropos sexuell aktiv*, sagte sie dann, schob einen Finger unter mein Shirt und beendete mit einer Hüftbewegung das Gespräch. Hinterher fragte ich sie, wohin. Sie machte eine vage Handbewegung nach oben.

Ich erinnerte mich an die Prognosen des Meteorologen und sah die frostige Arktis vor mir. Ihre weite, weiße Pracht. Man hörte schon lange, Kanada sei so hoch verschuldet, habe nur noch so wenig Nahrungsmittel, dass es bald seine Inseln im Norden verkaufen würde. Dieser Traum ließ mich alle Gedanken an die andere Liste auf Eis legen, die Liste zur Wiedereinreise nach Amerika, eine Vorstellung, die mit der Zeit immer unwahrscheinlicher und abstrakter geworden war.

Ich stellte selbst eine Liste auf, basierend auf meinen Beobachtungen, wer über die Gesundheitstipps meines Arbeitgebers gelacht und wer sie beherzigt hatte, wer Stahl oder Diamanten oder Kapital investiert hatte. Auf jeden neuen Entwurf setzte ich als Balsam meinen eigenen Namen nach ganz oben. Aida schlug im Scherz vor, ich sollte für jede Person, die ich richtig riet, eine Gehaltserhöhung kriegen. Ich hielt es zumindest für einen Scherz. Nach dem Erntefest wollte ich mich mit meiner Vorhersage festlegen.

Kandinsky hat zugesagt, verkündete Aida.

Sie gab sich ungerührt, aber ich spürte ihre Aufregung. Wir buken gerade Brot. Ich zerstampfte den Weizengrieß mit noch mehr Kraft. Mit einer Mühle wäre es schneller gegangen, aber mein Arbeitgeber verlangte die rustikale Krume alter Zeiten. Und so benutzte ich Rezepte aus dem sechzehnten oder neunzehnten Jahrhundert, obwohl diese Vergangenheit nichts mit meiner eigenen zu tun hatte, in der die Ernte des Herbstes in Kaufhäusern eingefahren wurde und aus den Sonderangeboten zum Schuljahresanfang bestand: abgepackte Fruchtrollen, Instant-Käsemakkaroni und Brot, das wir aus einer knisternden Plastikhülse schälten. Mir lief das Wasser im Mund zusammen beim Gedanken an süße Weißmehlprodukte, aufgegabelt an Tankstellen von Kalifornien bis New York. Honigschnecken und Toastbrote in perfekten, maschinell geformten Kreisen und Quadraten und das Gewicht eines fabrikgefertigten Kopenhageners, der nichts mehr mit der Stadt zu tun hat, ganz und gar ein Produkt dieses Landes mit seinem goldgelb wogenden Industriegetreide. Ich spürte einen Schnitt in meiner Seele wie den Schlitz, durch den beim Backen der Dampf entweicht.

Aida sagte, ich müsse mir wegen der Jagd keine Sorgen machen. Sie habe mich und Kandinsky an gegenüberliegenden Seiten des Feldes positioniert. Ich würde ihn gar nicht zu Gesicht bekommen.

Und wo bist du?, wollte ich wissen, obwohl es mir schon klar war, bevor sie seinen Namen nannte. Natürlich hatte sie eine akademisch präzise Erklärung, warum es so sein musste. Ich unterbrach sie. *Mach dir keine Gedanken um mich. Ich werde nicht jagen.*

Aber unsere Gäste erwarten es.

Sie erwarten, dass ich in der Küche bin und koche.

Als die Jagd begann, stand ich am Herd. Der Mond leuchtete als reife Blutorange hinter der Glasscheibe, umgeben von den Nadelstichen der Sterne. Ich erkannte die Mitwirkung des Meteorologen an diesem Anblick; mit seiner Fähigkeit, den Himmel aufzuklaren, wurde der Mann mit jedem Tag wertvoller, da inzwischen immer öfter Bewölkung aufzog. Aida sprach in spöttischem, besitzergreifendem Ton von ihm, als wäre er nur ein weiterer Hund, den es abzurichten galt.

Auf der Wiese wimmelte es von Jägern. Aus dem Meer roter Jacken stach Aida in grünem Tweed heraus. Ihr langer Mantel, der von der engen Taille wallend über die Hinterhand ihres Pferdes fiel, sah trotz des antiquierten Stoffs modern und spektakulär aus wie eine Rakete. Mit flatternden Rockschößen trabte sie auf ihre Position neben Kandinsky. Ich wäre weit hinten beim Fußvolk gewesen, da ich nicht reiten konnte.

Als der Jagdruf erscholl, klang es, als käme er vom Berg selbst, als wäre der massive Fels zum Klöppel einer gigantischen Glocke geworden. Die Töne kamen aus allen Richtungen zugleich, gespenstisch und ohne Ursprung, und die Hunde winselten verstört. Obwohl ich von den zweihundertfünfzig im Boden versteckten Lautsprechern wusste, erschauderte ich. Es war eine Mischung aus Walgesang und dem Ruf der Wandertaube: Klang gewordener Untergang.

Weit tiefer am Hang erschienen die Silhouetten der Jagdbeute. Sie sollte bis zur letzten Sekunde ein Geheimnis bleiben. Ich erhaschte einen Blick auf schwankende, schwerfällig laufende Tiere, etwa so groß wie Hunde. Eines von ihnen erhob sich bedrohlich auf die Hinterbeine. Ich senkte den Blick auf das reglose Fleisch auf meinem Schneidebrett. Als ich den Kopf wieder hob, waren Jäger und Gejagte verschwunden.

Dem zusammengewürfelten Dutzend, das zurückgeblieben war, servierte ich heißen Punsch. Die meisten waren sehr jung oder sehr alt, und ihre Gesichter, ungewohnt in diesem Land voller Menschen in den besten Jahren, gaben dem Beisammensein ein familiäres Flair. Holzfeuer, heiße Getränke, der Schwertfisch über der Flamme: ein Bild des Überflusses. Ich trank in großen Schlucken und signalisierte dem Küchenpersonal, weniger Saft und mehr Wein und Brandy zu nehmen.

Ich würde mein halbes Vermögen dafür geben, noch mal siebzehn zu sein, sagte die ältere Schafzucht-Erbin. Sie nutzte die kleine Bühne, die sich ihr bot, um in Erinnerungen an die Fuchsjagden ihrer Familie zu schwelgen. *Anfangs hatte ich ja Zweifel, was unseren Gastgeber angeht, aber man muss schon sagen, dass er die Traditionen hochhält.*

Ist die Jagd nicht inzwischen wegen Tierquälerei verboten?, fragte der iranische Meteorologe von der anderen Seite des Kreises.

Es geht zu weit, wenn man Tierrechte über Menschenrechte stellt. Die Erbin reckte das Kinn. *Einen Grundpfeiler unserer Tradition zu zerstören war nicht weniger grausam. Man darf unsere Kultur nicht ignorieren, das kann man gar nicht oft genug betonen. Es ist keine Schande, ein Weltreich zu ehren, das jahrhundertelang auf allen Kontinenten bedeutend war.*

Man hat dreiundvierzig Wunden an einer einzigen Füchsin gezählt, bemerkte der Meteorologe. *Der Sinn einer solchen Grausamkeit erschließt sich mir nicht.*

Ein italienischer Autofabrikant schnalzte missbilligend mit der Zunge, während er sich den verstauchten Fuß rieb, der ihn von der Jagd abgehalten hatte. *Sopravvivenza*, sagte er, Überleben, ein weiteres Wort meines Arbeitgebers, das ich inzwischen kannte. Er ergriff Partei für die Erbin. Daraufhin stellte der Sohn eines französischen Vorstandschefs sich auf die Seite des Meteorologen. Auch andere meldeten sich zu Wort, und es entspann sich eine offene und ausgeglichene Diskussion, in die sich schließlich auch die junge Tochter eines britischen Tech-Gründers einschaltete. Die

Gruppe verstummte, um der stockenden, kindlichen Stimme zuzuhören, und die Erbin lächelte die junge Frau aufmunternd an, bis sie ihre Überzeugung verkündete: Sie persönlich könne auf diesen Teil der britischen Tradition sehr gut verzichten. Die Pro-Jagd-Fraktion war sprachlos. Der Meteorologe gab dem Mädchen High five, dann tauschten die beiden unbeholfen ein paar Faustchecks aus.

Nehmen Sie die Pfoten von ihr! Die englische Erbin stieß ihren dürren Arm vor das Mädchen, das überrascht stolperte und hinfiel. Die Erbin schien es nicht zu bemerken. Sie starrte den Meteorologen mit aufgeblähten Nasenflügeln an, als würde sie seine Witterung aufnehmen. *Wie können Sie es wagen, von Grausamkeit zu sprechen, wenn Sie genau wissen, was in Ihrem Land unschuldigen Frauen und Mädchen angetan wird.*

Das Feuer knisterte. Knackte. Ich stand auf, um es zu schüren, und stellte mich zwischen die Erbin und den Meteorologen. Dann wandte ich einen uralten Gastgebertrick an und schenkte der Erbin nach. Der Punsch schwappte über den Rand des Glases. Ich machte eine entschuldigende Geste, reichte ihr eine Serviette, betupfte ihren Ärmel, führte sie ein Stück zur Seite und kümmerte mich hingebungsvoll um nichtexistente Spritzer auf ihrem Rock. Der Meteorologe erhob sich. *Et tu, Brute?*, murmelte er, als er an mir vorbeiging.

Von da an beschränkte die alte Dame ihre nostalgischen Erzählungen auf die Kleider und das Essen der guten alten Zeit, aber durch die Lücke im Kreis war kalte Luft eingedrungen. Die Gesichter erschienen vor den züngelnden Flammen wie grobe Holzschnitte. Ich dachte an mein früheres Ich, das eine Petition gegen die Käfighaltung von Hühnern gestartet hatte, und stellte mir vor, wie es mich vom frei gewordenen Platz des Meteorologen anstarrte. Hektisch winkte ich nach mehr Punsch.

Ich überließ den Schwertfisch dem Küchenpersonal und schlich mich zu meinem üblichen Rauchplatz, wo eine unangenehme Überraschung auf mich wartete – mein Arbeitgeber.

Mit dem Feuerzeug in der Hand blieb ich stehen. Sein Gesicht leuchtete hellorange im Schein der Flammen. Seit dem Essen mit Kandinsky waren wir uns nicht mehr allein begegnet. Vor den Gästen konnte ich so tun, als wäre alles wie immer; ich schlüpfte genauso leicht in Eun-Youngs Rolle wie in ihre Seidenkleider, die für meine mittlerweile desensibilisierte Nase schon nicht mehr nach ihrem Parfüm stanken. Aber mit ihm allein war ich verunsichert.

Ich wagte nicht, mir die Zigarette anzuzünden, war aber auch nicht bereit, sie wegzuwerfen. Also hielt ich sie einfach fest und fragte, warum er nicht auf der Jagd war.

Ich kann nicht reiten. Unten am Hang hörte man Hundegebell, gefolgt von menschlichem Gegröle. Sehnsüchtig sagte er: *Obwohl es verlockend war.*

Verstehe. Spitzenräuber sollten nicht mit dem gemeinen Fußvolk unterwegs sein. Mein Ton war schärfer als beabsichtigt. Ich hatte eine ganze Menge Punsch intus.

Es gehört zu den Dingen, die man in jungen Jahren lernen muss, um sie sicher zu beherrschen. Ich bin nicht mit denselben Privilegien aufgewachsen wie meine Tochter.

Wie sind Sie denn aufgewachsen?

Eigentlich wollte ich ihn nur von meinem Rauchplatz vertreiben; ich rechnete mit dem Rückzug, den er bei gezielten Fragen nach seiner Herkunft üblicherweise antrat. Aber zu meiner Überraschung begann er, eine Insel vor der Ostküste Italiens zu beschreiben, die für Meeresfrüchte und Fischgerichte berühmt war. Jedes Jahr hatten die einheimischen Roma Erntefeuer entfacht. Mein Arbeitgeber erzählte von kristallklarem Wasser und schönen

Yachten, lauter hübsche Illusionen, nicht anders als seine Stimme am Telefon, nicht anders als Eun-Young, und ich schloss die Faust um meine Zigarette und wurde noch verbitterter. Ich hätte mitspielen sollen. Aber ich stieß an eine wunde Stelle in meiner Wange, das letzte Überbleibsel der Verletzungen, die er mir zugefügt hatte, die ich zugelassen hatte, weil ich dafür bezahlt wurde. Ich konnte ein Rülpsen ebenso wenig zurückhalten wie meine Verachtung.

Was für eine verfickt hübsche Geschichte. Soll ich Ihnen einen Tipp geben? Streuen Sie noch ein bisschen weißen Sand und Beluga-Kaviar drüber, dann können Sie Ihre Gäste damit so richtig umhauen.

Ich wandte mich zum Gehen. Er packte mich am Arm.

Es war nicht hübsch. Die Feuer stanken nach Seetang und Fischinnereien. Mein Vater ließ mich Muscheln an die Touristen verhökern, damit wir Mehl kaufen konnten.

Mit einem kalten Lächeln ließ er mich los, und ich erkannte: Es war überhaupt niemand hinter seiner Maske. Dieser Mensch war von klein auf zur Unterwürfigkeit gezwungen worden, und irgendwann war die Maske zu seinem wahren Wesen geworden. Dieses absolute Nichts ließ mich mehr schaudern als jede Machtdemonstration.

Solltest du die Gehaltserhöhung für deine Arbeitsunfälle als unzureichend erachten, bin ich bereit zu verhandeln. Mir ist bewusst, welchen Wert du für mich hast. Du hast verstanden, dass es eine zweckmäßige Überlebensstrategie ist, sich demütig zu zeigen. Wir sind uns ähnlicher, als du denkst.

Ich habe genug Blutgeld, fauchte ich.

Dann zündete ich mir die Zigarette an. Der erste Zug strich wie eine kühle Brise über meinen Körper. Ich wartete, ob ich ihm sagen würde, er solle sich verpissen, es gebe keine Gemeinsamkeiten zwischen uns, und was beim Dinner mit Kandinsky passiert sei, dürfe nie wieder vorkommen. Ob ich ihm sagen würde: *Ich kündige.*

Ich zog noch einmal an der Zigarette.

Im entscheidenden Moment war meine Tochter zu stolz, um zu erkennen, wie sie sich hätte anpassen müssen. Du hast sofort verstanden, dass man vor Männern wie Kandinsky ein wenig kriechen muss. Ich habe meine Tochter für eine höhere Position erzogen als die, in die ich geboren wurde. Vielleicht ist sie inzwischen zu überheblich. Einige Führungskräfte haben sich bei mir über die Entlassung des leitenden Zoologen beschwert. Es war nicht leicht, den Mann für unsere Sache zu gewinnen, und ich vermute, wir werden ihn auch nicht so leicht loswerden. Meine Tochter meint, ich mache mir zu viele Sorgen, Finanzpläne seien nichts als willkürlich ausgedachte Zahlen. Er klang skeptisch und frustriert, aber ich hörte auch Stolz heraus. *Sag du es mir. War der Zoologe wütend?*

Anders als andere hatte der Mann Aida gegenüber nicht nachgegeben. Er hatte es mit ihr aufnehmen wollen. *Er war fuchsteufelswild.*

Sie vergisst, dass die Gruppe für den Fortbestand der Art sorgt und nicht das Individuum.

Wenn ich mit dem Wissen, das ich heute habe, an diesen Abend zurückdenke, empfinde ich für den sonderbaren, kalten Mann, der mich bezahlte, Mitleid. Vielleicht verdient er das nicht. Aber ich habe jetzt selbst eine Tochter. Ich weiß noch genau, wie sie mich eines Tages mit dem Gesicht einer Fremden ansah und ich erkannte, dass sie an Orte gehen würde, an die ich ihr nicht folgen konnte, und andere Welten meiner eigenen vorziehen würde. Aber an jenem Abend, als ich die Kleider von Eun-Young trug, glaubte ich, die geisterhafte Verbindung käme von der verschwundenen Frau, nicht von meinem eigenen Ich, das mich aus einer anderen Zeit berührte. An jenem Abend wollte ich böse sein. *Dann glaubt*

Aida eben alles zu wissen, na und? Wer hat das nicht geglaubt mit zwanzig? Jetzt ist es auf jeden Fall zu spät, um eine lebenslange falsche Erziehung auszubügeln.

Der Meinung war meine Frau auch.

Das Gesicht meiner Mutter tauchte auf. Ich sagte: *Sie hätte nicht aufgeben dürfen. Was für eine Mutter tut so was?* Eun-Youngs Wollmantel kratzte und rieb auf meiner Haut. *Was kann Aida schon schlimmstenfalls anrichten?*

Halt sie nah bei dir. Egal, was dafür nötig ist. Mein Arbeitgeber sah mich wissend an, und ich bekam einen heißen Kopf. *Es ist gut, dass du sie an Demut erinnerst. So wie meine Angestellten mich.*

Ich brauchte einen Moment, um zu verstehen. Schließlich waren kaum noch Spuren vom Jungen von der Fischerinsel geblieben. Ich hob eine Hand an seinen Kiefer und rieb ein wenig vom orangen Make-up weg. Die Haut darunter war braun, hart, ledrig vom Seewind. Er drückte die Wange in meine Handfläche. Vom Lagerfeuer wehte der Geruch von Fisch und Rauch herüber. Ich fragte ihn, wie viele Angestellte von seiner Insel stammten.

Die meisten, jetzt, da die Insel überflutet ist. Tja, Tiefland. Es war fast schon ein Witz. Aber als ich ihn fragte, wie viele der Angestellten mit uns übersiedeln würden, verschwand seine Leichtigkeit. *Weniger, als mir lieb ist. Meine Tochter ist sehr konservativ bei den Berechnungen für ihre Liste.*

Was soll das heißen, ihre *Liste?*

Er sah mich an. Ich senkte als Erste den Blick.

Werden Sie sich fragen, was mit denen geschieht, die Sie zurücklassen?, fragte ich.

Als Eun-Young gegangen ist, habe ich gelernt, dass man nicht an der Vergangenheit kleben darf. Nur das Notwendige aus dem alten Leben mitnehmen und aufbrechen ins neue. Das ist Überleben. Ich fragte ihn, ob es funktionierte. *Ich bin wohlhabend. Meine Tochter kann ihr Potenzial entfalten. Auf gewisse Weise lebt die Insel weiter, denn ich habe um mich herum meinen eigenen Stamm geschaffen, stärker als jeder andere und mit den nötigen Eigenschaften, um sich zu behaupten, egal, unter welchen Bedingungen. Ich habe dich.* Ich fühlte mich seltsam geschmeichelt, bis er hinzufügte: *Trotzdem frage ich mich – wie kommt es, dass du auf dem Papier perfekt passt, aber ich dich nicht ansatzweise so reizvoll finde wie meine erste Frau?*

In diesem Moment war er nicht mehr beängstigend, brutal, lächerlich, undurchschaubar. Sein Schmerz hatte eine entsetzliche Schwere. Wir standen nebeneinander und rochen unter dem Rauch und Fischdunst die leise Süße von sterbendem Riedgras. Ich zumindest roch es. Ob mein Arbeitgeber es auch wahrnahm, fragte ich nicht. Ich fragte nicht, wie lange es dauern würde, bis ich Eun-Youngs Gras nicht mehr roch, so wie ich ihr Parfüm nicht mehr bemerkte. Wie lange es dauerte, bis alle Spuren eines Menschen ausgelöscht waren. Als ich noch darüber nachdachte, riss mein Arbeitgeber mir plötzlich die Zigarette aus dem Mund.

Falls die Glut ihm die Haut verbrannte, als er die Faust schloss, ließ er es sich nicht anmerken. *Es ist nicht länger deine Entscheidung, ob du deine Gesundheit ruinierst*, sagte er und legte mir unter dem Mantel die Hand auf den Bauch. Sie wanderte, wie Männerhände es tun, und reglos ließ ich es zu, mit der instinktiven weiblichen Passivität, die ihm den Weg ebnete, damit es schneller vorbei war. An meinem hervorstehenden Hüftknochen, ungeschützt von Fett oder Muskeln, hielt er inne. Dann presste er die Hand mit aller Kraft gegen den Knochen. Ein ekelerregender Druck schnitt mir durch den ganzen Körper. *Pass auf dich auf. Dein Body-Mass-Index ist unter siebzehn gefallen. Für ein langes, fruchtbares Leben musst du mindestens auf achtzehn oder neunzehn kommen.*

Fast schon gefährlich nüchtern kehrte ich zu den Punschgefäßen zurück. Leer. Ich klemmte mir eines unter den Arm. Hundegebell geiferte durch die Nacht. *Unsere kühnen Jäger sind zurück!*, rief die Erbin. Ich öffnete die Restauranttür. Ein schwarzer Strich schoss an mir vorbei und floh den Hang hinab. Der Kater.

Ich konnte mich nicht verständlich machen. Durfte es nicht. Ich mimte Schnurrhaare und Ohren, scharrte mit den Händen in der Luft wie mit Pfoten. Die Tochter des Tech-Gründers sah mich sorgenvoll an, aber andere mimten zurück, hielten es für ein Spiel. Ich rannte davon, sie klatschten. Ich rief nach dem Kater. Aber die Hunde übertönten mich, heulten in blutrünstiger Gier.

Plötzlich prallte ich mit dem Meteorologen zusammen. *Kater*, keuchte ich und vergaß selbst jetzt meine Rolle nicht. Ich imitierte einen leichten Akzent: *Weg. Kater. MEIN KATER.* Er legte sein Notizbuch weg; er hatte einen Baum gezeichnet. *Ich helfe Ihnen*, sagte er, und in diesem Moment erschien die Jagdgesellschaft auf der Anhöhe. Ich rannte gegen die Wand aus Hufen.

STOP, befahl Aida. Sie ließ sich aus dem Sattel gleiten und nahm mich in den Arm. *Mein Kater*, japste ich in ihre Schulter, so dass die Reiter es nicht hören konnten. Hinter ihr erschien Kandinskys Gesicht. *Er ist weggelaufen. Ich habe Angst wegen der Hunde. Was, wenn sie …* Die geliebte Stimme antwortete mir mit einer solchen Erleichterung, dass ich schon beruhigt war, bevor ich ihre Worte überhaupt verstand. *Und ich dachte schon, es wäre was Schlimmes. Mach dir keine Sorgen, ihm wird nichts passieren.* Sie nahm die Zügel ihres Pferdes von Kandinsky. Dann gingen die Reiter zur Party.

Mein Arbeitgeber kam und legte mir den Arm um die Schultern. *Lass unsere Gäste nicht warten.* Die Erbin verkündete gerade, dass sie und ihr Mann in jungen Jahren … Vor dem Feuer ließ mein Arbeitgeber mich mit einem Schubs los. Sechs Angestellte nahmen den Schwertfisch vom Spieß. Panisches Lachen stieg in mir auf und nahm mir die Luft – er hatte dieselben tiefliegenden schwarzen Augen wie mein Arbeitgeber. Im flackernden Lichtschein erkannte ich in den Angestellten seine Statur, seine ledrige Haut. Ich wich zurück und griff ein Glas von einem Tablett. Diesmal echter Wein, unvermischt. Jemand rief Eun-Youngs Namen. Ich zog mir mein Tuch über den Kopf. Jeder Schatten konnte ein schwarzer Kater sein. Jeder Schatten mit seiner zuckenden Flamme konnte mein schwarzer Kater sein, zerfetzt, rot, blutig. Ich sah ihn hundert Tode sterben.

Sie fanden mich. Ich scheuchte die Tröster fort. Aida erschien mit einer Flasche, und mir kamen fast die Tränen vor Dankbarkeit. *Nicht für dich, du Saufkopf. Reiß dich mal zusammen.* Sie goss den Alkohol in einen Bottich neben dem Feuer, in dem gerupfte Vögel schwammen. Größere Tiere drehten sich an Spießen. Der Gestank von versengten Haaren …

Als ich in die Flammen sah, erfasste mich plötzlich eine große Ruhe, als hätte ich diese Nacht schon durchlebt, und wie man den Geruch seines eigenen Atems erkennt oder das Gesicht seines Vaters als Kind oder die Berührung eines geliebten Menschen, den man eben erst kennengelernt hat, so erkannte ich die Körper, die in der unaufhörlichen, rotgoldenen Flammenflut wogten. All die Arme und Beine. Die zu schwarzen Sternen gekrümmten Finger. Im Feuer sah ich das Gesicht meiner Mutter, zusammengeschrumpft zu einer toten, schwarzen Maske. Ich streckte die Hand nach ihr aus.

Aida riss mich zurück. Mein Ärmelaufschlag qualmte.

Da hat aber jemand Hunger, sagte sie.

Lachen.

Überall offene Münder.

Es war nicht das Gesicht meiner Mutter. Trotzdem sah ich zu, wie es verbrannte.

Es war auch kein menschliches Gesicht, aber meine Verwirrung war verzeihlich. Während das Küchenpersonal das Hauptgericht vom Feuer zog, hielt mein Arbeitgeber eine Rede in mehreren Sprachen. In jeder Version hörte ich *Pan troglodytes aureus*, den lateinischen Namen des berühmten Goldschimpansen. Dies sei die weltweit letzte Gruppe der Art, hier habe man sie zurückgeholt, nachdem sie fast ausgerottet war. Mein Arbeitgeber erwähnte jeden einzelnen Bergbewohner namentlich, mit dessen Investment dieses Projekt möglich geworden war. Er sprach einen Toast aus. Einst, vor Millionen von Jahren, seien Schimpansen und Menschen aus derselben genetischen Linie entstanden; die Tiere seien unsere nächsten Verwandten. Aber nun lebe nur noch eine der beiden Arten. Neben mir sprach Aida seine Worte lautlos mit. Der Winter stehe vor der Tür und die Zahlen würden nicht lügen. Es sei an der Zeit, die Forschung hintanzustellen und Effizienz in den Vordergrund zu rücken. Der Goldschimpanse gehöre zu den Arten, die man in den Laboren für nicht widerstandsfähig, nützlich oder nahrhaft genug erachte, um sie bei der Übersiedlung mitzunehmen. Platz und Arbeitskraft würden für andere Dinge gebraucht. Wir dürften das nicht als Scheitern sehen, sondern als ein Lehrstück über Durchsetzungsstärke. Die Schimpansen hätten verloren, wir hätten gesiegt. Mit dieser Ernte hätten wir vollständige Autarkie erreicht; alles, was hier gegessen und getrunken werde, stamme von nun an und bis in alle Ewigkeit vom Berg, für den Berg. Das sollten wir feiern.

Ein Ritual:

Nacheinander treten die Bergbewohner an die zwei schwerbeladenen Tische. Manche nehmen eine Wachtelbrust, andere einen Löffel Pilze, wieder andere die glänzend hellen japanischen Süßkartoffeln, die für ihren hohen Gehalt an Vitamin A und Kupfer geschätzt werden. Am Tisch mit dem Hauptgericht sind alle zögerlich. Das Küchenpersonal hat die Köpfe entfernt, aber trotzdem ist die Ähnlichkeit mit einem menschlichen Körper, einem kleinen Körper, vielleicht dem eines Kindes, nicht zu leugnen. Außerdem stellt sich die Frage der Portionsgröße. Wer von diesem Fleisch essen will, muss einen Unterschenkel packen und am Kniegelenk abbrechen oder zwei Rippen auseinanderreißen. Kandinsky ist der Erste. Er greift das krustige Fleisch mit beiden Händen, und als es auseinanderbricht und das blutrote, gelierte Innere sichtbar wird, jauchzt er laut. Dann wirbelt er einen Unterarm über seinem Kopf herum wie ein kleiner Junge, der auf dem Jahrmarkt den Hauptpreis gewonnen hat. *Genau wie sie versprochen haben, das seltenste Fleisch der Welt. Und perfekt gegrillt. Wie krass ist das denn bitte.*

Damit ist der Bann gebrochen. Die Gäste wählen Plätze an einem der beiden langen Tische. Einige von ihnen greifen großzügig bei Kürbis und Reis zu, einige trinken nur. Entsetzte Blicke im helldunklen Licht. Aida führt mich an den Tisch, auf dem sich die Gliedmaßen türmen. Sie füllt mir den Teller. Über dem Gewirr von Fleischstücken funkeln die Augen meines Arbeitgebers wie die eines Raubtiers der offenen Savanne. Er sieht meinen Teller. Er sieht alle Teller. Er steht vor dem Hintergrund der Nacht wie ein Gemälde oder eine Skulptur, ein dunkler Anubis, der Brieftaschen und Herzen auf die Waagschale legt. Wie viele bemerken, wie sein Blick zu seiner Tochter wandert, die ab und zu nickt oder der Kopf schüttelt?

Ich habe das Schimpansenfleisch nicht gegessen. Wo ich die Grenze zog und warum – ich kann es nicht sagen, aber ich habe es nicht gegessen. Mein Arbeitgeber nannte uns eine Gemeinschaft, eine große Familie, die sich in der Ödnis gefunden hatte. Er erwähnte die vierzig Jahre, die das Volk Israel durch die Wüste gezogen war, und hielt kurz inne, bevor er seine Pointe platzierte: *Mit unseren finanziellen Mitteln wären sie schneller ans Ziel gekommen.*

Und tschüs, sagte Aida mit Blick auf die ältere Schafzucht-Erbin, die trotz ihrer Prahlerei über die Jagd den Tisch mit dem Gemüse gewählt hatte. Neben ihr saß ein Postenchef aus dem Restaurant. Das Küchenpersonal hatte vor dem Festessen Zeit zum Umziehen bekommen, und als der Koch Pastinaken schnitt, sah ich kurz einen Manschettenknopf aus dem Besitz meines Arbeitgebers aufblitzen. *Wenn es nach mir ginge, würden wir sogar noch weniger Leute mitnehmen*, murmelte Aida. *Aber mein Vater hat nicht so viel Glück wie wir. Er braucht noch andere Menschen.*

Da dämmerte mir, dass ich die Fleisch gewordene Liste vor mir hatte. Dieser Abend war kein Spiel. *Apice*, sagten die Gäste beim Anstoßen. Hier ging es um das Überleben der Hungrigsten.

Dein Fleisch wird kalt. Mein Vater ist kein Freund von Verschwendung. Sie kippte sich mein Schimpansenfleisch auf ihren Teller.

Nach dem Essen schwebte ich wie ein Gespenst mit einem Tablett umher. Ich war nur noch ein Schatten vor Hunger, aber alles Essen stank nach verbrannten Haaren. Die Gäste, deren Namen mein Arbeitgeber in seiner Rede genannt hatte, liefen mit glasig-glücklichem Blick herum wie Junkies kurz vor dem Schuss. Andere waren still geworden, schockiert oder verbittert. Sie diskutierten über alternative Kolonien in Tibet, Ontario, auf Hawaii. *Hervorragende Luftqualität, aber die Steuersätze!* Antarktis, Neuseeland. —— —— ——— *kryogenische* ———. Eine Frau mit Lippenstift auf den Zähnen berichtete mit schriller Stimme von einer Unterwasserstadt, die im Marianengraben gebaut werde, nur zwanzig Millionen Euro pro Grundstück für die ersten hundert Investoren. Wieder andere zitierten Aussagen von Wissenschaftlern, dass die Bedingungen sich bessern würden und der Smog –

Ich trug leere Tabletts in die Küche. Ich wusch ein Käsebrett, das zur Hälfte abgegessen war, und blickte hoch zum wundroten Mond. Meine Hände schwammen in Spülwasser voller Abfälle. Innereien und Knochen, Schwänze und Schuppen. Der ganze Wein kam auf einmal hoch, mit saurer Wucht, und als ich leer war, stopfte ich mich mit abgenagten Kerngehäusen voll, mit harter Rinde von Gruyère und zerquetschten Quittenresten. Dieser Ballast hielt mich am Boden, während ich die Gäste verabschiedete und ihnen Tütchen mit Frühstücksmüsli mitgab, damit sie am nächsten Morgen nicht hungern mussten.

Aida kam barfuß ins Bett, unbeschwert, tröstend. *Mach dir keine Sorgen, der Kater taucht wieder auf. Entspann dich.* Sie massierte mir die Schultern, während sie die Früchte ihrer Arbeit beschrieb. Die Hunde hätten pariert: Kein einziger Schimpanse sei durch Bisse verletzt worden. *Herrlich*, sagte Aida. Ich sah eine rote Flut den Hang hinabrauschen. Die Hunde seien harmlos, versicherte Aida mir, und außerdem habe man nach der versuchten Brandstiftung an der Grenze Elektrozäune installiert. Tiere würden den Strom spüren. Der Kater könne gar nicht entkommen. *Beruhige dich, Liebling. Alles wird gut.*

Aber in dieser Nacht sammelten sich tote Dinge in den Schatten des Zimmers, und ich sagte: *Du weißt alles, was? Über mich, über den Kater. Was leben und was sterben darf.*

Auf die Moralpredigt habe ich schon gewartet.

Ich schüttelte ihre Hände ab. *Das war nicht nur ein überzähliger Pfau oder ein Stück gammelndes Mammutfleisch, Aida. Ihr habt mit eurer Jagd eine Tierart ausgerottet.*

Vielen Dank, aber so gut sind selbst meine Hunde nicht. Ein paar sind entkommen.

Ich lachte nicht. *Ich dachte, Schimpansen wären charismatische*

Megafauna. Und jetzt sind sie plötzlich Prebi… Preliba… Delikatessen? Wer entscheidet das denn?

Kandinsky hat etwas Einzigartiges erwartet. Durch seine Investition wird dieser Verlust mehr als ausgeglichen. Mit seinem Geld sichern wir das Überleben von einem halben Dutzend Schlüsselarten, ohne die ganze Ökosysteme zusammenbrechen würden. Minutenlang sprach sie die Sprache der Berechnung. Nur einmal fiel das Wort *bedauerlicherweise*. Ich musste daran denken, wie sie in den heiligen Hallen des Labors die Hand an eine goldene Wange gelegt hatte, aber bevor ich meine Frage formulieren konnte, sagte sie: *Die Schimpansen standen kurz vor dem Aussterben, als wir sie nachgezüchtet haben. Es wäre ohnehin passiert.*

Aber nicht so.

Sie ließ sich vom Bett gleiten und verbeugte sich. *Darf ich Madame unsere Tagesgerichte empfehlen?* Das Mondlicht legte eine weiße Schürze auf ihre Schenkel. Mit übertriebener Höflichkeit reichte sie mir eine imaginäre Speisekarte. *Wie dürfen wir Ihnen das Aussterben heute zubereiten? Geschädigte Fruchtbarkeit à la DDT? Gegrillt und mit einer Beilage von Waldbrand und Klimawandel? Meine Methoden sind sauberer.* Die Schimpansen seien mit Betäubungspfeilen geschossen worden und, ohne zu leiden, sofort gestorben. Ihre Logik traf mich wie ein Schlag ins Gesicht. Ich hielt mir die Ohren zu.

Langsam habe ich dein frommes Getue satt.

Dafür werde ich bezahlt.

Oh, bitte. Als hättest du nie Thunfisch gegessen oder Plastik benutzt oder wärst geflogen, als das Kerosin künstlich verbilligt war. Wir alle auf diesem Planeten haben unseren Anteil am Tod der Schimpansen. Und deshalb müssen wir auch die Verantwortung für die schwierigen Entscheidungen übernehmen. Ich bin bereit dazu, wenn es sonst niemand macht. Immerhin habe ich den Schimpansen eine Chance gege-

ben. Überleg doch mal – was für ein grandioser Abgang! Nach diesem Abend wird niemand sie mehr vergessen. Und sie haben sogar noch einen guten Zweck erfüllt. Würdest du nicht auch lieber mit einem Knall abtreten als mit Gewimmer?

Das ist doch Irrsinn, sagte ich.

Irrsinn ist die Vorstellung, dass ich etwas reparieren soll, was ich nicht kaputt gemacht habe.

Falls du der Meinung bist, du trägst keine Verantwortung für das, was heute Abend passiert ist …

Oh, nein. Ich gebe zu, dass ich Blut an den Händen habe. Sie wackelte mit den Fingern. Ihre Nägel glänzten in sauberem Perlmutt. *Aber wenn du schon die Moralische rauskehren willst – der abrahamitische Gott hat auch ziemlich viel totgeschlagen.*

Ich bekam eine ganze Weile kein Wort heraus. *Dass du von dir selbst überzeugt bist, wusste ich ja*, sagte ich schließlich. *Aber ich hätte nicht gedacht, dass du ernsthaft einen Gott-Komplex hast.*

Sie lächelte. *Wenn ich allmächtig wäre, würde ich es bestimmt schlauer anstellen als derjenige, der hier die Strippen zieht, wer auch immer es ist. Ich würde eine neue Welt erschaffen mit Vögeln und Säugetieren, Himmel und Wasser, Biodiversität, sauberer Luft und ohne industrielle Landwirtschaft. Ich träume mehr als jeder andere von einer Welt, in der wir nicht gezwungen sind, diese Entscheidungen zu treffen, das kannst du mir glauben.* Sie rang die Hände im Schoß. *In so einer Welt hätte ich Zeit für vollkommen bedeutungslose Dinge, tanzen zum Beispiel. Das hatte meine Mutter sich gewünscht. Sie wollte noch eine Künstlerin in der Familie haben. Sie war Sängerin. Aber …*

Ein paar Wochen nach der verlorenen Zeit im Olivenhain hatte Aida Grippe bekommen. Sie hatte tagelang im Bett gelegen und Fernsehnachrichten gesehen. Es war der Sommer, als die Bienen gestorben waren. *Weißt du noch?* Wie hätte ich das vergessen können. Zwischen Berichten über Bombenanschläge, Protestmärsche und Börsencrashs zeigten die Fernsehsender Bilder von leeren Bienenstöcken und tropfenden Waben. Schwarze tote Insekten summten in Aidas Kopf, während ihr Fieber stieg. Die Bienen hörten erst auf, sie zu quälen, als sie eines Tages auf ein Interview mit einem angesehenen amerikanischen Technologen stieß. *Brand hat gesagt: »Wir sind wie Götter, also müssen wir ihr Handwerk lernen.« Damit hatte er mich – ich brauchte keine Wolken, die sich teilen, keine Taube vom Himmel.* Aidas Selbstironie verschwand, und sie sagte: *Ich habe laut und deutlich gehört, wofür ich gebraucht werde. Mein Vater war der Erste, der es mir geglaubt hat.*

Sie musste elf oder zwölf gewesen sein. *Er hat dich dazu gebracht, das zu tun?*

Es war meine Entscheidung, sagte sie mit kalter Wut. *Ganz allein meine.*

Und du hast diese Leute hier als Spitzenräuber ausgesucht? Das Wort ließ sie zusammenzucken. *Das glaube ich nicht. Niemals. Du hasst sie. Es ist dir egal, wie gut sie essen.*

Du begreifst mal wieder nicht, worum es geht. Ich liebe oder hasse ja auch nicht eine bestimmte Seidenpflanze oder ein einzelnes Rebhuhn. Das Ganze hat nichts mit persönlichen Vorlieben zu tun. Spitzenräuber haben eine bestimmte Rolle im Ökosystem. Säbelzahntiger haben auch Herden ausgedünnt. Aber ich gab nicht nach, bis sie irgendwann unverblümt sagte: *Du klingst schon wie sie, das ist gruselig. Am Schluss war sie vollkommen irrational. Geld für von Menschen erbaute Kirchen zu spenden war überhaupt kein Problem, aber gentechnisch veränderter Mais, nein,* das *war unnatürlich. Ich habe sie gefragt, welcher Gott bringt denn bitte schön die Bienen um und lässt Vergewaltiger am Leben? So einen Gott kann ich nicht respektieren.*

Wir schwiegen.

Wenn ich allmächtig wäre, sagte ich nach einer Weile traurig, *würde ich mich für die Welt entscheiden, in der du tanzen kannst.*

Mit einem Schulterzucken versprach sie mir, am nächsten Morgen den Berg hinunterzutanzen. *Von mir aus nackt und mit Troddeln an den Titten, wenn du nur endlich mit dem Gemaule aufhörst. Kapierst du nicht, dass Tanzen vollkommen irrelevant ist verglichen mit dem, was ich jetzt mache? Früher habe ich mich stundenlang damit beschäftigt, wie ich ein Handgelenk oder einen Zeh bewege. Wer braucht so was, wenn die Welt in Flammen steht?*

Es geht doch nicht darum, ob man es braucht. Willst du es denn nicht mal richtig probieren? Auf einer Bühne?

Nein.

Ich hätte sie am liebsten gepackt und geschüttelt in ihrer Sturheit. *Aber früher doch bestimmt. Wenigstens einmal.*

Zu meiner Überraschung fragte sie mich, ob ich die Gehry-Konzerthalle in Los Angeles kenne. Tat ich. Ich hatte sie zwar nie betreten, aber zwischen all der eintönigen, geradlinigen Langeweile im Stadtzentrum hatte das Gebäude mich angesprochen. Seine geschwungenen Formen bauschten sich wie vom Wind einer anderen Welt.

Genau das. Wir haben immer gesagt, dort würde ich meinen ersten Auftritt haben. In Pravats Feuervogel, *meine Mutter hatte sogar schon ein Kostüm entworfen. Rote Pailletten, glaube ich.* Aida betrachtete ihr Spiegelbild im Fenster, als könnte sie dort das Funkeln wiederfinden. Sie lächelte, einmal noch zwölf. Dann verschloss sich ihr Gesicht. Die Zeit ging ihren brutalen Gang. *Es war ein kitschiges Kleid für eine mittelmäßige Tänzerin. Ich hatte nicht die richtige Figur, und die Hüften … Ich bin nicht zum Tanzen geschaffen. Das Gehry war nur ein Wunschtraum, und außerdem wurde es dann ja sowieso geschlossen, was nur beweist, dass ich recht hatte. Wer interessiert sich schon für Tanz? Ich interessiere mich für nachhaltige*

Nutzpflanzen. Ich interessiere mich für Rotkornweizen wegen seines hohen Ertrags. Ich interessiere mich für Tasmanische Tiger, weil sie uns Erkenntnisse über Gendrift in geographischer Isolation ermöglichen, und außerdem liebe ich Calvin und Hobbes. Na ja, Hobbes. »Arm, elend, nicht besser als das eines Tieres und kurz.« Er hatte recht, das trifft auf das Leben der meisten Menschen zu, aber auf unseres nicht.

Und dann berührte sie mich, nicht als Kellnerin, nicht als Tänzerin, nicht als junge Göttin, sondern als Aida. Ihre Hände waren weich und kannten mich. *Ich bin dazu geschaffen, genau das hier zu machen. Vertrau mir, okay? Denn du bist mir wichtig.* Sie küsste meine Handflächen und nahm meine ungewaschenen Finger in den Mund. *Siehst du? Ich beschwere mich auch nicht, wenn du dir die Finger dreckig machst.*

Ihr wildes Lachen. Es war ein Kinderlachen aus der Kehle einer Kindfrau, die längst hätte lernen müssen, es zu zähmen, aber das Kind war in ihr gefangen, seit sie sich von der Mutter abgewandt und dem Vater verschrieben hatte. Es klang unnatürlich, abscheulich. Ich konnte es nicht mehr hören, konnte es nicht ertragen. Ich hielt ihr den Mund zu, aber das Lachen quoll durch Lippen und Zähne. Es musste aufhören, sie musste aufhören.

Aida taumelte zurück und japste nach Luft. Der Mond glitt fern und unbeteiligt über den Himmel, rot wie der Abdruck meiner Finger auf ihrer Kehle. Und dahinter Millionen, Milliarden Bewegungen anderer, für uns unsichtbarer Körper, aber wer konnte schon sagen, ob wir uns nicht doch im Bann ihrer Schwerkraft befanden, ihre Anziehung auf unser Leben spürten? *Ja,* sagte sie, als sie meinem Blick folgte. *Genau so.* Ich lockte Töne aus ihren tiefsten Tiefen, nicht kühl, nicht unnahbar, sondern dunkel und erdig. Hier. Beim Einschlafen murmelte sie: *Du verstehst es also doch.* Ich fragte, was sie meinte. Sanft wie ein Lamm flüsterte sie in meinen Nacken: *Töten wollen heißt leben wollen.*

Im Morgengrauen stand ein Labortechniker vor der Tür des Restaurants, in der Hand eine Transportbox mit einem wütend fauchenden Kater. Der Techniker murmelte etwas, ohne mir in die Augen zu sehen – peinlich berührt entweder vom Geruch nach Sex, der in der Luft hing, oder vom vollkommenen Desinteresse, das das Tier mir entgegenbrachte.

Du solltest die Kratzer verarzten lassen, sagte Aida, als ich mit dem Kater kämpfte. Ich versuchte, seinen Puls zu messen. Sie betrachtete ihn prüfend, mit geneigtem Kopf, wie den Schimpansen im Labor. *Wir müssen mal über ihn sprechen.*

Endlich bekam ich die Hand an seine Brust. Sein kleines Herz surrte, aber ich konnte die Geschwindigkeit nicht einschätzen, mein eigenes raste auch. *Er bleibt*, sagte ich. *Es ist mir egal, wie unvernünftig das ist. Ohne ihn kann ich nicht – bitte*, sagte ich zu dem tobenden Knäuel aus Fell und Knochen, unfähig, die Wut in meiner Stimme zu unterdrücken. *Bitte, bitte, hör mir zu.*

Seinen Augen pulsierten gelb. Er wurde ein wenig ruhiger. Ich hob ihn hoch.

Das würde ich nie von dir verlangen, sagte Aida. *Niemals.*

Aber gestern Abend …

Sie habe einen Suchtrupp losgeschickt, sobald sie vom Pferd gestiegen war, erzählte sie. Aber sie wollte mir nicht zu viel Hoffnung machen; sie habe mich überraschen wollen. Sie war nicht grausam, und es war nicht das einzige Mal, dass ich mich in ihr täuschte. Ich hielt meinen dummen Mund und legte die freie Hand, die nicht den Kater umklammerte, in ihre.

Ich weiß, was er dir bedeutet, sagte sie.

Er raubt mir den letzten Nerv.

Er ist deine Familie.

Sie nahm ihn mir ab. Seine Pupillen verengten sich, ich wollte Aida schon warnen – und dann schloss dieses bockige Biest die

Augen und schmiegte sich an ihren Arm. Sie beschwerte sich nicht über sein verfilztes Fell oder über den Speichel, der ihm seit einiger Zeit ständig aus dem Maul tropfte. Er war alt und zerlumpt, aber als sein Schnurren uns verband, ließ es in seinem tiefen Wohlklang all unsere Unzulänglichkeiten zusammenwachsen. Und plötzlich, unerwartet, waren wir zu dritt ein Ganzes, eine andere Einheit, die ich bis heute nicht vergessen habe. Von all den Wundern, die ich in jenem Land erlebte, war dieses vielleicht das größte.

Aida bot mir an, den Kater im Labor vom Tierarzt durchchecken zu lassen, was ich ablehnte. Er hatte nicht mal einen Kratzer, und ich war spät dran mit den Dinnervorbereitungen. Aber am frühen Abend, in der Pause zwischen der Mise en Place und dem Essen, sah ich den Kater zum ersten Mal seit Monaten wirklich bewusst an, so wie Aida es getan hatte, aufrichtig und unsentimental. Ich beobachtete die fließenden Schritte, raubtierhaft im leicht dämmrigen Licht. Die Schönheit der perfekt austarierten Ohren, rotierende Satelliten aus Knorpel und Adern. Und ich sah, wie sein abgewetztes Fell sich über Knochen spannte, die ich zählen konnte, wenn er Luft holte. Da änderte ich meine Meinung.

Mit dem Kater und einer warmen Tarte Tatin in den Armen verließ ich das Restaurant, um zum Labor zu fahren. Das Auto stand noch genau da, wo ich es bei meiner Ankunft abgestellt hatte. Die Tür war staubig, aber nicht abgeschlossen. Ich legte mein Geschenk auf den Beifahrersitz. Aber der Motor sprang nicht an. Die Tankanzeige stand auf null, obwohl ich den Tank nicht leer gemacht hatte.

Ich versuchte mich an den Wortlaut meines neuen Vertrags zu erinnern, dessen einziges Exemplar mein Arbeitgeber mitgenommen hatte. Ich durfte das Grundstück verlassen; auf welche Weise, war nicht gesagt. Während die Tarte langsam abkühlte, fragte ich mich, ob ich den Weg zum Labor mit dem Auto überhaupt gefunden hätte. Ob man mich durch die Einstiegsluke gelassen hätte oder durch irgendeine andere Tür oder über die Grenze. Dem Laborpersonal waren Familienbesuche verboten worden, der iranische Meteorologe hatte mit den Datteln ein vergiftetes Geschenk bekommen. Sollte ich Aida sagen, dass Säbelzahntiger vielleicht Auerochsen gerissen und gefressen hatten, ihre Beute aber nicht zusammengepfercht, gemästet oder in seltsame Kleider gesteckt hatten? Ihr Vater definierte Spitzenräuber anders als sie. Als die Tarte kalt war, ging ich zurück ins Restaurant.

Das Telefon klingelte.

Eigentlich wollte ich dich für dein Benehmen gestern Abend zurechtweisen, sagte mein Arbeitgeber. *Aber …* Mein Gefühlsausbruch wegen des verschwundenen Katers hatte einige begehrte Zauderer überzeugt, Bergbewohner, die zwar der Wissenschaft im Land vertrauten, aber an den Absichten dahinter zweifelten. Diese Investoren suchten einen Ort, an dem Platz für Gefühle war. Dafür waren sie bereit zu zahlen. *Gut gemacht.*

Zwei Nächte später hörte ich im Traum Eun-Young singen. Sie saß mitten in der Küche an einem Klavier und spielte ein Kirchenlied, konzentriert und mit der donnernden Wucht der alten Götter. Ihre Stimme war ein Amboss. Unmöglich konnte sie aus einem so zarten Körper kommen. Sie ließ den Zuhörer, wenn auch nur für einen Moment, an eine höhere, erbarmungslose Macht glauben. Unter ihr brach Stück für Stück der Fußboden weg. Als ich aufwachte, dauerte der Gesang an. Ich folgte den Tönen aus dem Restaurant. An die Glaswand gelehnt lag ein einsamer kleiner Schimpanse. Der Atem kam pfeifend aus seinem Maul – das war das Geräusch, das ich gehört hatte. In seiner Brust bewegten sich gebrochene Knochen. Die Wange ein blutiger Krater. Ich wusste nicht, ob ich ihn ins Kühle, Trockene bringen, mit einem warmen Lappen waschen, mit Zucker und Honig oder Maden und Fliegen füttern sollte. Schließlich setzte ich ihn mir auf die Hüfte – er war klein, ein Jungtier – und trug ihn ins Restaurant, während ich ihn mit *Psst*-Lauten zu beruhigen versuchte. Ich summte die Melodie aus meinem Traum, die sich verwandelte, wie Traumdinge es tun, und zu einer Melodie wurde, die meine Mutter aus der tiefen Mühsal ihrer Arbeit geklaubt hatte, ein patriotischer Marsch aus ihrer grausigen Kindheit, in der sie und ihre Geschwister eines Winters den flauschigen weißen Hund der Nachbarn gejagt, getötet und gegessen hatten, um nicht zu verhungern. Als Kind hatte ich das für eine Horrorgeschichte gehalten und Angst vor meiner Mutter gehabt. Inzwischen war ich mir nicht mehr so sicher. Überleben ist essen. Als ich den Kater gefunden hatte, setzte ich den sterbenden Schimpansen vor seinen leuchtgrünen Augen ab. *Dann lebe*, sagte ich, und als er schnupperte, konnte ich fast selbst das Blut auf meinen Lippen, meiner Zunge schmecken.

ZEHN

Im Oktober, nachdem die Asche vom Rasen geharkt war, nachdem das Gras sich erstem Frost geschlagen geben musste, spürte ich, wie die Spielräume enger wurden. Was sich endlos und paradiesisch angefühlt hatte, bekam nach und nach die Atmosphäre eines Vergnügungsparks kurz vor Betriebsschluss. Das Zeitalter der Entdeckungen war vorbei. Unerwünschte Gäste wurden hinausgeleitet. Eines Nachmittags fragte Aida mich, ob ich etwas Unglaubliches sehen wolle. *Einmalig.* Wir fuhren zum Zuchtlabor. Die Einstiegsluke stand offen, Wissenschaftler stapften durch den Dreck. Vom aufgewühlten Boden erhob sich lautes Summen.

Zikaden, sagte Aida. Millionen funkelnder Augen im Käfig. *Die erwachsenen Insekten dieser Art schlüpfen nur alle dreizehn Jahre. Eigentlich wollte ich die Biochemie ihrer Larvenentwicklung erforschen, aber wir haben nicht mehr genug Zeit.*

Und jetzt?

Habe ich gedacht, statt sie umzubringen, könnte ich sie doch einfach ausschwärmen lassen.

Sie sah mich eine Weile erwartungsvoll an, dann stolzierte sie davon, wütend über meine Undankbarkeit. Ich blieb mit in den Taschen vergrabenen Händen stehen, während sich eine Wolke von Zikaden in schwirrendem Ocker und Umbra und dem tiefen Rotbraun von altem Eichenholz in die Luft erhob. Der Lärm war ohrenbetäubend. Ich glaubte Muster, Rhythmen, Melodien wahrnehmen zu können, wenn ich nur genau und lange genug hinhörte – vielleicht eine ganze Sinfonie. Aber so viel Zeit blieb nicht, denn schon strömte der Schwarm den Hang hinunter.

Viel zu spät dachte ich an Geheimhaltung. Würde eine Wolke ausgestorbener Insekten nicht Verdacht erregen?

Die meisten sterben sowieso am Elektrozaun, antwortete Aida. *Und die, die drüberkommen, überleben in dieser Kälte wahrscheinlich nicht viel länger als einen Tag.*

Und wenn doch?

Nicht mein Problem. Sie zuckte mit einer blassen Schulter; es fühlte sich an, als würde sie sie mir in die Brust rammen. *Wenn sie schon so viel Glück haben, müssen sie sich eben durchschlagen. Was uns angeht – sollte die Politik Schwierigkeiten machen, kümmert mein Vater sich darum.*

Ich konnte nicht mit ansehen, wie die Zikaden in den Elektrozaun flogen, und machte mich zu Fuß auf den langen Rückweg zum Restaurant. Eine Stunde später sammelte Aida mich mit dem Auto am Straßenrand ein. Sie telefonierte mit verbissener Miene. Aus dem Handy grollte die Stimme ihres Vaters. Später erfuhr ich, dass die Zikaden, die entwischt waren, für einen Heuschreckenschwarm gehalten wurden. Die Menschen fielen zu Boden und beteten, weil sie glaubten, der Weltuntergang sei gekommen.

Der Auszug der unerwünschten Bergbewohner verlief kaum weniger brutal. Im November erhielten dreißig Familien die Nachricht, dass sie es nicht auf die Liste geschafft hatten. Nur wenige nahmen es gefasst auf. Ein italienscher Waffenhändler zertrümmerte vor seiner Abfahrt die Fenster seines Hauses. Ein Börsenhändler aus Österreich versuchte, ein Wanderfalkengelege zu stehlen. Obwohl die Mahlzeiten nach wie vor üppig und nahrhaft waren, leerten sich im Vorratskeller die Regale, und es wurden Entscheidungen gefällt. Koshihikari-Reis ja, Carolina Gold nein; Blutorangen ja, Bitterorangen nein; die jüngere britische Schafzucht-Erbin ja, die ältere, gebrechliche nein. *Wenigstens müssen wir uns nie wieder mit Koriander und Lakritz abgeben*, sagte ich zum schlafenden Kater.

Eines Abends schlug mir beim Öffnen einer Flasche Whisky der fiese Gestank von Pisse entgegen: das letzte, originelle *Leck mich am Arsch* eines abgelehnten Bewohners. Mir tränten die Augen, aber eigentlich war es nicht schlimmer als Roquefort oder Natto. Ich schnupperte gierig. Vor langer Zeit hatte ich mal bei einem Freund in San Francisco übernachtet, der mit sechs Mitbewohnern in einem großen viktorianischen Haus genau zwischen einem gentrifizierten und einem gammligen Viertel gewohnt hatte. Als ich früh am Sonntagmorgen aus der Tür getreten war, hatte es auf der einen Seite, vor den Kneipen, nach abgestandenem Urin gerochen, auf der anderen nach frischem Brot aus einer edlen französischen Bäckerei. Die Faszination lag im Gegensatz. Ich beschrieb Aida das Haus: der immerwährende Topf mit veganer Suppe, der alle Zimmer mit dem Geruch von Kurkuma erfüllte, die Mitbewohnerin, die Mosaike aus Glasscherben herstellte. Sie verzog das Gesicht. *Warum hast du den Scheiß nicht weggekippt?* Sie rief einen Angestellten und befahl ihm, den Urin zu entsorgen.

In dieser Nacht schlief ich unruhig, die Schärfe des Ammoniaks hatte mich an Orte weit jenseits des Bergs erinnert.

Ich sperrte die Ohren auf, wenn über Kolonien in Neuseeland und Kroatien geredet wurde. Ein Bewohner, der nicht auf der Liste stand, erzählte voller Sehnsucht von einer Familienfarm in Vermont, ein anderer von einem Aschram in Kerala. Die dortige Regierung habe Investitionen zur Luftreinigung zugesagt. Früher war ich oft bei einem schmuddeligen Take-away-Laden gewesen, Raj oder Sultan Sowieso, wo Köche aus Kerala neben Chicken Tikka und Knoblauch-Naan auch Appam, das poröse Reismehlbrot ihrer Heimatregion, buken. Ich hoffte, dass das Gespräch auf dieses Brot kommen würde, aber ich wurde enttäuscht.

Die kühle Luft löste einen urtümlichen Reflex in mir aus. Es blies ein kräftiger, körniger Wind. Wenn ich aus dem Haus trat, spürte ich voller Angst, wie dürr und durchscheinend ich war, als könnte ich weggescheuert werden. Also aß ich. Mit Aida oder auch ohne sie, da sie immer länger im Labor war. Plötzlich lechzte ich nach Fett, nach Schwerem. Meine Schenkel rundeten sich. Meine Schlüsselbeine verschwanden. Eine weiche Schutzschicht umhüllte mich so sanft wie die Macadamiamilch, die ich an manchen Tagen über gegrillten Spinat, an anderen über geschmorte Ente oder Berge von Pinienkernen und Estragon goss. Als eines Morgens das Gefäß mit den Macadamias leer war, kamen mir die Tränen. Ich versuchte mich mit Pistazien zu trösten.

Auch der Kater sprach auf seine neue Ernährung mit rohem Fleisch an, zumindest ein wenig. Der Luftzug, der durch die Tür kam, ließ ihn zittern; genau wie ich nahm er die Jahreszeit wahr, die die Bergbewohner ignorierten. Sie erschienen immer noch in zarten Kleidern und auf dünnen Sohlen zum Dinner. Meine Seidenkleider wurden zu eng. Ich erhielt einen Zettel: *Dein BMI ist zu hoch. Nimm wieder ab.* Meinen Arbeitgeber bekam ich nicht zu Gesicht; er besichtigte Kandinskys Betriebe. Sehr romantisch.

Eines Nachts wachte ich erhitzt auf, unter Strom, als hätte ich nicht von Pannacotta geträumt, sondern von Aidas Brust in meinem Mund. Ich taute den letzten Topf Sahne auf. Ich rührte die Karamellsauce aus meinem Traum zusammen, nahm die gleiche frische Minze und den gleichen quadratischen Teller – aber in meinem Traum hatte der Teller auf einer karierten Tischdecke in einem beengten Restaurant mit klapprigen Ventilatoren, gutgelaunten Kellnern und einem klebrig-schwarzen Fußboden wie im La Ciccia gestanden.

Aida erschien und befolgte das Rezept bis aufs Gramm genau. Anders als ich war sie präzise genug für die Patisserie. *Gut?*, fragte sie, als ich den ersten Löffel Pannacotta probierte.

Perfekt.

Und das stimmte. Aber als sie weg war, machte ich zwei weitere, beide einwandfrei, beide unbefriedigend.

Um vier Uhr morgens fiel es mir plötzlich ein: Maissirup. Die Karamellsauce war aus Maissirup. La Ciccia war ein kalifornischer Italiener mit Tagesgerichten für acht Dollar gewesen, beliebt bei College-Kids und Bauarbeitern nach Feierabend. Es hatte mich immer getröstet, im Vorübergehen die riesige Flasche Karo im Küchenfenster zu sehen, warm und flüssiggelb leuchtend.

Ich hatte keine Gelegenheit, Aida meine Erkenntnis mitzuteilen. Sie war ständig im Labor, beriet sich mit ihrem Vater, Pläne Pläne Pläne, bis sie nur noch eine schmale, scharfe Schneide auf dem Weg zum Ziel war. Wir hatten immer weniger Zeit zusammen. Aber wie ich bitteres Blattgemüse nie ohne besänftigendes Öl servierte, so hielt ich jetzt meine ungenießbaren Gefühle zurück, um auf eine Zeit zu warten, in der wir wieder gemeinsam in Ruhe zwölf Gänge essen und auch Süßes und Fettiges teilen würden.

Diese welke, sterbende Jahreszeit. Aida, die ins Restaurant stolperte und um Essen bat, das sie kaum kauen musste, Polenta und pochierte Eier, Fruchtbutter direkt aus dem Glas. Oder Aida, die nervös mit einem Weinkorken spielte, während sie in einem einzigen unendlichen Satz von Durchbrüchen und Innovationen redete, von den Vorteilen der Spanischen Makrele gegenüber der Atlantischen und von der Dynamik im Übersiedlungskomitee, das aus ihr selbst, ihrem Vater, Kandinsky und zwei weiteren Top-

Investoren bestand. Wieder und wieder drehte es sich bei der Planung des neuen Zuhauses um den Ausgleich zwischen den Wünschen der Menschen und einem gesunden Ökosystem. Aida stellte diese Debatte abwechselnd als Business gegen Wissenschaft, Ausbeutung gegen Effizienz, Risiko gegen Stabilität, Faulheit gegen Beharrlichkeit, Idiotie gegen Intelligenz dar. Nie als Vater gegen Tochter. *Wir sind ganz kurz davor*, wiederholte sie gebetsmühlenartig, als müsste sie sich selbst überzeugen. *Ich sehe es schon vor mir, ich sehe es schon. Du nicht?*

Wir lagen nebeneinander im gläsernen Auge. Aber ich hatte zu wenig getrunken, um ihren hochfliegenden Ideen zu folgen. *Nein, ich sehe es noch nicht*, erwiderte ich.

Mein Arbeitgeber befand mehr und mehr Rezepte für perfekt, ich sollte sie unverändert beibehalten, und langsam wurde mir langweilig. Wochenlang versuchte ich, das Rezept eines weltberühmten indischen Kochs zu kopieren, nur weil Aida eine Bemerkung über Currys gemacht hatte; zweiundzwanzig Gewürze in einem einzigen, daumengroßen Keks, der sich am Gaumen verflüssigte. Ich kandierte die letzten Früchte des Sommers und servierte sie wie facettierte Edelsteine auf einem Samttuch. Ich tüftelte einen ganzen Abend lang an einem Pad Thai, um Aida diesen besonderen Zauber aus Zucker, Limette und Fischsauce schmecken zu lassen, den ich in einer Gasse der Altstadt von Bangkok genossen hatte, denn ich wusste, dass wir genau diese Limettensorte, genau diese Sardellenart nicht mitnehmen würden. Aber als ihr aus dem dampfenden Wok der Duft einer Tropennacht in die Nase stieg, staunte sie nicht. Sie sagte nur: *Weißt du, ich bin schon seit fünf Uhr auf.*

Im Grunde genommen waren wir uns uneinig über die Zeit. Wie viel uns blieb. Was wir als Kostbarstes in ihren enggesteckten Grenzen bewahren sollten. Eines Abends erschien Aida Stunden zu spät zum Dinner. Ich weiß nicht mehr, welchen Anlass ich als Vorwand genommen hatte, irgendein Jubiläum oder einen eigentlich unwichtigen Feiertag. Sie schlich sich ins Haus wie eine Diebin. Vorbei an kalter Suppe und ausgetrocknetem Fleisch, vorbei an milchzahnglänzenden Gabelzinken. *Vergiss das Dinner*, sagte sie und erstickte meine Vorwürfe mit ihrer Zunge. *Ich habe Hunger auf etwas anderes.* Ihr Körper war krumm und kalt von der Nacht, ihr Mund stank nach Lüge. Ich riss ihren Mantel auf. Die duftende Verpackung eines fremden Essens fiel zu Boden. Ich fing an zu weinen; eine Affäre wäre mir lieber gewesen als ein heimlicher Snack.

Der glasklare Sommerhimmel war fort. Sturmwolken zogen auf, und während ich nach draußen starrte, wartete das Küchenpersonal auf Anweisungen, aber ich war nicht mehr in der Lage, mir den nächsten Schritt in einem Rezept vorzustellen oder den Genuss in Aidas Gesicht. Im jaulenden Wind wehte das Geheul meiner alten Verzweiflung aus dem Tal herauf. Wenn ich an das Ende dieses Jahres denke, sehe ich nicht die mit Schmortöpfen und Pot-au-feus beladenen Tische, sondern das weggeworfene Essen, das am Boden der Schlucht verfault.

Ich glaube, mit mir ist irgendwas nicht in Ordnung, gestand ich nach einem weiteren Streit, einer weiteren wütend umgestoßenen Schüssel und dem Prasseln von Linsen auf den Fliesen. Aida war nicht grausam; sie wollte nicht, dass ich recht hatte. *Du brauchst eine Pause, dann geht es dir wieder besser*, murmelte sie in meine Haare. *Ist doch logisch, dass du keine Lust hast, tagein, tagaus dasselbe zu machen. Soll das Personal sich ums Kochen kümmern. Ich rede mit meinem Vater.*

Aber ich hatte sie angelernt; sie kochten nur die Rezepte meines Arbeitgebers. Ich fragte, ob wir mal vom Berg runterkonnten. Zum Lunch nach Mailand. *Bitte.*

Mein Arbeitgeber war einverstanden, unter bestimmten Bedingungen. Wir mussten uns unauffällig verhalten. Wir durften mit niemandem über den Berg sprechen. Wir bekamen Geleitschutz von Sicherheitsleuten, aber immerhin konnte Aida ihren Vater überreden, dass unsere Bewacher an der Stadtgrenze auf uns warten würden. Aida durfte keinen Schmuck und kein Fell tragen, und wir mussten jederzeit die Hunde bei uns haben. Wir mussten Schutzkleidung anziehen und nach unserer Rückkehr eine Ganzkörperentseuchung durchführen. *Zu eurer eigenen Sicherheit*, sagte er.

Zum ersten Mal seit fast einem Jahr schlüpfte ich in Jeans und Pulli. Aus dem Spiegel sah mich eine Fremde an. Das war keine elegante, fast körperlos dünne Erscheinung mehr. Diese Frau stand fest auf dem Boden, auf kräftigen, stabilen Beinen.

Hast du dich als Vogelscheuche getarnt?, witzelte Aida, als sie mich abholte. *Wo um alles in der Welt hat mein Vater denn diese Klamotten für dich aufgetrieben?*

Das sind meine eigenen. Und du hast es ja wohl mit »unauffällig« nicht ganz so genau genommen.

Ich trage doch Schwarz! Langer, schwarzer Staubmantel, schwarze Stiefel, schwarze Handschuhe bis über die Ellbogen, sogar ihr Cabrio war schwarz. Die Schutzkleidungssets dagegen glänzten in der Verpackung. *Goldfäden sind von Natur aus antibakteriell.* Bei der Kopfbedeckung erlaubte selbst Aida sich keine Freiheiten. Die Helme wogen mindestens vier Kilo. *Sie filtern das Mikroplastik aus dem Smog.*

Sie hatte eine Tüte mit Äpfeln dabei, die letzten Exemplare einer alten Sorte, die für die Übersiedlung ungeeignet war. Das Labor hatte alle Parameter überprüft: zu wasserintensiv, zu klein, nur ein Bröckchen Fruchtfleisch unter einer halbzentimeterdicken, bitteren, ungenießbaren Schale. Mit den Fingern pulten wir honigsüße

Stückchen heraus. Aida schmiss Schalenfetzen auf die Autos der Sicherheitsleute hinter uns. Ob ich eigentlich wisse, dass es früher einmal achttausend Apfelsorten gegeben hatte? Ob ich wisse, dass Äpfel in mindestens vier verschiedenen Mythologien eine wichtige Rolle spielten? Ob ich wisse, dass der Apfel der jüdisch-christlichen Tradition vielleicht gar kein Apfel, sondern ein Granatapfel gewesen war? Ob ich wisse, dass die außerhalb der Zeit existierende und von Frauen regierte Insel Avalon einer Legende nach von Apfelbäumen bewachsen war? Ob ich wisse, dass Avalon –

Fahr einfach, sagte ich.

Wir schwiegen, bis wir über die Grenze kamen und ins Smogmeer eintauchten wie Seevögel. Überwältigende Schwaden von Grau waberten um uns herum. Wir schnallten die Helme fest. Nackte Zweige kratzten über die Windschutzscheibe, als wollten sie nach dem Obst auf unserem Schoß greifen, und so langsam vermutete ich, dass das Essen in Mailand doch anders sein würde als in meiner Erinnerung.

Natürlich, explodierte Aida. Das Visier beschlug von ihrem Atem. *Wenn du Panzerotti oder Risotto alla Milanese willst, können wir jemanden auf den Berg holen, der es dir beibringt. Hier* – sie wies mit einer weiten Geste auf den verhangenen Horizont – *gibt es nichts.*

Es ist eine wunderschöne Stadt.

Wir haben in Mailand gewohnt.

Vermisst du es?

Wir sind weggezogen, nachdem die Nativisten uns die Fenster eingeworfen und MANGIA I RICCHI auf die Tür gesprayt haben. Das heißt »Esst die Reichen«. Sie hielt kurz inne. *Ich denke überhaupt nicht mehr daran.*

Hundertachtzig Kilometer pro Stunde, zweihundert, diesmal genoss ich die Geschwindigkeit. Schemenhaft tauchte Mailand aus dem Smog auf. An der Stadtgrenze ließen wir den Personenschutz zurück, dann rasten wir durch die engen Straßen, bis wir an einer Absperrung halten mussten. Das Zentrum war für Fahrzeuge gesperrt. Aida wedelte einem Verkehrspolizisten mit Geldscheinen vor der Nase herum, aber schließlich mussten wir doch parken. Sie ließ den Rüden im Auto und schloss es ab. *Als Wache.*

Ich hatte Tristesse und Düsternis wie in der englischen Hafenstadt erwartet. Aber Mailand hatte einfach das Licht angemacht. Reklametafeln leuchteten zehn Stockwerke hoch, und auf den Piazzen verbreiteten rosa und lila blinkende Glühbirnen verwegene Partystimmung. Ich wollte mir die Läden ansehen, aber Aida eilte weiter. Sie redete laut von Dunkelheit und Verderben, während unsere steife Schutzkleidung bei jedem Schritt knisterte. Die Leute starrten uns an. Zum ersten Mal schämte ich mich für Aida.

Es könnte an den Helmen liegen, bemerkte ich. Das Visier dämpfte die Farben und schränkte die Sicht ein. Ich fand mich nicht zurecht, bog ein ums andere Mal falsch ab, Aida wurde von Minute zu Minute gereizter, bis ich mir den Helm schließlich vom Kopf riss.

Da war die Stadt. Sie stank nach Smog und Diesel und Speiseöl, nach muffigem Staub. Eine jähe Chlorwolke ließ mich husten. Ich atmete noch einmal tief ein, und Aida kreischte entsetzt. Auf das Putzmittel folgte der Geruch von Wäsche, nasser Stoff und Waschmittel, ein milder, feuchter Dunst. Von einem Marktplatz, auf dem ein lebhafter Handel mit Schlachtvieh im Gang war, roch es nach Moschus und Leder. Von einer anderen Seite: frischer Teer, eine neue Straße. Auch die Hündin streckte die Schnauze in die Luft; ich drehte mich, ignorierte Aidas Warnung vor Schadstoffen und verfolgte einen Jasminduft, der von einem Grüppchen Teenies herüberwehte. Die Mädchen glotzten zurück. Sie hatten ihr Parfüm genauso übertrieben aufgetragen wir ihr Make-up, billiges, synthetisches Zeug, aber sie waren diejenigen, die mich in meiner teuren Montur voller Mitleid anstarrten, und nicht umgekehrt.

Mit einer Ohrfeige hatte die Stadt mich aufgeweckt. Das hier war keine saubere, höfliche Bergluft, die einen betäubte, bis man abgestumpft war gegen reifen, gärenden Müll, frische Farbe, alte Gemäuer und einen stechenden Geruch, der sich wie ein braunes Band vor mir ausrollte und mich die Straße hinunterrief.

Komm mit, sagte ich und trabte los. Die Sprache änderte sich, und wir betraten Chinatown.

Ich war schon einmal hier gewesen, mit Anfang zwanzig, frisch in Europa angekommen und voller Heimweh. Mit Jetlag und schlechter Laune hatte ich mich zwischen den Italienern hindurchgedrängt, die durch die Straßen bummelten, Fotos schossen und ihr Dan Dan Mian vollkommen gleichgültig herunterschlangen, weil es für sie nur irgendein Essen in einer endlos langen Reihe von Mahlzeiten war. Ich hatte mich über diesen oberflächlichen kulinarischen Tourismus geärgert und über die Menschenmassen genauso. Dann hatte die Herrschaft des Smogs begonnen, und die Nativisten hatten Chinatown und das Essen selbst für ihre Politik missbraucht.

Jetzt war Chinatown gespenstisch. Schaufenster eingeschlagen oder mit Brettern zugenagelt. Graffitis ließen vermuten, dass Bewohner verjagt worden waren. An einem der wenigen Verkaufsstände, die noch offen waren, blieb ich stehen. Es war nur ein Fenster in einer dreckigen, grauen Wand.

Die Speisekarte, wenn man sie überhaupt so nennen konnte, bestand aus ein paar hingekritzelten Reihen, von denen die meisten wieder durchgestrichen waren. Nur ein Gericht war übrig geblieben. Die Haare der Verkäuferin waren ebenfalls grau, genau wie der ominöse Teig in ihrer Rührschüssel. Aber der Geruch traf mich wie eine Faust in den Rachen. Ich bekam kein Wort heraus. Hielt stattdessen einen Finger hoch.

Was ist das?, fragte Aida, als die Verkäuferin Teig in eine dampfende Pfanne schöpfte. Hinter der Plexiglasscheibe standen Säcke mit Mungobohnenmehl und Plastikbehälter mit verschiedenen Pulvern und Pasten. Keine Spur von Grün. *Woher bekommt sie ihre Zutaten? Wer beliefert sie? Hat sie sauberes Wasser?*

Jianbing, stammelte ich, und dann konnte ich die Augen nicht mehr von der Verkäuferin wenden.

Federnd wie ein Jockey oder eine Tänzerin beugte sie sich über ihre Pfanne. Während der Teig knusprig wurde, bestrich sie ihn mit schnellen, sicheren Bewegungen mit brauner Sauce, roter Sauce, einem Spritzer Ei-Ersatz. Hellrote Wurstscheiben schnellten aus ihrer Hand, das Messer huschte rascher über die nackte Haut, als die Augen folgen konnten. Sie musste nicht hinsehen, um das Salz zu greifen; sie bewegte sich keinen Millimeter. Sie stand in ihrer eigenen Mitte, und von dort breitete sich der Dampf aus, setzte sich an der Scheibe ab, verbrannte mir die Wangen, überschwemmte die Straße und den Smog und Aidas Misstrauen. Die Verkäuferin wischte sich mit dem Handrücken über das Gesicht. An der gleichen Stelle wie bei mir schimmerte eine Brandnarbe; ich sah mich selbst, die Haut befreit von Schutzkleidung, an einem Platz, der so sehr mir gehörte, wie es die Küche auf dem Berg niemals könnte.

Die Verkäuferin faltete das Jianbing und reichte uns das warme, fettige Päckchen.

Was –, sagte Aida und blieb in sicherer Entfernung, also nahm ich es.

Dann beiße ich hinein.

Jeder von uns hat seinen Augenblick im Olivenhain, wenn der schäbige Traum des Hier und Jetzt sich auflöst und wir in eine andere Welt gleiten. Wie gerade der Pfad, wie gewiss das Ziel auch scheinen mag, es gibt Wege über Wege über Wege. In Mailand tanzt Koriander auf meiner Zunge, und ich sitze an einem Tisch in

Pasaje vor einem Stapel grauer Jianbings. Sie haben nicht die Farbe von Mungomehl, noch nicht, sondern sind aus Buchweizenmehl, bitter und trocken, das meine Mutter im Sonderangebot bekommen hat. Ich weiß noch lange nichts von der Arbeit in einer Küche, ich habe noch nichts von Escoffier und seinem *Kochkunstführer* gehört; in der stillen Einsamkeit der Nacht lenkt mich nur mein Instinkt. Vorbei an Aufschnitt und kaltem Reis, an Oreos, in einer Serviette aus der Schule geschmuggelt, an schlaffen Essiggurken zwischen Gelee und Erdnussbutter. Meine mickrige Beute. Ich weiß erst, was ich will, wenn ich es schmecke. Stunden später wache ich auf, als meine Mutter von der Arbeit nach Hause kommt. Ihr leises Gemurmel. Ihre müden Schritte. Ihr Gesicht ist trüb wie das Licht in der Küche, aber als sie das Frühstück isst, das ich aus dem gemacht habe, was sie mir gemacht hat, bricht im einzigen Fenster unserer Küche der Tag an, und ihr Gesicht – es erwacht – ein Horizont, den ich noch nie gesehen habe – jetzt sehe ich es –, meine Mutter empfindet Genuss. Mühsam errungen, tief vergraben, zusammengekratzt aus dem Dunkel der Not: Ich habe ihren Genuss gefunden, als ich meinen eigenen gesucht habe. Ich wurde dazu erzogen, Bitternis zu essen.

Aus der anderen Welt fragt Aida, ob mit mir alles in Ordnung ist. Ich reiche ihr das Jianbing und höre, wie sie endlich den Helm abschnallt. Sie kaut und kaut, und Bissen für Bissen kommt sie mir entgegen.

Wir bestellten ein zweites. Ein drittes. Ich knabberte, schnupperte, überlegte und vermutete schließlich, dass der Teig aus Mungoproteinmehl, die Sauce aus fermentierten Bohnen, die Wurst aus Schweinefleischersatz auf Sojabasis war. Ohne jeden Zweifel war eine Menge getrockneter Koriander drin. Aber ich musste zugeben: *Da ist noch was anderes, ich komme nicht drauf. Durch das Mungomehl müsste das Jianbing eigentlich bitter schmecken.*

Bevor ich Aida aufhalten konnte, war sie schon am Fenster. Stoisch hörte die Verkäuferin zu. Verschwand. Ich erklärte Aida, wie streng Köche ihre Rezepte hüteten, dass wir die Frau gekränkt hatten. *Du täuschst dich*, sagte Aida. *Sie wird uns einen Preis nennen.*

Wir täuschten uns beide. Die Verkäuferin kam mit einem unscheinbaren Glas zurück. Als sie den Deckel aufschraubte, stieg mir ein vertrauter Geruch in die Nase.

Ich sagte zu ihr: *Meine Mutter hat auf ihre Jianbing auch gern Erdnussbutter gemacht.*

Haselnussbutter, verbesserte Aida mich, nachdem sie es übersetzt hatte. Sie las die Beschriftung auf dem Glas: zweiunddreißig Prozent gemahlene italienische Haselnüsse, außerdem Mandeln, Mungobohnenstärke, Stabilisatoren, Süßungsmittel. *Emulgiert*, verkündete Aida, *gehärtet, aufbereitet*, und ich gab der Verkäuferin ein Zeichen, dass ich ein winziges Häppchen probieren wollte.

Die Frau kratzte einen golfballgroßen Klacks aus dem Glas. Unter dem schwermütigen Blick des Hundes nahm ich den Löffel entgegen. Glatt und weich saß das Mus mir in der Kehle, klebrig wie eine Erinnerung. Als ich die Augen wieder öffnete, hielt die Verkäuferin mir immer noch das Glas hin.

Schließlich gingen wir weiter, um mehrere Löffel Nussbutter schwerer und mit einem vierten Jianbing in Aidas Tasche, das wir nicht hatten bezahlen dürfen, aber da rief sie uns etwas hinterher. Aida übersetzte: Das war die letzte Nussbutter gewesen. Ich erwartete, dass die Frau uns jetzt endlich ihren Preis nennen würde. Stattdessen sprach sie eine Einladung aus, vielleicht auch eine Herausforderung: Kommt in einer Woche wieder, dann habe ich ein neues, noch besseres Jianbing-Rezept.

Wieder durch die Straßen der Stadt, dieses Mal ist Aidas Gesicht leer. *Sag's nicht meinem Vater.* Sie ist also nicht die Tochter ihres Vaters, nicht Angestellte, nicht Schauspielerin, nicht Objekt der Begierde. Nicht Erlöserin. Sie ist nur Aida. Bewegt den Kopf, leicht und schnell, während wir über Beton und gesprungene Platten gehen. Kein Berg, keine Wiesen, keine Sonne oder Sterne, sondern schillerndes Öl auf glatten Pfützen, ein Popsong aus einem knisternden Radio. Der Smog ist dichter geworden. Ich sehe Fetzen von Aida, Haare, Zähne, Hals. In der Anonymität kommt sie langsam auf den Geschmack, wirft den Kopf zurück, stampft wie jede andere Frau auf einer Tanzfläche. Die Läden schalten ihre Beleuchtung ein, und im Grau erblüht ein unwirkliches Rosa und Lila, als schwebten wir durch die Atmosphäre eines wunderweichen Planeten, als hätten wir Länder und Grenzen, Kontinente und Politik, die ganze Erde, unser geplündertes Erbe, weit, weit hinter uns gelassen. Aida nimmt meine Hand. Wir tanzen, bis der Song zu Ende ist.

Nur ihre Stimme bleibt, atemlos, mit der schnellen Frage: *Warum hast du dich für französische Küche entschieden?*

Ich gebe die einfachen Antworten: Es war die Voraussetzung für diesen Job, für alle Jobs, die ich je haben wollte; französische Küche und nicht chinesische war der Weg zum Erfolg. Nach der langen Zeit ist dieses Ich mir fremd, das in so blindem Ehrgeiz durch dreißig Jahre gerast ist, ohne nach dem Warum zu fragen. Aber in ihrer unnachgiebigen Spitzfindigkeit kontert Aida mit den fünfundvierzigtausend chinesischen Restaurants, die es vor dem Smog in Amerika gab, und zum ersten Mal halte ich im Raum zwischen meiner Vergangenheit und meiner Zukunft inne.

Ich wollte echtes Essen kochen. Sie fragt, ob ich damit *authentisch* meine, und ich muss über das antiquierte Wort lachen. Es war ein Modewort wie *organisch* oder *lokal*, aus einer Welt, in der man in

Restaurants exotische Gewürze und kulinarische Abenteuer gesucht hat wie Großwild auf einer Safari. Dann ging das Getreide im Smog ein. Die Rezepte jener Zeit waren zu fragil, um die Veränderungen auf der Welt zu überleben. *Authentisch kannst du vergessen. Erdnussbutter-Jianbing ist echtes Essen. Und die Hot Dogs, die ich mir als Kind in der Mikrowelle warm gemacht und mit Reis gegessen habe, und sogar das Essen in den chinesischen Nobelrestaurants, die früher in Städten wie New York achtzig Dollar für gebratenen Trüffelreis verlangen konnten.* Solche Restaurants waren genauso sagenhaft wie Sphinxe gewesen für ein Mädchen aus Pasaje, Kalifornien, einer Stadt mit genau einem Jade Garden und einem Bistro du Chat. Schon klar, was wo serviert wurde. Die beiden Restaurants waren nicht zu verwechseln. Hier eine nach Fett stinkende, klaustrophobische Bude, dort, hinter der weit aufschwingenden Tür, nicht nur saubere Hemdkragen und akzentfreies Englisch, nicht nur Stofftischtücher und Huhn für sechzig Dollar, sondern eine große, helle Welt, in der man Essen wertschätzte, das nicht zur Sättigung, nicht aus Pflichterfüllung oder aus der Not heraus gekocht wurde, sondern aus Liebe: echtes Essen. Damals hatte ich geglaubt, mich hocharbeiten und eines Tages einen Platz in einer Stadt finden zu können, die groß genug für Coq au Vin und gebratenen Trüffelreis war, in einem dieser New Yorks und Londons und San Franciscos. Aber diese Sorte Restaurant war im Smog eingegangen. Und jetzt stehe ich als hungriges Gespenst in Mailand, den Bauch voller Jianbing und trotzdem noch nicht satt; jetzt sticht ein neuer Hunger wie Essig durch den alten, als ich sage: *Echtes Essen ist all das, worauf ein Koch stolz ist. Es war mein Albtraum, in irgendeinem Jade Garden zu landen und den Leuten einen faden, langweiligen Mu-Shu- oder Chop-Suey-Abklatsch aufzutischen. Ich weiß, dass manche Restaurants bestimmte Gerichte anbieten müssen, um zu überleben, man hat nicht immer die Wahl – aber es ist eine*

Beleidigung für die Köche. Und die Gäste. Ich war nicht bereit, irgendwo hängen zu bleiben. In Pasaje, Kalifornien. In der Beengtheit des Lebens meiner Mutter. In einer starren Vorstellung dessen, was ich koche, was ich kann, was ich wert bin, einer Vorstellung, die mir übergestülpt wird, weil ich Chinesin bin, weil ich Asiatin bin, weil ich klein bin, weil ich eine Frau bin, weil ich immer und überall fremd bin – weil ich ich bin. *Französische Küche wird überall geschätzt. Um echtes Essen kochen zu können, habe ich diese Wertschätzung gebraucht.*

Und jetzt hast du sie.

Sie ist sich vollkommen sicher, aber ich weniger. Ich denke an den Tisch auf dem Berg. An den Applaus. Ich denke daran, wer dort applaudiert beim Anblick der makellosen Speisen auf dem weißen Porzellan – erfunden in China. Als ich an die Béchamelsauce denke, die ich hundertmal gemacht habe, noch tausendmal mehr zu machen hätte, gerinnt mir das *Ja* auf der Zunge. Ich an diesem Tisch Ich in dieser Küche Ich inmitten des Überflusses: Ich bin wahrscheinlich die beste Köchin französischer Küche auf der ganzen Welt. Aber dann denke ich an das Fett auf den Rillettes, die mein Arbeitgeber für perfekt erklärt hat, noch ein Rezept, das nicht mehr verändert werden darf, um für alle zukünftigen Welten dieselbe stumpfe, satte Zufriedenheit zu bewahren, und ich bekomme das Ja nicht heraus. *Die französische Küche schien mir der einzige Weg zu sein.* Zum ersten Mal gebe ich zu: *Eigentlich war es keine Entscheidung.*

Durch den Smog drang ein Laut zu uns. Die Hündin hörte ihn als Erste und stellte die Ohren auf. Dünn und schwach, dann lauter, drängender, warnte eine ferne Hundestimme vor Gefahr. Aida ließ meine Hand los und rannte, die Hündin neben sich, und der Zauber des Tages war gebrochen.

Am Auto holte ich sie ein. Sie waren umringt von Dutzenden, vielleicht Hunderten von Kindern. Unmöglich zu sagen im Smog. Ich befürchtete einen Autodiebstahl, einen Überfall, Gewalt – aber es stellte sich heraus, dass die Kinder nur neugierig auf die Hunde waren.

Sie jubelten, als Aida das Auto aufschloss und die Tiere, wieder vereint, die schlanken, roten Köpfe hoben und bellten. Die Warnung wurde ignoriert. Hände streichelten das glänzende Fell, die weichen, unwiderstehlichen Ohren. *Wir kommen hier nicht raus*, sagte Aida genervt und leicht panisch, und als die knurrenden Hunde sich rückwärts an das Auto drückten, kam mir beim Anblick ihrer Fellfarbe eine Idee.

Ich warf unsere restlichen Äpfel, so hoch und weit ich konnte. Die Kinder blickten auf. Sahen: rot. Dann rannten sie in alle Richtungen hinterher.

Lass sie ihnen doch, sagte ich, als Aida murrte. *So was Gutes kriegen die armen, kleinen Blagen nie wieder.*

In diesem beschissenen Smog ist man ja völlig blind. Aida wischte die Windschutzscheibe und öffnete das Verdeck des Cabrios, um besser sehen zu können. Beim Ausparken drehte sie sich um und sagte: *Deine Mitleidsparty scheint ein Rohrkrepierer zu sein.*

Die Straße erblühte im Duft verlorener Obstgärten, im Aroma von Honig und Wein, als die Kinder in die Äpfel bissen. Und dann – unfassbar – spuckten sie aus. *Das sind die Feinschmecker, denen du unbedingt Respekt erweisen willst*, rief Aida mir zu. Ich konnte sie kaum verstehen, so laut brüllten die Kinder ihren Ekel heraus.

Weder ihre Münder noch ihr Verstand schienen Schaden genommen zu haben, und doch verfolgten sie uns die Straße hinunter. Sie schleuderten uns unsere kostbaren Äpfel hinterher, sie spuckten, duckten sich und schrien übertrieben laut, wenn sie getroffen wurden. Noch tiefer wurde die Kränkung, als ich sah, dass ein Junge, der sich theatralisch den Bauch hielt, ein Sandwich aß. Er richtete sich auf und verbeugte sich. Biss in sein staubiges Brot. Entsetzt und ungläubig starrte ich ihn an, aber dann wich meine gerechte Arroganz etwas anderem. Jedes Mal, wenn sein Mund sich um das graue Brot schloss: pure Glückseligkeit. Ich reckte den Hals. Konnte nicht erkennen, was sich zwischen den schlaffen Brotscheiben befand. Konnte mir nicht vorstellen, welcher gebackene oder gekochte oder gedünstete oder gebratene Belag eine solche Wonne bringen konnte. Aida hatte recht: Ich empfand kein Mitleid für die Kinder. Plötzlich beneidete ich sie darum, dass sie etwas anderes mehr genossen als Äpfel, als Milch, als Honig.

Ich stolperte aus dem langsam rollenden Auto. Die Äpfel in der Gosse waren angestoßen und dreckig. Da entdeckte ich mein Opfer: ein dürres Mädchen, das abseits stand und alles mit hungrigem Blick beobachtete. Ich holte den letzten, schönen Apfel aus der Tasche meines Schutzanzugs. Kniete mich vor sie. Sah ihr in die Augen und entfernte die bittere Schale. Tat, als würde ich das Fruchtfleisch essen.

Dann hielt ich ihr den Apfel hin. Hat je ein Mädchen dieser Farbe widerstehen können?

Ich hab's versucht, dir zu sagen, meinte Aida durchaus bedauernd, nachdem das Mädchen Fruchtfleisch und Schimpfworte ausgespuckt hatte und weggerannt war. *Es gibt schon Forschungen zu diesem Phänomen.* Während ich wieder ins Auto stieg, berichtete sie von einer Studie aus der Zeit der Jahrhundertwende über Kinder, die nur mit Fastfood ernährt worden waren. Ihr Geschmackssinn war abgestumpft, sie waren nicht mehr in der Lage, feine Nuancen zu unterscheiden. *Unsere Stichprobe hier war klein, aber sie bestätigt die Tendenz. Die Gaumen sind ruiniert.* Ich hörte nur halb zu. Mein Blick ruhte auf dem Mädchen, das immer noch den verhassten

Apfel zerpflückte und das Fruchtfleisch auf den Boden schmiss. Irgendwie hatte sie mich missverstanden. Irgendwie musste ich es ihr erklären. Wenn sie nur wüsste –

Sie riss ein Stück Schale ab. Rot, ja, aber so dick und so bitter, dass diese Sorte zum Aussterben verdammt war. Das Mädchen legte sich die Schale auf die Zunge wie eine Abendmahlsoblate. Ihre Miene –

Diese Arroganz, sagte Aida, als ich das Mädchen in der Menge aus den Augen verlor. *Unser Rezept wird unvergleichlich viel besser.* Sie sprach von der Verkäuferin und von den Jianbings. Unsere alten Bohnensorten, unser Einkorn, unsere Valencia-Erdnüsse und Macadamias. *Hast du gehört? Macadamias. Wir nehmen sie jetzt doch mit.* Ich legte die Finger an die Lippen auf der Suche nach letzten Spuren der Apfelschalen, die wir massenweise auf die Straße geschmissen hatten. *Okay, von mir aus scheiß auf die Macadamias. Macht ja nichts, dass ich wegen der Dinger tagelang auf das Übersiedlungskomitee einreden musste. Willst du jetzt vielleicht lieber Marcona-Mandeln? Du musst es nur sagen, ich pflanz dir Mandeln an oder Cashews, was immer du willst. Ich habe ja sonst nichts zu tun. Ich züchte dir neue Sorten. Wenn du nur endlich – verdammt nochmal – MIT MIR REDEST!*

Der Ton der Hupe zerriss die Luft. Es war der Klang der Gewalt, die schon den ganzen Herbst über uns schwebte, wenn wir uns stritten, uns vorsichtig liebten. Es war ein Schreien, ein Heulen. Die Kinder wurden still. *Ich bin nicht blind*, sagte Aida. *Ich merke, dass du unglücklich bist. Sag mir, was du brauchst.*

Es war spät am Tag, spät im Jahr. Spät. Morgens war die Luft auf dem Berg manchmal so klar und scharf wie eine versilberte Klinge. Ich blickte Aida in die Augen.

Ich hatte gelogen, als ich gesagt hatte, ich könne ihre Zukunftsvision nicht sehen. Wie hätte ich sie übersehen sollen, sie lebte ja in ihrem Blick. Über einer dreckigen Welt würde sie saftiges Grün pflanzen, Granatapfelbäume und Dattelpalmen, Macadamias und Arabicas prallvoll mit dunklen Samen. Grau schimmernde Oliven bis zum Horizont. Ein Garten voll Glanz und Herrlichkeit, und mittendrin ein Stück Land für mich. Aida hatte beharrlich daran festgehalten. Ich war diejenige, die sich verändert hatte.

Ich will mehr, sagte ich und legte die Hand auf den Magen, der höher sitzt, als die meisten Leute glauben. Nah am Herzen. *Ich will das Jianbing, das die Verkäuferin macht, wenn sie keine Nussbutter mehr hat. Sie ist nicht arrogant. Ich glaube, sie hat recht. Ich will ein Jianbing von jedem Streetfood-Wagen in Peking probieren, und ich will essen, was diese Kinder zu Hause bekommen, was man nicht in den Kochbüchern vom Le Cordon Bleu findet. Es gibt noch so vieles …* Hilflos sagte ich: *Ich habe dir ja noch nicht mal erzählt, wie sehr ich Essen liebe, das in anderes Essen eingewickelt ist.*

Dann erzähl es mir jetzt.

Ich versuchte es. Ich versuchte es wirklich. *Banh xeo in Hanoi*, sagte ich, *und die durchsichtigen Jianbings mit Entenfleisch in Nordchina*. Ich erzählte ihr von Tacos in Mexico City: Suadero, al Pastor, Gringas. Dosas in Südindien, so lang wie mein Arm und dünner als der Schaft einer Feder. *Oh, Aida*, sagte ich, als ich die Namen der Chutneys durcheinanderbekam. *Wie kann ich nur alles, was ich will, kennenlernen? Irgendetwas wird immer fehlen. Ich habe mich getäuscht mit dem Koriander.*

Tlayudas, sagte sie störrisch, als hätte sie mich nicht gehört. *Blini. Crêpes.*

Im Prinzip sind das französische Jianbings, sagte ich mit ersticktem Lachen.

Pita-Sandwiches.

Pickle Roll-ups.

Calzone.

Bossam!, schrie ich, und die Hunde bellten, und die Kinder jubelten, und durch die Straßen der Mailänder Altstadt echote die fremdländische Erinnerung an sanft gepökeltes Schweinefleisch mit kräftiger koreanischer Bohnenpaste, fest eingehüllt in rote Salatblätter.

Wir fahren noch mal nach Mailand und essen Bossam, willigte Aida ein. *Früher gab es ein paar koreanische Restaurants, obwohl hier nicht viele Koreaner gelebt haben. Aber anständiges Bossam aufzutreiben wird wahrscheinlich scheißschwer sein. Ist mal wieder typisch für dich.* Aber sie grinste dabei. *Na ja, egal. Eine Herausforderung ist immer gut. Wir haben ja noch zwei Jahre, stimmt's? Ich interessiere mich sowieso für roten Salat.* Sie sah das Ganze als die Art von Problem, die sie am liebsten mochte, nämlich eines, das mit Berechnungen und cleveren Strategien zu lösen war und außerdem ihren Garten vergrößern würde.

Trotzdem blieb es immer nur ein Garten, eng und eingezäunt.

Und was ist in zwei Jahren?, fragte ich. *Egal, wo wir hingehen, ich werde wieder allein in einer Küche hocken. Du hattest recht am ersten Tag. Ich bin eine mittelmäßige Köchin. Ich genüge diesem Job nicht. Nicht allein.*

Du genügst mir. Sanft glitten wir durch die dunkler werdende Straße. Die Nacht veränderte die Stadt, auch wenn die Sonne nicht sichtbar war; wir spürten den Übergang mehr, als dass wir ihn sahen, eine Dämmerung, die auch das künstliche Licht nicht abwehren konnte. *Ich brauche dich. So wie das Projekt mich braucht. Zusammen mit meinem Vater, verstehst du? Wir sind gemacht für diese Arbeit. Was wir tun, kann sonst niemand tun.*

Kannst du mal eine beschissene Sekunde lang ein Mensch sein? Die Hunde setzten sich warnend auf. Ich senkte die Stimme. *Und du, Aida, was brauchst du? Nicht dein Vater, nicht das Komitee. Das Projekt ist mir scheißegal. Nur du bist mir wichtig. Du kannst mir doch nicht erzählen, dass du kein Jianbing in Peking essen willst. Oder Bossam in Seoul, stell dir das doch mal vor!*

Sie öffnete die Lippen. Speichel glänzte auf ihren Zähnen. Aber dann schluckte sie und prognostizierte, dass es in einem Jahr keine Streetfood-Verkäufer mehr geben würde. *Pessimistin*, sagte ich. Spöttisch erwiderte sie: *Und worauf gründet sich deine Annahme, dass die Lage sich bessert? Hast du Studien gelesen, die unseren Forschern nicht zur Verfügung stehen? Wenn das so ist, lass es uns wissen. Die würde ich gerne sehen. Wirklich, sehr gerne. Sehr sehr sehr gerne!* Sie drückte aufs Gaspedal, ließ den Motor aufheulen. *Sämtliche Daten, die mein Vater zusammengetragen hat, legen nahe, dass meine Einschätzung realistisch ist. Optimistisch sogar, wenn man dem Komitee glauben will. Sie bremsen mich mit meinen Vorschlägen. Sie halten mich für ein dummes, sentimentales kleines Mädchen. Aber ich kann mehr retten, als sie für möglich halten. Mehr, als du für möglich hältst.* Sie umklammerte das Lenkrad. *Ich sorge dafür, dass es genug ist. Ich schaffe es. Ich muss es schaffen.*

Mit ihrem kühlen und genialen Verstand konnte meine Intelligenz es nicht aufnehmen – musste ich doch immer erst schmecken, um zu verstehen. Ich spürte nur diesen neuen, alten Hunger, dieses Ziehen im Magen, das sprachlose Vertrauen in den nächsten Bissen und den nächsten und den nächsten: bitter von Mehl oder hart von Schale und Kernen, berstend vor Liebe und lebendigem Verfall. Versteckt in Schränken, verrottend unter der Erde, Gifte, die durch menschliche Findigkeit oder Verzweiflung oder eine Arroganz, die meiner Mutter vielleicht gefallen hätte, zur Rettung werden. Stumm drückte ich mich auf die einzige Art aus, die mir zur Verfügung stand. Ich wickelte unser letztes Jianbing aus.

Es war kalt geworden und trocken. Ich wärmte einen Bissen im Mund an. Gab ihn Aida von Zunge zu Zunge weiter. Was ist Gerechtigkeit in einer Welt, in der die Angst herrscht, dass es nie genug ist, in der jedes Bedürfnis immer schon an ein anderes schrammt? Ich bin nicht klug genug, das zu beantworten. Ich glaube nur, dass die Zunge, dieses stumme Biest, in ihrer instinktiven Suche nach Genuss nicht egoistisch ist. Aber durch all die Jahre meines Lebens hat mich die Frage verfolgt, was passiert, wenn der Hunger gestillt ist – bewahren wir diesen Genuss für uns selbst oder teilen wir ihn? Aida kaute. Ihre Augen waren halb geschlossen, die Lider feucht. Ich sah uns auf nie endenden Straßen fahren und in unseren Händen all die Aromen unseres Lebens sammeln, wie Wissenschaftler einst Samen gesammelt hatten. Aus dem Genuss, der sich zwischen uns spiegelte, verdoppelte, vervielfachte, wuchsen unzählige mögliche Welten. Solange ich lebe, werde ich meine Freude auf ihrem Gesicht sehen, werde ich ihr Gesicht als meines sehen.

Keine von uns sah das Kind, das ins Auto griff und einen Hund packte.

Es geht ein Riss durch diesen Tag:
Hundegeheul
Aida dreht sich von mir weg
Dreht das Steuer mit
Das Auto schlingert
Himmelfetzen
Aufprall.
In der dichten, schweren Nacht kommen wir zum Stehen.

Die Kinder stoben auseinander, während die letzten Äpfel wegrollten, unter den Reifen zerquetscht wurden. Überreife Luft. Aida folgte ihren Hunden auf die Straße. Sie waren ausgewachsen, reichten mir bis zur Schulter, und der Boden unter ihren Pfoten war trocken bis auf eine rote Pfütze. Da lag ein Kind, bäuchlings. Die Hunde mit der Schnauze an der feuchten Masse. Aidas Gesicht wurde unergründlich, ein fremdes Material in merkwürdigem Licht. *Ruf sie zurück*, sagte ich. *RUF DEINE HUNDE ZURÜCK.* Und dann fiel mir wieder ein, wie man diesen Ort jenseits der Sprache erreichte.

Ich gab ihr eine Ohrfeige. Ihre Augen wurden schwarz. In diesem Moment hörte sie auf, mich zu sehen. Zwei rote Gestalten ließen vom Kind ab und kamen auf mich zu.

Aida pfiff. Sie gingen zu ihr.

Mein Arbeitgeber erschien mit den Sicherheitsleuten. Aida rannte ihm in die Arme wie ein Kind. Er sprach mit den Polizisten, die mit den Sanitätern sprachen und mit den Schaulustigen und mit der Mutter, die hinter gelbem Absperrband mit Äpfeln und unflätigen Beschimpfungen um sich warf und erst näher kommen durfte, nachdem mein Arbeitgeber einem Polizisten zugenickt, der Polizist mit einem Sanitäter gesprochen, der Sanitäter der Mutter erlaubt hatte, die kleine, schlaffe Hand festzuhalten. Aida merkte nur auf, als ein Polizist auf die Hunde deutete. Sie legte ihrem Vater die Hand auf den Arm. Die beiden tauschten einen Blick, nicht zärtlich wie Aidas Geste, sondern abwägend.

Einen kurzen Moment lang dachte ich, sie wollte mir etwas sagen; im schmalen Spalt zwischen uniformierten Männern sah ich, wie sie den Mund aufmachte. Aber ich konnte ihr nicht in die Augen sehen, Abbild der Augen des Mannes, der hinter ihr stand, die Hand auf ihrer Schulter. Angewidert drehte ich mich weg. *Mein Vater und ich, mein Vater und ich.*

Mein Arbeitgeber fuhr uns zurück. Aida hatte ein Beruhigungsmittel bekommen und war auf dem Rücksitz eingeschlafen. Er erklärte, das Ereignis sei als Unfall deklariert worden. Der Zustand des Jungen habe sich stabilisiert, und er solle am Abend aus dem Krankenhaus entlassen werden, allerdings werde er durch die Hirnblutung eine Behinderung zurückbehalten. Die Ursache für die Verletzung sei zwar der Zusammenstoß mit dem Auto gewesen, doch Zeugen hätten übereinstimmend berichtet, dass der Junge plötzlich auf die Straße gelaufen sei. Weder die Fahrerin noch die Hunde seien für den Unfall verantwortlich. Ich blickte auf meine Füße, zwischen denen Zahlen und Diagramme aus einem Ordner quollen. Mein Arbeitgeber nannte die Summe, die er der Familie des Jungen als Entschädigung zahlen wollte. Er nannte das durchschnittliche Haushaltseinkommen der Region. Er nannte die Unterhaltskosten für die drei Geschwister des Jungen, für die Pflege der alten Großeltern, für Essen und Miete. *Es ist das Beste für sie*, sagte er.

Ich fragte, ob es nicht das Beste wäre, sie dorthin mitzunehmen, wo wir hingehen wollten. *Blutgeld*, wiederholte ich.

Mein Geld ist nützlicher für sie als deine Schuldgefühle, obwohl du die gerne vorbringen darfst. Die Beamten haben sich sehr dafür interessiert, dass eine Ausländerin in die Sache involviert war. Nun?

Ich wünschte, ich könnte sagen, dass ich zögerte, bevor ich den Kopf schüttelte.

Korrekt. Dieses Gesocks kennt keine Gerechtigkeit. Italien den Italienern, sagen sie jetzt. Aber uns haben sie nicht als Italiener angesehen, als das Meer vor dreißig Jahren unsere Insel überflutet hat. Sie haben uns nicht in die Schutzräume gelassen, egal, seit wie vielen Generationen wir hier gelebt und das Land beackert hatten. Mit vorgehaltener Waffe haben sie uns weggejagt. Wie Verbrecher. Ich werde nicht zulassen, dass meine Tochter eingesperrt wird.

Dann lassen Sie sie los. Aida schlief mit ruhiger Miene; ich konnte nicht sagen, wann ich sie in wachem Zustand das letzte Mal so friedlich gesehen hatte. *Sie verlangen zu viel von ihr. Sie wird niemals aufbegehren, weil sie sich nichts so sehr wünscht wie Ihre Anerkennung, aber Sie machen sie kaputt. Lassen Sie es wenigstens etwas langsamer angehen.*

Da erzählte mein Arbeitgeber mir die Wahrheit, oder zumindest einen Teil davon. Ich weiß nicht, warum, es stellte keinen strategischen Vorteil für ihn dar, mich einzuweihen. Ich kann nur vermuten, dass er, obwohl er äußerlich ruhig wirkte, aufgewühlt war. *Wir haben keine Zeit mehr.*

Verbündete hatten ihn informiert, dass das Parlament bald ein Gesetz erlassen wollte, welches das Ende für unseren Berg bedeuten würde. Dem Wunsch der Bevölkerung entsprechend plante Italien, innerhalb eines Jahres den Berg mitsamt dem dazugehörigen geistigen Eigentum zurückzufordern. Sämtliche Bewohner, Forschende und Angestellte würden gehen müssen. Der geschasste Zoologe hatte in seiner Wut so belastende Dokumente geleakt, dass selbst unsere Verbündeten sich nicht mehr in der Lage sahen, gegen die Pläne zu stimmen. *Der Mann hat gegen die Geheimhaltungsvereinbarung verstoßen. Meine Anwälte werden ihn fertigmachen, aber das wird die Sache selbst nicht stoppen. Glücklicherweise hat Kandinsky sich für uns eingesetzt. Er hat uns etwas Zeit erkauft. Aber in einem Jahr werden sie uns verjagen wie die Tiere. Aida muss unser neues Zuhause vorbereiten.*

Selbst im Schlaf bewegte sie sich auf Befehl ihres Vaters. Die Decke rutschte ihr von der Schulter. Ich streckte die Hand danach aus. Hielt inne. Die Hunde knurrten.

Angst kann nützlich sein, sagte mein Arbeitgeber, als er am Straßenrand anhielt. Die Hunde ließen ihn Aida zudecken, ihr die Haare glattstreichen. *Angst war der Wetzstein, an dem die Menschen einst ihren Instinkt geschärft haben, bevor sie es wagten, ein Mammut zu jagen oder übers Meer zu segeln. Manchmal macht mir die Größe von Aidas Vision Angst – aber es ist besser, derjenige zu sein, der die Waffe in der Hand hält.*

Ist das alles, was Aida Ihnen bedeutet? Es schnürte mir die Kehle zu.

Du weißt gar nichts. Sie ist meine *Tochter.* Die lauernde Gewalt in seiner Stimme grollte durchs Auto. *Diese Familie hat noch drei andere Kinder. Aida und ich sind füreinander alles, was wir noch haben. Ich weiß, wofür sie bestimmt ist.*

Er hob eine zitternde Hand. Zeige- und Mittelfinger waren hellgelb verfärbt. Dieses Zittern, ich hätte es von Anfang an sehen müssen: die Symptome eines hoffnungslosen Rauchers. Ich hielt ihm meine Packung hin. Er zuckte kurz, dann öffnete er meine Tür.

Abgesehen vom Krebsrisiko, sagte er, als ich ausstieg, *tötet es die Geschmacksknospen ab. Rauchen ist keine gute Angewohnheit für eine Köchin.*

Auf der Wiese im Schatten des Berges zündete ich ein Streichholz an und dachte zurück an die Zeit vor meiner ersten Brunoise, meiner ersten Mise en Place, als ich den Geschmack des Todes lieben gelernt hatte. Ich hatte in der Küche angefangen, ohne von irgendetwas Ahnung zu haben, brennender Ehrgeiz meine einzige Daseinsberechtigung. Raucher findet man in jeder Küche. Ja, es kostet ein paar Geschmacksknospen, aber wir müssen alle sterben, und das weiß niemand besser als diejenigen, die die Fische töten, das Fleisch von den Eingeweiden trennen und zum Entzücken der Gäste Teller auftragen, von denen alles Blut abgewischt ist. Wir kochen trotz mieser Bezahlung und Rückenschmerzen und zu wenig Schlaf in Wohnungen, die wir uns nicht leisten können, und nach jedem Aufstehen entscheiden wir uns aufs Neue für den flüchtigsten aller Triumphe, erschaffen und sofort verzehrt: Wir wissen es. Wir müssen alle sterben. Ob nach dreißig Jahren Knochenarbeit oder nach sechzig an einem Schreibtisch, egal, wie wir kalkulieren oder planen, entscheiden können wir letzten Endes nur, was unsere Lippen berührt, bevor wir abtreten: Hummer, falls man ihn mag, oder kalte Pizza, falls nicht, ein Zug an der Zigarette, ein Drink, ein Job, eine waghalsige Leidenschaft, roher Fisch, trügerische Pilze, cremiger Käse unter einer Schicht Edelschimmel. Was uns wirklich aufrecht hält, ist unglückliche Liebe und Nikotin und die verdammte Erdnussbutter, scheiß auf die Zusatzstoffe und das Cholesterin, denn das Leben ist endlich, und nicht alle Nahrung kann man bemessen. Als ich an der Hintertür eines Restaurants rauchen lernte und mein Atem sich hinauf in einen trostlosen Himmel wand, lernte ich auch, was es bedeutet, nach der Zunge zu leben, diesem stummen Biest, das weder der Zeit noch dem Geld, weder der Vergangenheit noch der Zukunft gehorcht, treu ergeben einzig einem lebenswerten Jetzt. Ich rauchte meine Zigarette bis zum Filter, und zum ersten Mal taxierte ich meinerseits meinen Arbeitgeber. Er hatte behauptet, jegliche Angst hinter sich gelassen zu haben. Aber das war gelogen. Hinter seiner Maske versteckte sich ein schwacher, ängstlicher Junge. Angst vor Giftstoffen, Angst vor Karzinogenen, Angst vor Überschwemmung und Smog und Demonstrationen und Entropie und allem, was man nicht optimieren, kontrollieren, kaufen und in einen Glaskäfig sperren konnte. Ein von Angst angetriebenes Land, das so verbissen nach Perfektion strebte, dass es bereit war, dafür die ganze Welt aufzugeben.

Aida hatte sich eine Lebensmittelvergiftung zugezogen. Vor den Bergbewohnern spielte ich die besorgte Mutter. Meinen Arbeitgeber speiste ich mit nichtssagenden Entschuldigungen ab. In Wahrheit wollte ich, dass ihr Magen rebellierte, dass ihre Eingeweide sie quälten. Ich wollte, dass die Krankheit ihre harte, glatte Selbstsicherheit aufbrach und sie befreite.

Sie schickte mir eine Nachricht.

Ich habe Riesenlust auf gedämpfte Eier. Irgendwas leicht Verdauliches. Kennst du die koreanische Art? Ihre Schrift war mädchenhaft, kringelig. *Bitte.*

Es war keine Geheimbotschaft dabei. Ich knüllte den Zettel zusammen. Danach kamen keine Nachrichten mehr, und Aida kam auch nicht.

Als es schon Winter war, zog ich Laufschuhe an und verließ das Restaurant unter dem Vorwand, Sport treiben zu wollen. Das letzte Mal war ich mit den Hunden gelaufen, um ein Land zu retten, dessen Daseinszweck ich nicht verstand; damals war ich leichter gewesen, hatte mich mitreißen lassen.

Ich ließ die Tür offen, aber der Kater rollte sich nur zusammen, er sparte seine Kraft. Er wusste, dass er das, was er suchte, auf dem Berg nicht finden würde. Wir waren uns ähnlicher, als ich es mir eingestanden hatte. *Fast geschafft*, sagte ich und strich mit den Fingerknöcheln über seinen zarten Schädelknochen.

Ich war bereit, durch jede Straße und zu jedem Haus zu laufen, wenn es nötig war. Die Bewegung machte mich hungrig, weckte in mir einen kräftigen, konkreten Appetit. Auf Carne Asada mit Pommes frites, schwitzend in einer Styroporschachtel. Auf australisches Feenbrot mit Zuckerstreuseln in Plastikfarben, die aussehen, als würden sie die Korallenriffe überdauern. Auf Jianbing und Sojamilch und Mantou, die in Pekings Hutongs jeden Morgen in langen Reihen feilgeboten wurden; es hieß, die Verkäufer würden ihren Teig mit Bleifarbe weißen, in winzigen Mengen, nicht tödlich, aber süß und süchtig machend, man entwickelte schnell eine gefährliche Leidenschaft. *Jeder Künstler braucht eine Muse*, hatte der Patissier gesagt, und mir kam der Gedanke, dass vielleicht ich die Muse war.

Ich lief zehn Meilen, zwanzig, hundert auf meinen dicken, muskulösen Beinen. Endlich fand ich das Haus des Meteorologen.

Die Tür war nicht abgeschlossen, und er packte gerade. Als ich ihm meinen echten Namen nannte, war er nicht überrascht. *Ich wusste, dass da irgendwas faul ist,* sagte er mit Klebeband zwischen den Zähnen. *Sie sind also Schauspielerin. Was macht das jetzt noch?*

Köchin, sagte ich und fügte hinzu, dass ich Nummer drei auf der Liste war. Er stand auf Platz hundertelf. Hundertzehn Bewohner waren für die Übersiedlung vorgesehen, dazu weitere hundert Angestellte. Der Meteorologe schob eine Kiste zur Seite und blickte mich unglücklich und argwöhnisch an. Die Feindseligkeit ließ ihn zehn Jahre älter aussehen. Er fragte noch einmal, was ihn das alles angehe. *Ich werde auf meinen Platz verzichten,* sagte ich.

Es dauerte lange, bis er antwortete. *Was verlangen Sie dafür?*

Ich bin vertraglich verpflichtet, meine Identität geheim zu halten. Wenn Sie mich verraten, werde ich gefeuert, aber ohne eigenes Verschulden. Sie kriegen den Platz, ich kriege meine Abfindung.

Es geht also um Geld. Sein Misstrauen legte sich. *Aber* – Es gingen Gerüchte um, dass mein Arbeitgeber sich einen Standort im arktischen Permafrost gesichert hatte, wo man sogar eine Nuklearkatastrophe überleben würde. Da konnte doch kein Geld der Welt mithalten. Der Meteorologe wollte unbedingt eine Erklärung. Logik.

Ich zuckte die Achseln. *Ich sehne mich nach einem echten kalifornischen Burrito.*

Er dachte nach, dann schüttelte er den Kopf. Auf ein Stück dickes Papier schrieb er eine Sieben, eine Null, dann wanderte die Hand zurück, verdeckte die Zahlen, er strich etwas durch, schrieb neu, überlegte. Es dauerte lange. Als er mir das gefaltete Papier reichte, sah er mich entschlossen an. Unnachgiebig. Ich musste ihm das Papier aus den Fingern ziehen.

Es war keine Geldsumme, keine Bestechung. Sondern eine Wegbeschreibung. Eine Adresse.

Das Restaurant meines Onkels in Little Persia. Er mariniert sein Carne Asada in Advieh. Er sah mich noch kämpferischer an. *Und ich will jetzt nichts von La Palma oder Tito's hören oder den alten Spruch, man könnte nur in San Francisco einen echten Burrito kriegen. Er macht die besten Burritos in ganz Kalifornien. Sie müssen die Wegbeschreibung noch mal überprüfen – entweder Ausfahrt sieben oder siebzehn. Es lohnt sich. Bis ich achtzehn war, habe ich mich fast ausschließlich von den Dingern ernährt.*

Völlig perplex erwiderte ich das Erste, was mir in den Sinn kam. *Ich dachte, Sie kommen aus dem Ira-*

Er zog eine Augenbraue hoch. Ich wurde rot. Et tu, Brute?

Ich steckte die Adresse ein und fragte ihn, ob er nicht selbst die Burritos seines Onkels essen wolle. Wie erwartet hatte mein Arbeitgeber verkündet, dass niemand das neue, autarke Zuhause je verlassen würde.

Der Meteorologe blickte aus dem Fenster. Nach Westen. *Ich vergeude mein Leben nicht mit Warten, bis die USA die Grenzen wieder aufmachen.* In Amerika herrschte eine starke antimuslimische Stimmung; egal, wie weit unten ich mich auf der Warteliste zur Einreise befinden mochte, der Meteorologe stand noch unter mir. Er hatte Dattelsamen an seine Familie in Los Angeles schicken können, aber er selbst wurde in kein Flugzeug gelassen. *Vielleicht bekomme ich die Chance, unterm Polarlicht Antizyklone zu erforschen, Dinge zu sehen, die noch nie jemand in meinem Fachgebiet gesehen hat –*

Ich weiß noch genau, wie er den Kopf hob, den Blick zum wolkigen Himmel richtete. Es gab noch andere auf diesem Berg.

Auf dem Weg zur Tür sagte der Meteorologe, er sorge sich um meine Sicherheit. Ich beruhigte ihn, mir würde schon nichts passieren. Er zeigte nach draußen und fragte, ob ich die Geschichte vom Riedgras kenne.

Das Gras, erzählte der Meteorologe, sei im Frühjahr gepflanzt worden, nachdem Eun-Young zum ersten Mal versucht hatte, ihren Mann zu verlassen. Sie hatte in Korea ein Familienanwesen auf dem Land renovieren lassen und wollte mit Aida, die damals dreizehn war, dort hinziehen. Aber das Haus brannte unter mysteriösen Umständen ab, obwohl es ein sehr feuchter Winter war. Nach Eun-Youngs Rückkehr bepflanzte mein Arbeitgeber den ganzen Berg mit importierten koreanischen Gräsern. Jeder einzelne Halm ein Zeichen seiner Schuld.

Ob das nun stimmt oder nicht, sagte ich, *letztendlich hat er sie gehen lassen.*

Der Meteorologe sah mich fast schon entsetzt an. *Sie wissen wirklich gar nichts, oder? Wir hatten vermutet, dass er Eun-Young die Kehle durchgeschnitten hat.* Er legte sich die Hand an den Hals. *Als Aida verschwand, dachten wir schon, sie hätte ihn irgendwie gegen sich aufgebracht – und er hätte sie auch töten lassen. Die Leute bekamen ernsthafte Bedenken. Die meisten wollten weg, bahnbrechende Forschung hin oder her. Ich glaube, wenn Sie nicht bewiesen hätten, dass Eun-Young lebt, würde es hier keinen einzigen Investor mehr geben.* Er schwieg kurz. *Ich hoffe, er hat Ihnen gezahlt, was Sie wert sind.*

Ich war so stolz gewesen, bei meinem Bonus ein paar Tausend mehr rausgehandelt zu haben, so überzeugt von meiner Intelligenz, meiner Durchsetzungsfähigkeit. Ich hatte nicht daran gedacht, dass ein Schwindel nur funktioniert, wenn die Beschwindelte glaubt, was sie glauben will. Mein Arbeitgeber hatte dieses Spiel schon gewonnen, bevor es angefangen hatte.

ELF

Ich wurde nicht umgebracht, ich wurde nicht gejagt. Meine Zeit in jenem Land starb am Ende des Jahres eines natürlichen Todes. Der Meteorologe streute die Gerüchte sehr behutsam. Geflüster, stickige Vermutungen, zersetzende Andeutungen, bis meine Identität irgendwann barst wie eine schwere Gewitterwolke. Mein Arbeitgeber ignorierte die Anschuldigungen. Er beendete einfach die Sonntagsdinner. Falls ich heimlich auf einen Aufstand gehofft hatte, durch den Aida vielleicht von ihren Verpflichtungen befreit worden wäre, so bekam ich diese Genugtuung nicht. Inzwischen waren alle übrig gebliebenen Bewohner Investoren geworden und durch ihr Geld untrennbar mit dem Land verflochten. Ihre Namen standen auf der Liste: Sie brauchten die angebliche Eun-Young nicht mehr.

Kaum etwas lenkte mich jetzt noch vom sich verschlechternden Gesundheitszustand des Katers ab. Sein Bauch wurde immer aufgedunsener, gleichzeitig verlor er büschelweise Fell. Ich trug ihn wie eine Zimmerpflanze von einem sonnigen Fleck zum nächsten und bereute es, dass ich Aidas Angebot, ihn zum Tierarzt zu bringen, nicht angenommen hatte.

Ich erhielt Briefe, adressiert mit meinem Namen. Ich war eine Fotze, das eine oder andere Ungeziefer, eine Prostituierte – entweder eine sehr billige oder eine sehr teure, je nachdem, wer den Brief geschrieben hatte. Gäste, die früher kaum Englisch gesprochen hatten, formulierten ihre Abscheu sehr sorgfältig in dieser Sprache.

Einige wenige Nachrichten waren freundlich. Ein Tycoon aus Spanien, der es nicht auf die Liste geschafft hatte, bot mir eine Stelle als Privatköchin auf seinem Anwesen in Chihuahua in Mexiko an, und einen glückseligen Abend lang träumte ich von einer Fahrt an die amerikanische Grenze. Der Meteorologe schickte mir noch mehr Restaurantempfehlungen für Los Angeles: Mapo-Tofu-Lasagne, Pasta aus dem Parmesanlaib, nur weil es so spektakulär aussah, Pupusas, Cha Gio, Tahdig im Restaurant seines Onkels, und keiner von uns verschwendete einen Gedanken daran, ob diese Restaurants überhaupt noch existierten. Das Küchenpersonal hatte die Anweisung erhalten, mich zu ignorieren. Aber manchmal, im Vorbeigehen, konnten sie nicht anders, als mich anzusehen – *mich*. Einmal bekam ich sogar eine Zigarette angeboten.

Die letzte Begegnung mit meinem Arbeitgeber war kurz. Er ließ mich in ein Speisezimmer rufen, in dem jetzt seine Computer und Schautafeln standen. Ich erhaschte einen flüchtigen Blick auf die Bücherregale: *Der Staat* von Platon, Genetik-Lehrbücher, dicke Wälzer mit dem Aufdruck *Utopia*. Chromglänzende Stadtsilhouetten auf den Buchdeckeln.

Ich sollte dich wegen Vertragsbruch feuern. Er schrieb etwas und hob nicht mal den Kopf. Auf dem Tisch lag mein Vertrag, aufgeschlagen nicht auf der Seite mit der Geheimhaltungsvereinbarung, sondern bei einem kleineren Paragraphen, den ich nur überflogen hatte. Im Rahmen einer Auflistung üblicher Arbeitsanforderungen fanden sich auch Bestimmungen zu Hygiene, Körperpflege und Gewicht. *Aber meine Tochter hat darauf bestanden, dass wir dir die Abfindung zahlen.*

Er drückte den Stift ins Papier. Welche tiefen Scharten, welche stille Wut in diesem Mann, der sich auf ewig an den Erwartungen derer messen würde, für die er nicht gut genug war. Ich trug meinen alten Pulli, eine ausgewaschene Hose. Seit meiner Ankunft im Land hatte ich fast zehn Kilo zugenommen. Ich fühlte mich so stark wie seit Jahren nicht mehr, hatte einen klaren Kopf. Mein Arbeitgeber bot mir einen neuen Vertrag an. Eine kleinere Rolle, keine Teilnahme an den Essen, aber ein Platz auf der Liste. Ich lehnte ab. Jetzt endlich hatte ich seine ungeteilte Aufmerksamkeit.

Dieselben kalten, ewigen, schwarzen Augen. Dem Gesicht drum herum war die Erschöpfung anzusehen. *Das würdest du nicht tun, wenn du wüsstest, was der Verlust von Eun-Young mit ihr gemacht hat.*

Und was haben Sie mit Eun-Young gemacht?

Er hielt mir die Tür auf, auch das eines seiner Rituale. Er kam gern zu nah, stellte sich zwischen Tür und Gast, so dass man entweder mit eingezogenem Kopf unter seinem Arm hindurchhuschen musste oder gezwungen war, eine Bitte auszusprechen. Ich verweigerte ihm beides. Als ich mich an ihm vorbeizwängte, den Kopf hoch erhoben, so dass ich seinen Ärmel berührte, erinnerte er mich daran, dass Leute wie ich nicht viele Chancen bekämen. Er hätte auch sagen können: *Leute wie wir.* Er ließ mir nur einen schmalen Spalt, als wäre ich viel dünner, als wäre ich noch Eun-Young, und dann, als ich mich genau zwischen ihm und der schweren Tür befand, machte er einen Schritt nach vorn. In seinem Gesicht stand weder Boshaftigkeit noch Triumph, es war der kühle, distanzierte Blick einer Kreatur, die aus purem Instinkt handelt. Er presste den Oberkörper gegen meinen. Seine Schulter drückte sich in mein Gesicht. Während mir alle Luft aus der Lunge gequetscht wurde, stieg mir der Geruch seines Rasierwassers in die Nase: Zitrone und Riedgras, der Duft seines Briefpapiers. Keine Hand würgte meine Kehle, keine Fingernägel gruben sich ins weiche Fleisch meiner Wange. Da war kein Laut, keine Hektik, kein Schlag, und noch nach all diesen Jahren fällt es mir schwer, es als

Gewalt zu bezeichnen, war es doch nur die logische Fortführung der Rolle, für die ich bezahlt worden war: ein Mensch, der kleiner und kleiner und kleiner gemacht wurde, bis es automatisch in dieser blutlosen Auslöschung endete. Ich rang nach Luft, meine Lunge kämpfte um Sauerstoff, vergeblich. Unerbittlich drückte er weiter. Vor meinen Augen tanzten Flecken, es wurde dunkel. Ich sagte: *Aida.*

Dann ließ der Druck nach. Ich spürte Teppich unter den Fingerknöcheln, hörte mich selbst keuchen, merkte, dass ich neben der Tür lag. Mein Arbeitgeber saß wieder am Schreibtisch und schrieb. Er sah nicht auf, als ich gebeugt, mit schmerzender Brust aus dem Zimmer ging.

Wissen Sie was, sagte ich, als ich über die Schwelle war. *Sie sind überhaupt kein Spitzenräuber. Sie sind ein Parasit.*

Mach die Tür zu, sagte er.

Später habe ich die Daten überprüft. Das letzte Treffen mit meinem Arbeitgeber fand ungefähr zur selben Zeit statt, zu der Kandinsky sich aus dem Projekt zurückzog und die Gelder knapp wurden. Das Raubtier verkümmerte zu einem Aasfresser. Vielleicht sogar ausgerechnet an dem Tag, als ich bei ihm war, vielleicht schrieb die Hand, die mit solcher Gewalt etwas aufs Papier kritzelte, schon eine Antwort an Kandinsky. Aber wahrscheinlich geht meine Phantasie mit mir durch. Immer wieder habe ich mir vorgestellt, wie mein Arbeitgeber die Nachricht liest, dass Kandinsky seine Zahlungen gestoppt hat, dass in Kandinskys Betrieben keine Teile mehr hergestellt werden; ich habe mir vorgestellt, wie er es seiner Tochter mitteilt. Gefasst oder wütend? Wie ein Vater, der sein Kind tröstet? Ein Arbeitgeber, der eine Angestellte ausschimpft? Hat er es ihr überhaupt gesagt, oder hat er, wie ich inzwischen glaube, mit eigener Hand den Brief zusammengeknüllt, mit eigener Hand die Tatsachen verschleiert, mit eigener Hand die erste

Erde ins Grab geworfen? So sehr ich auch versuche, den Schritten seines effizienten, rücksichtslosen Geistes zu folgen, ich schaffe es nicht. Mein Fuß findet keinen Halt. Dieser Mann ist mit den anderen weit, weit vorne, weiter, als ich sehen kann.

Aida –

Sie sehe ich nur zu gut.

Ich ging dem Abschied aus dem Weg. An meinem letzten Tag im Land war sie diejenige, die zu mir kam, in einem ungewohnt dezenten Auto. Grau. Leise. Auf weichen Sohlen blieb sie auf der Schwelle stehen.

Das solltest du lieber nicht machen, sagte sie.

Ja, ja, Lungenkrebs, Geschmacksknospen. Ich blies den Rauch von ihr weg. *Keine Sorge, ich bin gleich fertig.*

Lass dir Zeit. Sie lehnte sich gegen die Tür. *Der Geruch stört mich nicht. Er erinnert mich an …*

Holzkohle? Kaffee?

Ich bin nicht blöd. Ich hab's die ganze Zeit gewusst. Sie streckte die Hand aus. *Es riecht nach dir.*

Sie war steif, nervös und sehr jung, als sie ihre erste Zigarette nahm. Sie ließ sich von mir ein Streichholz geben, wie sie sich auch andere Kleinigkeiten hatte geben lassen. Ein letztes Mal sah ich ihr Gesicht aufleuchten: Skepsis und Beklommenheit und Überraschung und Widerwillen und Konzentration und dann Genuss, weich und neu wie bei einem Tier, das aus dem Bau kriecht. Ich beobachtete sie beim Rauchen. Es war Dezember. Das Licht hatte sich verändert, war kälter, stechender geworden. Es sah fast nach Schnee aus. Sie inhalierte mit großen Augen, und jetzt merkte ich, dass sie nicht vollkommen schwarz waren. Sie leuchteten warm im Schein der Glut. *Nicht meinem Vater verraten*, sagte sie, bevor sie hustete, ausatmete, auf den Geschmack kam, sich entspannte und mir wieder ein neues Gesicht zeigte: das einer Raucherin, die heimlich etwas Verbotenes tat, begeistert von ihrer Aufmüpfigkeit und endlich frei vom Zwang, perfekt zu sein.

Hast du solche Angst vor ihm?, fragte ich.

Es ist anders als früher. Nach dem Vorfall mit dem leitenden Zoologen war Aida aus dem Übersiedlungskomitee geflogen, ihre Tätigkeitsbereiche waren eingeschränkt worden, und sie hatte keinen Zugang mehr zu den Top-Sicherheitsbereichen. *Aber Angst? Das ist doch lächerlich. Er ist schließlich kein völliges Monster.*

Ich knöpfte meine Strickjacke auf. Meine Brust war von blauen Flecken gesprenkelt wie gequetschtes Obst. Sie starrte darauf, und als sie den Blick abwandte, war mir klar, dass sie Bescheid wusste. *Gott, was ist er für ein beschissener Idiot*, sagte sie, ein schwaches Echo ihres alten Temperaments. *Na ja, aber man muss sich entscheiden, an welcher Front man kämpfen will. Er ist nun mal ein Hitzkopf. Genau wie ich.*

Du bist nicht er. Trotz der Kälte ließ ich die Strickjacke offen. *Aida, hör mir zu. Du bist nicht er. Du musst das nicht mitmachen.*

Sie knibbelte an ihrer Nagelhaut. *Egal, wie viele Fehler er hat – und glaub mir, ich weiß, dass es viele sind –, in Mailand hat er mich beschützt. Uns beide. Du musst das große Ganze sehen. Er und ich –* Sie schüttelte den Kopf, als müsste sie die Worte loslösen. *Er kennt meine schlimmsten Seiten und hat mich nie verurteilt. Nie. Mein Vater, ich – was bleibt mir denn, wenn er mich auch verlässt?*

Etwas von mir lebt in der abwartenden Stille, die diese Frage umgab. Ich wünschte, dieses Etwas wäre klüger, milder, weniger kurzsichtig gewesen. Heute sehe ich die abgekaute Haut an ihren Fingern und die Angst, die sich in ihrem Blick versteckt, die Frage hinter der Frage. Ich hätte die Worte aussprechen können, die sie aus dem Bann des Berges befreit hätten. Ich tat es nicht.

Du und dein Vater, sagte ich verbittert.

Ich habe auf dich gewartet. Du bist nicht gekommen.

Du auch nicht.

Sie schloss die Lippen um die Zigarette wie ein Profi. Inhalierte. Ihr Gesichtsausdruck –

Wir gingen ins Haus. Ich hatte schon gepackt, nur der Kater fehlte noch. Sie fragte, wohin ich gehen wollte. *Mexiko vielleicht*, sagte ich, während ich unter den Möbeln suchte. *Paris, falls sie mich reinlassen*. Ich hatte gehört, dass in der Schweiz hier und da die Luft milder wurde, ein wenig Licht durchbrach. *Ich habe wahrscheinlich Verwandte in Peking und Seoul. Vielleicht gehe ich eines Tages hin. Treffen wir uns da mal?*

Würde ich gern, aber geht nicht.

Bei ihr tippte ich auf die Südspitze von Chile, Finnland oder eine unterirdische Anlage im arktischen Permafrost. Sie blickte nach draußen auf die Winterwiese, antwortete nicht. Warum, Aida, wozu dieses schroffe Schweigen? Hast du es gewusst? Hast du es gewusst? Hast du es gewusst?

Willst du sehen, was ich dir mitgebracht habe? Sie griff in ihre Jackentasche. *Unser erster Bärlauch.*

Der scharfe, grüne Geruch brannte mir in den Augen. Man konnte Aida leicht missverstehen, wenn man nur auf ihre Worte hörte, auf das Klirren der Rüstung, die die Sehnsucht geschmiedet hatte. Sie beherrschte auch eine andere Sprache, die sich durch Nahrung mitteilte, verschlüsselt im Wissen, was mich sättigte. Vielleicht hätte ich Aida missverstanden, wäre ich nicht selbst mit dieser Sprache aufgewachsen: Pop-Tarts, die meine Mutter zu meinem ersten Schultag kaufte, zum vollen Preis; eine Schüssel mit geschnittenem Obst, die sie nach einem Streit für mich auf den Tisch stellte. Leuchtende Früchte im Lampenlicht. Kostbarer Glanz.

Der Geruch des Bärlauchs lockte den Kater aus seinem Versteck. Ich griff nach ihm, während Aida mit einem Hauch ihres alten Stolzes berichtete, wie sie das Komitee überzeugt hatte, diese Gemüsesorte noch mitzunehmen. *Ich bin vielleicht untendurch, aber für Biodiversität setze ich mich trotzdem ein.* Dann diskutierten wir über Zwiebeln, Knoblauch, die beste Aufbewahrungsmethode für Lauch. Aber als ich fragte, was mit dem aussortierten Saatgut passierte, als ich vorschlug, sie könne mir die Reste mitgeben, explodierte sie. *Was kannst du denn schon ausrichten mit deinem Diplom in Gefühlsduselei?*

Wir schwiegen. Sie strich sich mit der Hand durch die Haare. Dann sagte sie, sie werde es versuchen, und das gab mir den Mut, meine wahre Bitte auszusprechen.

Ich hielt ihr den Kater hin. Er war nur noch Bauch und Knochen. *Nimmst du ihn? Du kannst dich besser um ihn kümmern als ich. Und wenn du recht behältst, wie es mit der Welt weitergeht – dann wäre es mir lieber, er ist bei dir.*

Sie verzog das Gesicht. *Er wird das nicht mehr erleben. Geh mit ihm zum Tierarzt. Die meisten werden dir sagen, noch ein oder zwei Jahre.*

Ich musste an den Labortechniker denken, der mir den entlaufenen Kater zurückgebracht hatte und mir nicht in die Augen sehen wollte. Im langen Korridor grauer Jahre ging ein weiteres kleines Licht aus. Ich fragte, warum sie es mir nicht gesagt hatte, und sie zögerte eine ganze Weile; dann nahm sie zum letzten Mal mein Gesicht in die Hände. Diese letzte Berührung war anders. In ihrem Atem auf meiner Wange lag keine Begierde; keine lustvolle Spannung, kein Verlangen sprach aus der Daumenbewegung, mit der sie mir die Tränen von den Lippen wischte. Sie reagierte auf meine Trauer so unerotisch, so sorgend, so hilflos wie bei einem verletzten Spatz oder Hund, und jetzt wusste ich, was der Schimpanse empfunden hatte, als sie ihm die Hand an die Wange gelegt hatte. Was auch immer sie über Arten und Ökosysteme dachte, welche Ansprüche auch immer sie an sich selbst und an uns alle stellte: In diesem Moment durfte ein einzelnes Wesen das Glück erleben, in ihren Händen zu sein. Diese Fürsorge. Mochten ihre Widersprüchlichkeiten, ihre verletzende Scheinheiligkeit mich rasend machen – in diesem Moment bekam ich vielleicht keine Antwort, aber doch eine Wahrheit.

Ich wollte, dass du glücklich bist, sagte sie, als meine Tränen getrocknet waren. *Das war mein einziges Ziel. Wahrscheinlich hasst du mich dafür.*

Ich hasse dich nicht, Aida.

Sie wischte sich die Hände am Pulli ab. Steckte sie verlegen in die Taschen, unter die Achseln. Der Kater lag unbekümmert auf dem Boden, der Einzige, der nicht wusste, wie es um ihn stand. Aida kniete sich hin. Legte die Hände auf zwei seiner kahlen Stellen, als wollte sie sie wärmen. Ich tat es ihr gleich. Zwischen uns beiden sah der Kater für kurze Zeit unversehrt aus. *Es tut mir wirklich leid,* sagte sie, als er zu schnurren anfing. *Ist eine schlechte Angewohnheit von mir. Meine Mutter war überzeugt davon, dass Unwissenheit ein Segen ist. Sie hat immer gesagt, wir wären von all den Abscheulichkeiten dieser Welt verschont geblieben, wenn Eva nicht den Apfel gegessen hätte. Ich habe ihr gesagt, ich würde immer den Apfel essen.*

Ich auch. Und die Granatäpfel und die Jianbings und die Doritos und den ganzen Rest. Ich räusperte mich. *Und danke, übrigens. Für die Abfindung. Jetzt kann ich entscheiden, was ich machen will.*

Siehst du? Sobald man Leute entscheiden lässt, entscheiden sie falsch.

Sie mache auch nicht immer alles richtig, erwiderte ich scharf, und überraschenderweise gab sie mir recht. Sie lockte den Kater auf ihren Schoß und erzählte mir, wie sie versucht hatte, zur Familie des verletzten Jungen zu fahren. Als Geschenk hatte sie ein selbstgebackenes Brot mitgenommen, als Ausdruck ihrer Freude, dass das Kind wie durch ein Wunder nicht schwer verletzt worden war. Ihr Vater habe ihr erklärt, dass gerade oberflächliche Kopfwunden sehr stark bluteten, der Junge sei wieder ganz gesund geworden. Das Brot war frisch gebacken, aus dem besten Getreide des Berges. Sie wollte sich entschuldigen. Aber noch bevor sie das Haus erreicht hatte, riss der Mob auf der Straße ihr das Brot aus der Hand und warf es in den Dreck. Die Leute brüllten sie an, sie solle verschwinden. *Siehst du, sie wollen uns hier nicht mehr. Wir haben die richtige Entscheidung getroffen.*

Ich widersprach ihr nicht, und ich riet ihr auch nicht, von ihrem Vater die Wahrheit zu verlangen. Die Frage, was Aida mit dieser Information angefangen hätte, brennt und brennt in den Ruinen jenes Jahres. Ich wollte eben auch, dass sie glücklich war. *Bestimmt war es ein sehr gutes Brot,* sagte ich.

Ich kann noch eins backen. Der Teig braucht achtzehn Stunden Ruhezeit. Dann essen wir es morgen zum Frühstück.

Ich kann nicht.

Ich habe nächste Woche Geburtstag. Im Januar. Kannst du nicht bis dahin noch bleiben?

Als ich wiederholte, dass ich abreisen würde, sah sie mich voller Wut an. Aber dann sagte sie ganz leise: *Vielleicht in einem anderen Jahr. Wenn wir alt und schlapp sind und ich alles getan habe, was ich tun muss, dann kannst du vielleicht eines Tages kommen und dir ansehen, was ich gemacht habe. Und mein Brot probieren. Mir dein Jianbing-Rezept mitbringen. Peking und Seoul klingt gut. Vielleicht –*

Ich habe nie wieder mit ihr gesprochen.

Ein Jahr später sah ich sie überall. Da war ich schon in Paris. Die Abfindung war auf meinem Konto eingegangen, eine größere Summe, als ich je in meinem Leben gesehen hatte, viel größer als im Vertrag festgelegt, so furchterregend wie der Anblick des Himmels bei meiner Ankunft im Land, wo Milch und Honig fließen. Gleichzeitig erhielt ich eine unbefristete Aufenthaltsgenehmigung für Frankreich und eine Nachricht. *Es ist leider nicht Amerika, aber wenigstens kannst du Freedom Fries essen.* Lange überlegte ich mir verschiedene Retourkutschen für den Fall, dass ich doch noch einmal durch die verschlossenen Tore am Berg schlüpfen könnte. Ich fragte mich, ob ich mich verrechnet hatte, ob ich ihre Großzügigkeit unterschätzt und es mit meinem Stolz übertrieben hatte. Ich mietete ein Hotelzimmer und lebte so lasterhaft, wie ich wollte. Handy oder Computer kaufte ich mir nicht, ich kontaktierte auch keine alten Bekannten, ich zitterte vor der Größe der Welt.

Ich ging nur im Dunkeln aus dem Haus. Der Kater verzichtete darauf, mich zu begleiten. Ich zog durch die Bistros der Umgebung mit ihren geschrumpften Speisekarten, durch die Cafés mit ihren Sonnenschirmskeletten und setzte mich ab und zu in eines der wenigen Gourmetrestaurants, die Paris sich aus Gründen des Nationalstolzes noch erhalten hatte. Staubiger Samt. Feines Geschirr. Kellner mit den geschundenen Gesichtern von Kriegsveteranen. Von Zeit zu Zeit, wenn ich betrunken oder verzweifelt genug war, um meine Würde zu vergessen, klopfte ich an die Tür des freundlichsten Hauses, das ich finden konnte, und bat die Bewohner um einen Happen ihres Essens. Ich schob Bargeld in die Wärme, während mir das Herz bis zum Hals schlug.

Als ich eines Abends unterwegs war – schwach erleuchtete Brasserie, nur der Gastwirt hinter der Theke –, sah ich sie plötzlich im Fernsehen.

Monte-le, sagte ich und erstickte fast an einem Crouton. Der Barmann streckte mit so quälender Langsamkeit die Hand nach dem Lautstärkeregler aus, dass ich schon glaubte, ich würde sterben, während ich wartete, am trockenen Brot würgte, Aida vor mir sah. Da war nur ihr Gesicht, flach auf dem Bildschirm, die Ränder des Fotos abgeschnitten, keine extravagante Kleidung zu sehen. Es folgte das Gesicht meines Arbeitgebers, das Gesicht des Meteorologen, die Gesichter von Gästen, für die ich gekocht hatte. Als Letztes war lange der Himmel zu sehen, den ich mit einem stechenden Schmerz hinter den Augen als den Himmel jenes Landes erkannte. Lichtblau, herzzerreißend, wolkenlos. Ich hörte den Fernseher nicht. Ich hörte nur Aidas Stimme, voller Echos, als käme sie aus einem Auge aus Glas: *Nie mehr auf dieser Erde.* Die Rakete startete von einer Rampe unter der leeren Wiese am Fuß des Berges. In ihrer ganzen Klarheit stieg sie empor zu einer neuen Welt, bewegte sich mit schrecklicher Gewissheit, und dann, als sie schon fast verschwunden war, erblühte sie. Ein Jahr nachdem ich das Land verlassen hatte, gebar der Himmel eine Wolke, die keinen lebensspendenden Regen brachte, sondern Feuer und Schwefel und, so schien es mir zumindest, das Gebell tiefroter Hunde, als das Raumschiff auf dem Bildschirm explodierte.

Ich rannte auf die Straße. Sah nach oben. Der Barmann lief mir hinterher und hielt mich am Arm fest. Grollend drehte ich mich um, ich hätte ihm mit den Zähnen den Hals zerreißen können. Aber sein Bedürfnis war einfach. Ich drückte ihm Geld in die Hand.

Erst später verstand ich, dass in der Bar eine Wiederholung gelaufen war; an meinem Himmel hätte ich Aida gar nicht sehen können. Ich kaufte mir einen Laptop und las Theorien über die Explosion. Dass das Triebwerk, nachdem Kandinsky ausgestiegen war, in einer zweitklassigen Fabrik überstürzt zusammengeschustert worden war. Dass das Marsbesiedlungsprojekt nicht die standardisierten Tests durchlaufen hatte, sondern wegen eines zu knappen Budgets mit Simulationen und Projektionen aus früheren Raketenstarts gearbeitet hatte. Dass der Start aus Angst, die Basis am Fuß des Berges zu verlieren, ein Jahr früher als geplant stattgefunden hatte. Dass die Passagiere nichts von der Missachtung der Vorschriften gewusst hatten. Noch krassere, wildere Theorien. Dass die Passagiere betäubt und bewusstlos an Bord gebracht worden waren. Dass die Passagiere Bescheid gewusst hatten und Teil eines gruseligen Todeskults oder eines Menschenzuchtprojekts waren. Dass die italienische Regierung das Projekt sabotiert hatte. Dass die Arbeiter, die das Raumschiff gebaut hatten und nicht mitdurften, es sabotiert hatten. Dass es zu viele Passagiere gewesen waren, zu viele Tiere, zu viele Pflanzen, zu viel Leben mit zu viel Gewicht, zu viel Gier, zu viel Optimismus, zu viel Zynismus, als dass man es jemals bis zum Mars hätte schaffen können. Dass es Passagiere gab, die die Explosion überlebt hatten. Dass die Passagiere nie an Bord gegangen waren. Dass der Besitzer des Raumschiffs, ein mehrfach wegen Betrugs vorbestrafter Geschäftsmann, das dem Untergang geweihte Projekt durchgezogen hatte, weil es der einzige Weg war, seinen Schulden zu entkommen, und dass er selbst mitsamt seiner Tochter gar nicht an Bord des Raumschiffs gewesen war. Dass sie mit einer neuen Identität weiterlebten. Das Bild, das die Leute sich von Aida machten, spielte in vielen Theorien eine wichtige Rolle. Unschuld und Tragik wurden wie Make-up auf ihr junges Gesicht gekleistert, verfälschten und entwürdigten es. Ich stellte mir vor, wie sie endlich hoch oben im Nichts den gewaltigen Schub erreichte, der sie von der Erde lösen sollte, eine Schwerelosigkeit, die sie im Tanz nicht gefunden hatte. Endlich würde sie die verschwenderische Schönheit einer Welt unbegrenzter Möglichkeiten erleben, die sie mit unbändiger Intelligenz und eisernem Willen selbst erschaffen hatte. Wir müssen alle sterben. Uns bleibt, wenn wir privilegiert sind, einzig die Entscheidung, ob der Tod mit Gewimmer oder mit einem Knall kommt – und von welchen Welten wir kosten, bevor wir für immer gehen. Ich denke, sie hat sich für den Knall entschieden. Nur ganz selten erlaube ich mir die Erinnerung daran, wie sehr sie Torrone und Terrine liebte, wie ihr Gesicht sich beim Tanzen in wüster Freude verzog, und dann denke ich …

Ihr Gesicht war überall, es war Aida, aber es sah nicht aus wie sie, sondern war wieder und wieder überklebt, bis es glatt und fremd war, ein Zeichen ohne jede Bedeutung.

ZWÖLF

Ich lebte noch fünf Jahre in Paris. Die Explosion löste mich aus meiner Erstarrung. Irgendwann klappte ich meinen Laptop zu und kaufte mir im hügeligen achtzehnten Arrondissement eine Wohnung, aus der ich den Horizont im Blick hatte. Es war noch nicht allzu lange her, dass ich Grün gesehen hatte, und das ließ mich glauben.

Das Marsbesiedlungsprojekt verwandelte den Planeten, wenn auch nicht ganz so, wie sie es sich vorgestellt hatte. Das katastrophale Scheitern der Mission schaffte, was Moral nicht geschafft hatte: Es brachte die Reichen zum Nachdenken. Dutzende in aller Heimlichkeit geplante Fluchten ins Weltall wurden auf Eis gelegt. Niemand wollte sterben beim Versuch, den anderen voraus zu sein, und kein Investor wollte durch eine solche Aktion sein gesamtes Kapital verlieren. Ein berühmter Hedgefonds-Manager verkündete im Fernsehen mit markigen Worten, wie unklug es sei, all seine Hoffnungen und Ersparnisse an ein einziges, hochriskantes Projekt zu binden. Er sagte: *Es ist sehr viel klüger, zu diversifizieren und nach bewährten Lösungen zu suchen.* Mit »Lösungen« meinte er die Erde, und mit »bewährt« meinte er auch die Erde, und die Businesssprache zeigte bei den Businessleuten Wirkung. Auf einmal flossen private Investitionen in Forschungsprojekte zur Luftreinigung und in die Entwicklung von Nutzpflanzen; aber obwohl es stimmt, dass achtzig Milliarden Euro in die Technologie gesteckt wurden, mit der es schließlich gelang, den Smog zu beseitigen, obwohl es stimmt, dass diese Lösung sich sonst nicht so schnell verbreitet hätte, entspricht es doch nicht der Wahrheit, dass die Investoren, wie sie später behaupteten, die Welt gerettet hätten. Die Wahrheit ist, dass kein Mensch die Welt gerettet hat. Die entscheidende Innovation, hervorgebracht von einer Löwenzahnart, wurde im früheren Labor des iranisch-amerikanischen Meteorologen in Berkeley nur weiterentwickelt. Dem Unkraut war es gelungen, mit einfachen Zuckermolekülen Smogpartikel zu binden und unschädlich zu machen. Schon vor ihrer Entdeckung war diese Mutation jahrelang still und heimlich in der freien Natur am Werk gewesen. Dank Wolkenimpfung regneten nun dunkle Körnchen wie Sporen auf die Städte.

Dann erlebte ich, wie die Geschichte umgeschrieben wurde, wie aus Demut und überwältigender Dankbarkeit am Ende Stolz auf den Triumph des Guten im Menschen wurde – ein Stolz, der nur im Kontrast mit dem Bösen funktionierte. Als mein Arbeitgeber des zweihundertneunfachen Mordes schuldig gesprochen wurde, brandete Jubel durch die Straßen; das Gericht hatte genau acht Minuten lang beraten. In meiner Wohnung im vierten Stock klang eine begeisterte Menschenmenge nicht anders als eine wütende, und ich verriegelte meine Tür, schluckte eine Tablette und schlief in der alten, drückenden Angst, ausgestoßen zu werden. Das Urteil war eindeutig. Also schottete ich mich von meiner Vergangenheit ab. Als die Reporter an die Tür klopften, hatte ich schon eine steinerne Gruft gebaut und den Berg zu Grabe getragen. In einer öffentlichen Entschuldigung distanzierte ich mich mit ein paar knappen Sätzen – von ihm, von ihnen allen, vom Berg und der Rolle, die ich dort gespielt hatte. Das Saatgut, das ich aus dem Land gebracht hatte, spendete ich, anonym und zusammen mit einer Festplatte, auf der in mädchenhafter Schrift FORSCHUNGSERGEBNISSE stand. Ich versuchte, die Vergangenheit hinter mir zu lassen.

Aber diesen Plan hatte ich ohne die ehemaligen Bergbewohner gemacht. Sie geisterten überall durch die Medien, und obwohl sie mit ihren sehr unterschiedlichen Schilderungen der Ereignisse und der Schuldigen den Sensationshunger des Publikums bedienten, erschien ich zu meiner Überraschung in diesen Geschichten stets auf ihrer Seite. Man brauchte ein sympathisches Opfer, und die Bewohner beschrieben ausführlich, wie schwach, hilflos und kindlich naiv ich gewesen sei. Das Essen allerdings, so erklärten sie allesamt großmütig, sei phantastisch gewesen.

Ich eröffnete in Paris ein Restaurant der mittleren Preisklasse mit der italienisch und chinesisch-amerikanisch geprägten Küche, die sich im Laufe der Zeit durchsetzen würde. Chiliöl und Ricotta fanden darin ebenso Platz wie Mungomehl, Löwenzahn- und Eschenblätter. Mein Restaurant war das erste seiner Art und einigermaßen erfolgreich. Ich expandierte auf ein halbes Dutzend Standorte, bevor Paris von jungen, hungrigen Köchen zurückerobert wurde.

Sie kochten mich an die Wand. Die Mangeljahre hatten sie zu unorthodoxen Feinschmeckern gemacht, die genauso selbstverständlich mit Beurre blanc wie mit Regenwürmern und Dosenbohnen arbeiteten. Sie sammelten Pilze von Mülldeponien und verwendeten knusprig geröstetes Proteinpulver. Einmal aß ich in einem solchen Restaurant, als es noch ein kleiner Pop-up-Laden war. Kahle Wände, ein Sammelsurium von Besteck. Aber beim ersten Bissen flammten neue Welten auf wie bunte Tücher, die ein Zauberer aus dem Hut zieht, ein wilder Kosmos, der ihre Heimat in Hungerzeiten gewesen war, während ich auf einem Berg die Speisen untergegangener Reiche nachgekocht hatte. Erst schmerzvoll, dann freudig machte ich der nächsten Generation Platz. In meiner neuen Rolle als Restaurantinvestorin erhielt ich ironischerweise mehr Anerkennung, als ich in der Küche je bekommen hatte.

Die jungen Köche rühmten meine Solidarität, meine Freundlichkeit, meinen Radikalismus, meinen Weitblick und so weiter – aber all dem lag nicht mehr und nicht weniger als mein eigener, persönlicher Hunger zugrunde. Hier konnte ich kosten, was ich mir selbst nicht hätte ausdenken können. Genau dafür hatte ich ein Königreich aufgegeben.

Jahre später öffneten die USA die Grenzen und entschuldigten sich für die landwirtschaftlichen Tests, die zur Entstehung des Smogs beigetragen hatten. Nachdem das Land in der Hungersnot so viele Arbeitskräfte verloren hatte, wollte es jetzt wieder Immigranten eine neue Heimat bieten. Ich war willkommen und flog wohlhabend und schuldenfrei nach Kalifornien.

Ich brachte den Kater nach Hause.

Er lebte länger, als Aida vorhergesagt hatte. Noch sechs Jahre, als hätte das bockige Biest allein mit seinem Eigensinn den Tumor in seinem Bauch in Schach gehalten. Eine Woche nachdem wir über die Schwelle des Pazifiks ins goldene Land geflogen waren, wachte ich von seinen angestrengten, zischenden Atemgeräuschen auf. Seine Augen waren schwarze Lampen, selbst im direkten Licht weiteten sie sich nicht mehr, als wollte das gierige Viech zum Ausgleich für die verlorenen Jahre noch so viel Sonnenlicht wie möglich aufsaugen. Als ich den Tierarzt anrief, entwischte der Kater. Ich bin mir sicher, dass er seine letzte Ruhe am Ufer des Meeres gefunden hat. Er hat immer gewusst, was er wollte.

So wie auch ich in dieser letzten Jahreszeit meines Lebens. Für mich, die ich mit neunundzwanzig vor einem Ende gestanden hatte, wirken die Jahre, die noch folgten, mitunter surreal, ein unverdientes Geschenk, das ich auf einem Berg bekommen habe. Ich habe erlebt, wie die Welt sich verändert hat, wenn auch langsam, wenn auch nicht ganz so wie erwartet. Zum Beispiel die Stadt, die früher Los Angeles hieß. Ihr neuer Name ist eine Hommage an ein lebensspendendes Unkraut, ihre Straßen sind gesäumt von Kakteen und Jacarandabäumen, von denen es im Frühling violette Blüten regnet. Morgens duftet es nach Tau, die Menschen recyceln ihren Müll und überwachen die Luftqualität – aber spätestens mittags legt sich ein Schleier über die Stadt. Kann man nichts machen, erklären die Wissenschaftler. Trotz aller Umweltschutzmaßnahmen, die ergriffen wurden, nachdem achtundneunzig Prozent der Nutzpflanzen und zwölf Prozent der Bevölkerung in der Hungersnot zugrunde gegangen waren, hat nun mal jeder Ort ein paar unveränderliche Charakteristika. Die Beschaffenheit des Windes. Die kühlen Bergrücken der Santa Ana Mountains. Die Tatsache, dass dieses Tal ein Kessel ist, in dem sich alles absetzt. Wir alle gehorchen schließlich unserer Natur.

Es gab Zeiten, in denen ich das vergaß, – und gegen meine eigene ankämpfte. Am zehnten Jahrestag der Explosion bekam ich eine Art Midlife-Crisis. Ich sagte alle Restauranttermine ab und verkroch mich in mein Büro, um mir eine neue Dokumentation anzusehen. Diesmal gab es mehr als einen Bösewicht. Alle zweihundertzehn waren mit demselben groben Pinselstrich gezeichnet, ihr Schicksal angeblich verdient angesichts ihrer Verbrechen. Meine Tür war verschlossen, aber durch den Bildschirm kamen sie alle zu mir herein, der Meteorologe, die Erbin, der Angestellte, der den Kater in den Armen gewiegt hatte wie ein Baby – und sie. Dann folgte der Name des politischen Aktionskomitees, das den Film finanziert hatte. Es war Wahljahr, und die Grüne Partei wollte unbedingt die Vermögen der Reichen höher besteuern, was ich befürwortete, so sagte ich es auch in Interviews. *Aber ganz so war es in Wirklichkeit nicht*, versuchte ich dann zu erklären, *sie waren nicht alle …* Dick wie Sahne stieg mir ihr Name in der Kehle hoch.

Mein Gestammel wurde zusammengeschnitten, bis auch ich wie ein Bösewicht klang. Danach beschränkte ich mich in meinen Antworten auf ja und nein.

Tieftraurig verliebte ich mich neu. Sie war PR-Strategin, Tierschützerin und eine Art moderne Predigerin, die mit derselben Begeisterung von der Liebe Gottes sprechen konnte wie von Peyote-Kakteen. Sie war so jung, dass sie die Smogjahre gerade eben verpasst hatte, und ich empfand fast schon Ehrfurcht vor der Klarheit, mit der sie die Welt in Licht und Schatten, Problem und Lösung unterteilte. Es klang so einfach, als sie sagte: *Wenn du deine Vergangenheit abstreifen willst, musst du Buße tun.*

Sie drängte mich, mein Geld nicht mehr in die Restaurants zu investieren, sondern es für gute Zwecke einzusetzen. Meine Spenden erregten die Aufmerksamkeit der Medien, was dazu führte, dass die Leute in meine Restaurants strömten und meine Tiefkühlprodukte kauften, so dass ich wiederum mehr Geld einnahm, mehr spendete, mehr Presse bekam und so weiter, bis die private Bürde, die ich loszuwerden versuchte, ein öffentliches Eigenleben entwickelte. Anfangs war mir das unangenehm. Auf Podien neben CEOs und Risikokapitalgebern, die gerne über ihre Wohltätigkeit, aber nie über ihre Steuervorteile oder die kostenlose Publicity sprachen, bemühte ich mich, den Politikerinnen und Geldgebern, Bankerinnen, Designern und Hausfrauen im Publikum die Dinge differenzierter darzustellen. Aber entweder langweilte meine Ehrlichkeit die Zuhörer oder sie bereitete ihnen Unbehagen. Schließlich lernte ich, mein Leben als hübsch verpackte, moralisch einwandfreie Geschichte zu präsentieren; meine klarsichtige Geliebte wies mich darauf hin, dass man auf dieselbe Weise die Furcht vor dem Hunger genutzt hatte, um Klimaschutz durchzusetzen. Das war nun mal der Lauf der Welt, Egoismus wurde als Selbstlosigkeit verkauft und Schlachtabfälle als köstliche Pâté. Niemand bezahlte

Geld, um Blut auf dem Teller zu sehen. Also spielte ich mit. Ich übernahm sogar die ovo-lacto-vegetarische Ernährung meiner Liebsten. Aber als wir uns trennten, schlug ich mir noch am selben Tag den Bauch mit Innereien voll, bis mein ganzer Mund metallisch schmeckte. Meine Geliebte mit ihrer kräftigen Stimme wurde Kongressabgeordnete. Ich schwor der Liebe ab. Und dann wurde ich unbeabsichtigt Mutter.

Ich war für meine Tochter allein verantwortlich. Ihr zuliebe wagte ich zum ersten Mal, in die Zukunft zu blicken. Als ich aus der Arztpraxis in den Frühlingstag trat, war ich mir plötzlich meiner zarten, papierdünnen Lunge bewusst, meiner weichen Milz und Leber, der feinen Blätter, der feuchten Luft, der Adern meines Körpers, der ihren ernährte. Für meine Tochter gab ich Instantnudeln und billige Süßigkeiten auf, Nikotin, leeres Gerede, Konservierungsstoffe, Heuchelei; ich verschwand aus der Öffentlichkeit und mit mir die Erinnerungen an die Explosion. Die Monate meiner Schwangerschaft verbrachte ich damit, Traubenkirschen einzukochen und Tomatensträucher zu pflanzen, Wachstum für das nächste Jahr, in dem ich meine Tochter weiter ernähren würde, und das übernächste und das danach. Das Gespenst der Köchin blickte mir vorsichtig über die Schulter.

Ohne Aufsehen und unter einem neuen Namen, den ich für mich und meine Tochter annahm, gründete ich eine Stiftung für junge Frauen in der Lebensmittelbranche. Ich engagierte die besten Küchenchefinnen, die ich über die Jahre kennengelernt hatte und deren Kochkunst ich bewunderte, mitsamt ihrer Küchenhelferinnen, Lieferantinnen und Landarbeiterinnen. Diese Köchinnen verstanden sich auch auf andere Arten von Nahrung: Es waren echte Köchinnen. Unter ihrer Obhut entwickelte sich die Stiftung weiter, sie stellte Startkapital bereit, verlieh Preise, richtete Großküchen ein, teilte warme Mahlzeiten aus und bot Ausbildungen an. Tag für Tag erschollen im Hörsaal die Stimmen der Mädchen, die hier kostenlos Kurse in Nachhaltigkeit, Wirtschaftsethik und Rechnungswesen besuchten und alles über die Pflege und Erhaltung der Ökosysteme lernten, die sich einst zu Füßen meiner Tochter und anderer Mädchen nach ihr erstrecken würden.

Nach und nach wuchs meine Tochter in ihren eigenen Geschmack hinein. Schon als Kleinkind schob sie Äpfel beiseite und nahm den Mund voller *Warum*. Ich erfuhr, wie es ist, sein Kind zu fürchten und gleichzeitig zu bewundern, als sie eines Tages eine Hausaufgabe zum Thema Familiengeschichte bekam. Meine Zeitungsausschnitte, meine sorgfältig formulierten Vorträge, selbst meine charmanten Anekdoten aus Paris reichten ihr nicht, hartnäckig verlangte sie nach mehr. *Das ist so lange her*, wandte ich ein, als sie an die Gruft meines früheren Lebens klopfte. *Ich war jung und dumm. Ich habe gar nicht richtig verstanden, was um mich herum passiert ist.* Ich hatte meine Tochter nach niemandem benannt, sie sollte keine Bürde tragen müssen. *Intelligentere Leute als ich haben erklärt, was damals passiert ist. Ich kann da nichts hinzufügen, ich kann mich auch kaum noch daran erinnern.*

An diesem Abend blieb ich an der Zimmertür meiner Tochter stehen. Ihr kleines Gesicht leuchtete gespenstisch im Licht des Bildschirms, während sie durch einen Artikel nach dem anderen scrollte. Ich stand wie erstarrt vor der Schwelle, bis sie den Computer ausmachte. Als ich hineinging, um ihr gute Nacht zu sagen, sah sie mich an. *Mom, kann ich dich was fragen?* Wieder spürte ich den Schwindel, als schwankte mein Herz am Rand der Schlucht. Mit ernstem Blick las sie in meinem Gesicht. *Können wir morgen zum Frühstück Pfannkuchen essen?* Meine Antwort schien sie zufriedenzustellen. Ich schloss die Tür.

Meine Tochter ist unabhängig, ein Mädchen, das sich die Knie aufgeschlagen und ihre Ziele trotzdem so zügig verfolgt hat, dass ich es oft erst bemerke, wenn sie längst angekommen ist. In unerwarteten Augenblicken erinnert ihre Ernsthaftigkeit mich an meine Mutter, und dann ziehe ich sie von ihrem Buch oder ihrem Projekt weg und wirble sie im Tanz herum, bis sie genervt lachen muss. Sie bewarb sich früh für ein Journalistik-Studium und erzählte es mir erst, als sie die Zusage von der Uni hatte; wenn es mir auch einen Stich versetzte, hütete ich mich doch, von ihr zu verlangen, für mich zu leben. Und so dauerte es viele Jahre, bis sie auf ihrem eiligen Weg Zeit für die Reise fand, um die sie mich immer schon gebeten hatte. Zur Feier ihrer neuen Stelle bei der L. A. Times reisten wir durch Spanien, Deutschland, Frankreich, Belgien. Italien, wo das kontinentale Licht mich zurückzucken ließ. Ich wurde wieder ruhiger, als wir durch neapolitanische Stadtviertel schlenderten, die berühmt für die scharf gewürzte Calzone der syrischen Diaspora waren, und an der Amalfiküste wanderten, wo Schilder nicht nur über die Tierwelt dieser Gegend informierten, sondern auch darüber, welche Wissenschaftler und Institutionen all diese Arten zurückgeholt hatten. Dieses Italien war neu für mich. Und sicher.

Und dann, in Mailand, brachte meine Tochter eines Abends zum Essen einen Zeitungsartikel mit.

Sie hatte den Nachmittag in der Nationalbibliothek verbracht. In den Archiven einer nicht mehr existierenden lokalen Boulevardzeitung hatte sie einen Bericht entdeckt, der ein halbes Jahr nach meiner Abreise vom Berg erschienen war. Versehen mit dem einen oder anderen Druckfehler, beschrieb er bis ins drastische Detail, wie eine reiche junge Frau einen kleinen Jungen überfahren hatte.

Das Kind war sofort tot gewesen, die Sache war lange vertuscht worden. Im Artikel wurde vage angedeutet, es könnten Drogengeschäfte und Kinderhandel oder Hundeschmuggel dahinterstecken. Angeblich sei auch eine japanische Sushiköchin in den Vorfall verwickelt gewesen.

Das ist die einzige Erwähnung eines Unfalls, sagte meine Tochter. *Es gibt keine anderen Quellen, die ich fragen könnte. Was ist damals wirklich passiert?* Und dann: *Okay, warum lachst du jetzt?*

Ich weiß nicht, was es war. Die Luft oder der vertraute Himmel, das Rascheln der Olivenbäume neben der Terrasse des Restaurants oder die Unerschrockenheit in der Stimme meiner Tochter, zu der ich sie immer ermutigt hatte: ein Echo. Als ich den Blick zum Horizont schweifen ließ, sah der Berg in der Entfernung kleiner aus und war doch klarer zu erkennen, und nach all dieser Zeit verstand ich, dass Aida nicht nur unbezähmbar gewesen war, sondern auch jünger als meine Tochter, mutig und mutterlos und einsam. Zwischen den angebissenen Brotkrusten und der weich gewordenen Butter auf dem Tisch schimmerte der Wein in meinem halbleeren Glas wie ein Leuchtfeuer, das mich zur Beichte rief.

Das ist eine sehr lange Geschichte, sagte ich.

Ich weiß.

Meine Tochter hatte selbst etwas zu beichten. Während unserer Reise durch Deutschland, Spanien, Belgien und Frankreich hatte sie zum Berg recherchiert. *Das war irgendwie nie stimmig für mich*, gestand sie. *Schon als Kind habe ich gemerkt, dass die Person, über die ich da gelesen habe, überhaupt nicht wie du war, dass sie dich ganz falsch dargestellt haben. Und ich habe mich immer gefragt, was noch alles falsch war.* Sie nahm meine Hand. *Vielleicht kann ich es ja richtigstellen. Würdest du mir dabei helfen?* Sie sah mich an: mit meinem Halstuch und meinen vernünftigen Schuhen, mit meinem bloßen und müden Gesicht, mit meiner alten Haut, in der ich immer unsichtbarer wurde: Sie sah mich an. Mich.

Viele Stunden und Tage, oft bis spät in die Nacht meißelte ich an der Gruft, in der ich jenes Jahr begraben hatte. Meine Tochter half mir dabei. Mit ihrem Presseausweis bekam sie Zugang zu Archiven und privaten Aufzeichnungen. Sie wusste, wie sie nach Dingen fragen musste, die ihr nicht freiwillig ausgehändigt wurden, und sie entschuldigte sich nicht dafür. Verträge und Zeittafeln, persönliche Unterlagen und Entwürfe von Dokumenten, kurze Erwähnungen in unerwarteten Quellen. Nach fast vier Jahrzehnten erfuhr ich endlich den Namen des Jungen, der in Mailand gestorben war. In der öffentlichen Steuerakte, die von der Armut seiner Familie erzählte, sah ich: Mein Arbeitgeber hatte nie gezahlt. Meine Tochter machte die zwei Geschwister ausfindig, die noch lebten. Sie kümmerte sich um die Überweisung. Ich erinnerte mich genau an die Summe, die vor Jahrzehnten genannt worden war, und bat sie, den Inflationsausgleich und alles andere dazuzurechnen. *Und Brot*, fügte ich hinzu. *Schick ihnen Brot, wenn es geht.* Als sie eine Augenbraue hochzog, erzählte ich ihr auch noch den Rest.

Der Rest. Auf Taxifahrten durch Sommerabende, bei Pane Carasau und weißen Sardellen, über dem Gezeter von hundert Stimmen aus den Archiven, die anklagten und gestanden und prahlten und logen und widersprachen und beschuldigten und flehten, erzählte ich meiner Tochter von einigen der Stimmen, die fehlten. Vom Angestellten, der in siebzehn Sekunden einen Fisch ausnehmen und waschen konnte, und von dem, der einen Kater in den Armen gewiegt hatte wie ein Baby. Von dem Lied, das bei der Obsternte in den Plantagen erschollen war. Von ihrer Stimme. Die Gruft war offen, und sie war nicht voller Staub und Schrecken. Was herauskam, besaß genug Kraft, um an mein Herz zu klopfen, zu pochen: Es lebte noch.

Was meinst du?, fragte ich schließlich und wartete auf das Urteil meiner Tochter wie einst auf das der Mutter, des Arbeitgebers, der Jury, des Richters, des Katers, der Gäste, der Wähler, der Leute auf der Straße, des Publikums, der Journalisten. Sie ging zum Fenster, im Zimmer war es stickig geworden. Sie öffnete den Raum weit zu den Mandelbäumen und sagte: *Da dein Arbeitgeber alle Unterlagen vom Berg vernichtet hat, gibt es zu viele Lücken. Ehrlich gesagt glaube ich nicht, dass irgendjemand diese Geschichte umfassend darstellen kann – es wäre unverantwortlich, das zu versuchen. Das habe ich als Allererstes gelernt.* Sie sah meine Enttäuschung. *Aber wenn du meine persönliche Meinung wissen willst, nicht meine journalistische … dann glaube ich, dass du ohne das, was passiert ist, nicht hier wärst. Und ich damit auch nicht. Vielleicht ist das egoistisch.* Schulterzucken. *Aber deshalb denke ich, so schlimm klingt sie gar nicht. Weißt du – sie erinnert mich ein bisschen an mich selbst.*

Am Ende des Sommers gab ich meiner Tochter am Flughafen einen Kuss und wandte mich nach Norden. Allein folgte ich der schwachen Spur des Hörensagens durch die Hügel, bis auf dem höchsten Punkt jedes Städtchens eine Kirche stand. Ich kam zu einer Ebene voller zirpender Zikaden. Abgestreifte Hüllen bedeckten Olivenbäume und gelbbraune Steine, aber was tot schien, konnte auch summend wieder zum Leben erwachen. Die De-Extinktion der Zikaden blieb ein Rätsel: Keine Firma hatte sie finanziert, kein Labor, das Informationen von einer geschmuggelten Festplatte besaß, reklamierte sie für sich. Die Einheimischen schrieben das Wunder einer Heiligen zu.

Im dunklen Brausen der Dämmerung, als die Insekten beharrlich nach ihren Partnern riefen, dachte ich zurück an einen Tag, an dem ich mich abgewandt hatte, um die Zikaden nicht sterben zu sehen. Dreimal dreizehn Jahre waren seither vergangen. Damals hatte ich sie für grausam und achtlos gehalten, weil sie Lebewesen freiließ, ohne sich um ihre Zukunft zu kümmern. Aber hätte ich hingesehen, hätte ich lange hingesehen und am Glauben festgehalten – hatte sie nicht auch eine Art Glauben gehabt? Die Heiligenstatue auf ihrem kleinen Altar in der Kirche war so abgegriffen, dass ihr Augen und Nase fehlten. Aber die kleine Mulde ihres Mundes schien zu grinsen.

Sie erinnert mich an mich selbst, hatte meine Tochter gesagt. Und sie erinnert mich an das Mädchen, das in seinem Kurs einen Vortrag über Lebensmittelverschwendung hält; und sie erinnert mich an die Gewinnerin der Jugend-Naturwissenschaftsolympiade, die eine rosa Zahnspange entblößt, als sie von dem Videospiel erzählt, das sie mit ihrem Preisgeld entwickeln will: Raumschiffe, die durchs Weltall reisen und kleine Planeten und fremde Wesen entdecken, ohne Waffen an Bord, weil es nicht um Leben und Tod geht; und sie erinnert mich an das Mädchen, das mit geschlossenen Augen an der Bushaltestelle tanzt, einmal danebentritt und stolpert, sie hat mehr Spaß als Geschick. Sie tanzt nur für sich. Und sie erinnert mich an die Mädchen im Hörsaal der Stiftung, wo ich jetzt, da meine Tochter erwachsen ist, oft bin, junge ernste stolze hübsche wütende brave unsichere wilde verträumte skeptische Mädchen, die Patissière oder Catering-Unternehmerin oder Molekularköchin werden wollen und die sich genauso gut am nächsten Tag entscheiden können, lieber Metzgerin oder Lebensmitteltechnikerin oder Fachfrau für Brathähnchen, Nanobiologie oder Lyrik zu werden. Das verblüffende Geschenk des Lebens, das ich mit neunundzwanzig erhielt, hat auf dieser Welt ein paar Früchte getragen. In den Saatgutbanken Italiens, auf den Feldern der Bretagne, wo der Buchweizen sich im Wind wiegt, in den Wäldern Kaliforniens mit ihren neu gesäten Mammutbäumen, die so langsam wachsen, dass man sie nur im Glauben an eine Zukunft für die nächsten Generationen pflanzen kann. Auf dieser grüneren Erde haben Mädchen genügend Zeit, um zu sich selbst heranzureifen; was sie daraus machen, kann niemand wissen, denn ihr Leben ist nicht beschränkt auf die Wahl zwischen Wut und Essen, Disziplin und Gefühl, Überleben und dem wild wuchernden Reichtum der Welt. Sie können Entscheidungen treffen. Sie war grausam, und sie war es nicht, sie konnte verletzen, sie konnte trösten, und auf ihre eigene, unberechenbare Weise war sie freigebig, wenn auch nicht immer der Menschheit gegenüber; bestimmt würde sie brüllen vor Lachen, wenn sie wüsste, auf welch verrückte Weise sie die Welt verändert hat. Sie liebte Kostüme und hat die Rolle des Bösewichts genauso bereitwillig gespielt wie die der Heiligen, denn das Urteil anderer war nicht von Belang. Sie hatte den ungeduldigen Blick auf Höheres gerichtet. Und ein trotziges Gesicht ist Erinnerung, und Sanftheit ist Erinnerung, und das Strahlen meiner Tochter am Tag ihrer Hochzeit ist Erinnerung, als sie an meinem Hals murmelt: *Danke, Mom. Du hast mehr als genug getan.* Die Gruft ist offen. Ich sehe sie und mich selbst und alles, was wir hätten sein können, in den Mädchen, die weiter und weiter in unzählige neue Welten gehen. Und so saß ich hinten im Hörsaal und döste, weil ich glaubte, nun sei es genug, mein Leben schon vorbei, mein Name und Gesicht vergessen. Bis mich eines Tages ein Mädchen nach dem Land fragte, wo Milch und Honig fließen, und die Erinnerung wieder da war und mein Herz einen Satz machte: stolperte: stehen bleibt:

Zweiundvierzig Sekunden lang
sehe ich den Olivenhain.
Ich bin hindurchgeschlüpft.
Die Bäume blühen alle, eine matte Pracht von Horizont
zu Horizont.

Wie geht es Ihnen, fragte der Sanitäter, der mich wiederbelebte. Ein anderer rief: *Uhrzeit: dreizehn dreißig. Sie war zweiundvierzig Sekunden weg.* Ich berührte meine Brust, meinen Bauch. *Ich habe Hunger*, sagte ich und aß die Cracker, die sie mir gaben, obwohl es eigentlich nicht das war, was ich wollte, genauso wenig wie die zarten Sträuße mit Genesungswünschen und die Mangos, die meine Tochter mir von ihrem neuen Zuhause am Ufer eines wärmeren Meeres mitbrachte. Die Früchte auf ihrem Schoß dufteten, während die Ärzte erklärten, dass es nicht ungewöhnlich sei, was mir passiert war. Bei Menschen, die den Smog miterlebt hatten, fand man später oft teerartige Ablagerungen an der Herzwand. Die Ärzte schwiegen. Ich fragte, ob ich noch Mangos essen dürfe.

Meine Tochter brachte mich aus dem Krankenhaus nach Hause. In meiner Schwäche erkannte ich, wie stark sie war. Mit einem winzigen Zittern in der Stimme fragte sie mich, was ich in der Zeit, die mir noch blieb, tun wolle. *Ich will*, sagte ich, *ein Baum sein.* Sie dachte, ich wäre noch benebelt von den Medikamenten. Ich war schon eingeschlafen, bevor ich ihr vom Geheimnis des wundersamen Wachstums der Granatäpfel erzählen konnte, das ich einst erfahren hatte: Alte, sterbende Bäume können nach Jahren, in denen sie keine Früchte mehr getragen haben, plötzlich in einem letzten süßen Rausch aufblühen. Hin zur Sonne. Am Schluss steckt selbst im Saft der Bäume die Sehnsucht nach Genuss.

Peking und Seoul hob ich mir für Januar auf. Als meine Tochter fragte, warum nicht im Frühling, warum nicht dann, wenn sie und ihr Mann mitkommen könnten, erklärte ich ihr, ich hätte eine alte Verabredung. Ob ich sicher sei?, fragte sie, denn seit dem Schlaganfall bringe ich manchmal Daten durcheinander, die Zeit ist porös geworden. *Ja*, sagte ich. *Ja.*

Als ich ankam, waren die Eschen kahl, die Forsythien hingen in schwarzer Trauer. In schauriger Kälte kaufte ich eine gebackene Süßkartoffel und dankte der Verkäuferin, obwohl wir nicht dieselbe Sprache sprachen. Ich wusste, dass sie mich verstand. Auf jedem Teller findet sich etwas von der Köchin, Schweißtropfen oder Haar, Wunsch oder Zweifel, Ehrgeiz oder Freude, und in der salzigen Kruste der Kartoffel schmeckte ich ihre Erfahrung von Verlust. Sie tupfte mir die Tränen von der Wange. Und versuchte, mir fünf weitere Kartoffeln zu verkaufen.

In jedem Jahr, das mir noch bleibt, werde ich im Januar nach Peking und Seoul reisen. Dort sind die Hutongs seit Jahrhunderten erfüllt vom Rauch der Garküchen, die Hanoks recken ihre Holzbalken in den immer gleichen Himmel. Ich streife an alten Steinmauern vorbei, glatt vom Fett von Abermilliarden Händen. Früher war ich einmal mit meiner Tochter in einer Ausstellung, in der es ein Wollhaarmammut zu sehen gab. Raues Fell, toter Blick. Plötzlich schaltete der Museumsführer das Licht aus. In der Dunkelheit leuchtete das Mammut in kühlem Blau. Als ich mir die Hand an die Augen hielt, blendete mich meine eigene Haut. Meine Hände, die Menschen um mich herum, jede Kachel, jeder Türrahmen: blau, blau wie Milch. DNA ist nahezu unzerstörbar, sagte der Museumsführer. Spuren davon können Jahrtausende überdauern. In bestimmtem Licht sind die Vergangenheit und die Gegenwart nicht zu unterscheiden.

Unmöglich, hätte ich vielleicht gesagt, als ich noch jung genug war, um zu glauben, dass das Alter zynisch ist, als das Leben nur ein enger, grauer Korridor voller zufallender Türen zu sein schien. Aber jetzt wirbeln Vergangenheit und Gegenwart durcheinander, Karamell in Sahne, und ich sehe wieder den Himmel, das Gras, den hellen Sommer, aus dem das lange, ertragreiche Leben, das sie mir schenkte, gewachsen ist. Es gibt Welten über Welten. Ich brauche nur die eine.

So oft habe ich an einem überfüllten Tisch nach ihr Ausschau gehalten, im Frühling, wenn alles grün ist und wir jung sind und das Fleisch uns rot zwischen den Zähnen glänzt. Dann sind unsere Blicke schnell. Dann gleiten wir von unserem Platz, aus dem Raum, aus der Zeit. Am Ende des Sternenfelds wartet sie; sie springt. So lange habe ich geglaubt, sie fällt …

Deutlicher denn je sehe ich sie fallen, jenes andere Mal. Durchs Gras, zum Boden, während die Sonne den roten Staub der Erde in Herrlichkeit verwandelt. Ihr Gesicht über meinem ist erfüllt mit dem Genuss des Schmeckens, des Geschmecktwerdens. In den Jahren, die ich hatte, habe ich die Welt probiert, und jetzt, am Ende, kenne ich ihre Köstlichkeiten. Die Würze von Lehm. Das Brennen von Salz und Riedgras. Die Zunge, das stumme Biest, glaubt. Ich sehe sie in einem Mädchen, das im Morgennebel die Arme ausstreckt, in einem alten Weib, dessen Ringe im Mittagslicht glänzen, in einer Jianbing-Verkäuferin, die in den letzten Strahlen der Abendsonne ihren Wagen nach Hause schiebt und vor sich hin summt: einen Walzer. Ich würde mit ihr jetzt damals noch einmal die Straße entlangrasen, auf die alle Wege münden, und ich würde ihr ins Gesicht, in all ihre Gesichter sehen, mich niemals abwenden. In jedem Jahr, das mir noch bleibt, werde ich durch die Straßen Pekings, durch die Straßen Seouls laufen. Und lange, lange hinsehen.

Dank

Am Spieß gebratene Ananas im Dinner by Heston Blumenthal in London. Appam im Gunpowder in Goa. Auberginenkeks im Gaggan in Bangkok. Baby-Artischocken, handverlesen von Chaz in Frank's Market in Seattle. Bill Clegg. Bing und Da Lu Mian in der Küche meines Dads. Birnenwein in England. *Blood, Bones & Butter* von Gabrielle Hamilton. Brandon Taylor. Brathähnchen von Costco. Bun Rieu im Mau in San Francisco. Burritos im The Hot Shop in Albany. Cannelés im La Boulange in San Francisco. Capri Indigos. Chicken McNuggets bei McDonald's. Chicken Wings im Brother Z's Wangs in Nashville. Chili Cheese Fries bei Wienerschnitzel in Salinas. Chip butties vom Trailer of Life in Cambridge. »CRISPR and the Splice to Survive« von Elizabeth Kolbert. *Das sechste Sterben* von Elizabeth Kolbert. »Dead Ringer« von Ben Calhoun bei *This American Life.* »Demeter to Persephone« von Alicia Ostriker. »Der dritte und letzte Kontinent« von Jhumpa Lahiri. *Der Liebhaber* von Marguerite Duras. *Die roten Stellen* von Maggie Nelson. *Dreck* von Bill Buford. Frischer Panir im Dhamaka in New York. Frischer Tofu im Sun Hing Lung in New York. Funghi alla griglia im Ristorante Pizzeria da Gianni in Calenzano. Ganze Fische in allen Formen. Geplauder unter Biologen, gehört im High Ground Cafe in Iowa. »Grains and Seeds« im Atelier Crenn in San Francisco. Green Onion Slab von Acme Bread in Berkeley. Isaan Bratwurst im Eathai in Bangkok. Jalea im Los Andes in Providence. »Japan's Rent-a-Family Industry« von Elif Batuman. *Jenseits des schweigenden Sterns* von C. S. Lewis. Jianbing vom Stand vor LinKeYuan in Peking. Jojo-Kartoffeln von Safeway. Kare Short Rib im Musang in Seattle. Kat Chow. Kohl mit Pistazienmilch im Mission Chinese in San Francisco. Mai Nardone. Mapo-Lasagne im Nightshade in Los Angeles. Mariya. *Mein Jahr der Ruhe und Entspannung* von Ottessa Moshfegh. Melone im Zakuro in Tokio. Meng Jin. Nic Baddour. Oden von 7-Eleven in Japan. Orange Julia von Plantworks in Seattle. Poularde de Bresse en vessie in der Auberge du Pont de Collonges in Lyon. Prupisceddu in umidu cun tomatiga im La Ciccia in San Francisco. Putenaufschnitt von Buddig. Raven Leilani. Red Leicester von Sainsbury's. Riverhead Books, vor allem: Alison Fairbrother, Delia Taylor, Glory Anne Plata, Hannah Lopez, Jynne Dilling, Nora Alice Demick, Caitlin Noonan, Claire Vaccaro, Denise Boyd, Geoff Kloske, Grace Han, Jennifer Tait und Melissa Solis. R. O. Kwon. Sarah McGrath. Sarah Thankam Matthews. Schokopudding an den KFC-Buffets. Schweinekotelett im Nopa in San Francisco. »Seeing Ershadi« von Nicole Krauss. Sesamhähnchen von Ranch 99. Shaokao in Ürümqi. Soleil Ho. Sour cream and cheddar ruffles. *Sweetbitter* von Stephanie Danler. The Clegg Agency mit Marion Duvert, Nik Slackman und Simon Toop. *The Gastronomical Me* von M. F. K. Fisher. Tiger Prawns im San Ramos in Lissabon. *Top Chef*, besonders Melissa King, Mei Lin und Padma Lakshmi. Tortillas im Molino El Pujol in Mexico City. Toum und Pita im Arabian Nights in San Francisco. Tudou Si im Little Shen Yang in Union City. Tuna Conserva Salad in der Pizzeria Delfina in San Francisco. Tuna niçoise Sandwich vom Bi-Rite Market in San Francisco. »Was ist das Merkwürdigste, das dir je passiert ist und das man nicht logisch erklären kann?« auf r / AskReddit. *Wiedersehen mit Brideshead* von Evelyn Waugh. Zhajiang mian bei meiner Nainai in Peking.

Meine Familie. Avinash und Kitsune. Spike und Bagu und alle Katzen, die ich geliebt habe, wie kurz auch immer.